와타리 와타루 지음
퐁칸⑧ 일러스트

11
eleven

Contents

가볍게 혀를 차고는 싸늘한 눈초리로 토베 일행을 째려보자, 천하의 바보 삼형제도 찔끔 입을 다물고 말았다. 그 모습에 유이가하마와 에비나 양도 쓴웃음을 지었다.

"아, 그러고 보니 이제 얼마 안 남았나……."

하야마가 어색해진 분위기를 무마하듯 말하자, 오오오카와 야마토가 힘주어 고개를 끄덕였다.

"그야 하야토는 상관없겠지만 말이야, 우린 대위기라고, 대위기."

"그렇지."

오오오카가 심각한 분위기로 대꾸하자, 야마토도 침통하게 동의했다. 실제로 대사 곳곳에서 심각함이 묻어났다. 그나저나 이 동정 기회주의자, 열폭하는 게 꽤나 찌질해서 반해버릴 거 같아……. 그렇게 생각하는데, 토베가 실실 웃으며 하야마의 어깨를 툭툭 쳤다.

"아니, 그치만 하야토, 거절을 기본으로 깔고 들어가걸랑."

"정말?! 아깝게 왜 그래!"

오오오카의 절규에 하야마의 입가에 쓴웃음이 어렸다. 옳거니. 불필요한 트러블을 예방하고자 그런 선택을 한 거겠지.

그러나 하야마한테 마음이 있는 여자애들 입장에서는 그런 결정이 좀처럼 납득되지 않을지도 모른다. 그 대표격인 미우라는 어떤가 하면, 토베 일행의 대화에 잠자코 귀를 기울이면서도 관심 없다는 표정으로 쌩하니 고개를 돌리고 딴청을 피우는 중이었다.

그런 미우라를 바라보던 유이가하마가 아, 하고 입을 열었다.

"그치만 잘 모르는 사람이 주는 건 왠지 좀 무서우니까. 응, 하긴."

이해가 간다는 얼굴로 유이가하마가 고개를 끄덕이자, 이번에는 에비나 양이 진지한 표정으로 대화를 가로막듯 쓱 손을 내밀었다.

"잠깐만. 깔고 들어간다는 말은…… 공. 그럼 깔리는 쪽이 히키타니란 뜻?"

말이 떨어지기가 무섭게 미우라가 그 머리를 탁 때렸다. 하여튼 저 여자, 진지한 얼굴로 뭔 소리를 하는 거냐……. 기막혀하는데 미우라가 에비나 양을 향해 휴대용 티슈를 턱 내밀었다.

"에비나, 코피."

"아, 땡큐땡큐."

부히힛 수상쩍은 미소를 거두고는 흥~ 하고 코를 푸는 에비나 양을 보며, 미우라가 부드러운 표정으로 피식 웃었다. 난방기구 바로 옆이란 점 말고도 몇 가지 요인이 복합적으로 작용하여 그곳에 모인 사람들은 모두 훈훈하고 따스해보였다.

아니, 그들뿐만 아니라 이 교실 전체에서 비슷한 온기가 느껴졌다. 토베를 비롯한 바보 삼형제뿐만 아니라 교실 여기저기에서 들뜬 분위기가 전해져왔다.

얼마 후면 세간에서 말하는 밸런타인데이다.

다시 말해 엄마와 여동생에게서 초콜릿을 받는 날이다.

밸런타인데이가 사랑으로 가득한 축복받은 날이라는 데는 다소 의문의 소지가 있다. 일단 그 기원만 해도 유혈 사태가 벌어진 날 아닌가. 기독교 성인이 순교한 건 물론이거니와 마피아의 항쟁이 벌어진 날이기도 하다. 게다가 치바 사람에게 밸런타인 하면 가장 먼저 떠오르는 건 치바 롯데 감독이었던 바비 밸런타인이지, 초콜릿 따위는 안중에도 없다.

하지만 나 같은 인간이 이러쿵저러쿵 해본들 사회적인 인식이 뒤바뀔 리 만무한데다, 요새는 제과 업계의 상술 운운하며 음모론을 제기했다가는 도리어 무지몽매한 인간으로 낙인찍히기 일쑤다.

밸런타인데이는 크리스마스처럼 이미 이 나라의 독자적인 문화로 정착된 지 오래다. 어쩌면 할로윈 역시 조만간 일본풍으로 변형되어 뿌리내릴지 모른다. 여름 축제와 백중맞이 춤, 춘분 추분의 성묘 같은 풍습과 별 차이가 없다.

결국 문제가 되는 것은 어디까지나 호불호일 뿐, 아류라느니 왜곡됐다느니 하는 주장을 펼쳐봤자 의미가 없다. 크리스마스든 밸런타인데이든, 부정하려면 「내가 싫다는데 불만 있냐!」라고 당당하게 외쳐야 한다.

나는 매년 코마치가 여우처럼 초콜릿을 챙겨주니 아주 싫지만도 않다. 심지어 코마치 사랑이 극진한 오빠로서는 손꼽아 기다려질 정도다.

올해는 과연 원가 얼마짜리 초콜릿으로 보답을 종용하려

나……? 여동생을 위해서 재산을 탕진하는 기쁨에 젖어 있으려니, 갑자기 주위가 소란스러워졌다.

"안 돼! 이젠 죽어도 시간 안에 못 끝내!"

"괜찮아, 아직 할 수 있어! 파이팅! 포기하지 마!"

흘끗 돌아보니 여학생 카스트 2~3위에 해당하는 그룹이 꼼지락꼼지락 머플러인지 스웨터인지 모를 물건을 뜨느라 여념이 없었다. 마치 라이트노벨 작가와 편집자 같은 대화구만. 딱 봐도 제시간에 끝날 리가 없잖아. 밸런타인데이가 코앞이건만 아직 10퍼센트 정도밖에 못 떴다고. 시간 안에 끝내려고 애쓰기보다는 마감을 미루려고 애쓰는 편이 건설적이고 현실적이랍니다!

그런 애처로운 광경을 지켜보던 사람이 나만은 아니었던 모양이다.

미우라가 자기 머리카락을 빙글빙글 꼬며 불쑥 입을 열었다.

"……하긴 수제는 좀 부담된달까? 거절하는 거, 이해는 가."

무심하게 입 밖으로 낸 그 말에 엉뚱한 방향에서 나직한 숨결이 새어나왔다.

"부담……. 역시, 그렇지……?"

유이가하마가 긴 카디건 소매 밖으로 나온 가느다란 손가락으로 옅은 복숭앗빛이 감도는 갈색 머리카락을 매만졌다. 그리고 조금 난감한 듯 수줍게 웃었다.

그 미소에 불현듯 과거의 기억이 뇌리를 스쳐갔다.

벌써 한참 전의 일이다.

─수제라.

누구를 위해 만들려고 했던 걸까. 그렇게 생각하며 흘끗 곁눈질한 순간, 시선이 딱 마주치고 말았다. 유이가하마도 나도 슬그머니 고개를 돌렸다.

"뭐 중요한 건 형식보다는 마음일 테니까."

어딘가 쓴웃음이 묻어나는 하야마의 목소리가 들려왔다.

"옳소! 그 뭐시냐, 나 개인적으로도 그런 거, 쫌 로망이랄까?"

마치 기다렸다는 듯 무릎을 탁 치며 토베가 동조했다. 그러자 그 대각선 맞은편에 앉아 있던 에비나 양이 팔짱을 끼며 살짝 시선을 피했다.

"하지만 수제는 건성으로 만들면 노골적으로 티가 나는데다 원가도 얼마 안 되니까 어지간히 자신 있는 게 아니고서야 쫌 그렇지. 아무래도 기성품이 더 안심되지 않아?"

"것도 그러네!"

에비나 양의 말에 토베가 손바닥 뒤집듯 홀라당 태도를 바꾸었다. ……저기, 좀 더 버텨보지 그러냐?

"……흐음, 수제라."

심드렁한 미우라의 목소리가 들려온 뒤에도 그들은 하하호호 웃으며 왁자지껄하게 이야기꽃을 피웠다.

그 속에서 얼마 전까지 존재했던 괴리감은 찾아볼 수 없었다.

하야마는 성실하게, 모두가 원하는 하야마 하야토답게 행동했고, 미우라도 자기 나름대로의 방식으로 한 발 한 발 거리를 좁히려고 노력하는 중이었다. 토베와 에비나 양은 뭐랄까, 여느 때와 다름없다면 다름없는 분위기였지만, 시간의 경과에 힘입어 그 두 사람다운 느낌을 자아내고 있었다.

그리고 그런 친구들의 모습을 유이가하마가 흐뭇한 기색으로 지켜본다.

어수선한 교실에서도 서서히 봄빛을 띠어가는 계절처럼 조금씩 따스해져가는 그 공간은 그저 옆에서 지켜보기에는 조금 눈부셔, 나는 살짝 눈을 찡그렸다.

×　×　×

특별관으로 향하는 복도는 차갑고 건조한 공기로 가득했다. 입술이 말라붙고 살갗이 땅기는 느낌이 났다.

교실 유리창에는 결로 현상으로 물방울이 맺혔지만, 복도 쪽 창문은 김 서림 없이 깨끗해서 안뜰이 훤히 내다보였다. 눈에 들어오는 것은 벌거벗은 나무들과 속살을 드러낸 화단의 흙. 북쪽 지방과는 달리 어딘가 칙칙하고 거무튀튀한 겨울 풍경이다.

치바는 겨울에도 눈이 거의 오지 않는다. 눈과 친숙하지 않은 수도권에서도 강설량이 적기로 손꼽히는 지역이다. 지난달 도쿄에 눈이 왔다는 뉴스를 봤는데, 그때도 치바에서는 눈이라곤 구경조차 하지 못했다.

겨울다운 구석이 전혀 없기에 오히려 더 스산하게 느껴진다. 방금 전까지 머물렀던 교실과의 온도차가 유독 크게 느껴져, 목에 두른 머플러를 입까지 끌어올렸다.

그 교실의 그 공간이 따스하게 느껴진 까닭은 그저 난방기구와 가깝기 때문이 아니다. 내부로 파고들어, 벌어진 틈새를 꼼꼼히 메웠기 때문이다.

분명히 하야마가, 그리고 모두가 바란 대로 극적인 파국으로 치닫는 대신, 평온하고 완만하게 최후의 순간을 맞이할 테지. 그야말로 세계와 인생이 끝날 때처럼. 행복과 평화는 누군가의 부단한 노력으로 유지된다는 사실을 실감한다.

어쩌면 그들도 몇 번의 겨울을 거쳤기에 경험적으로 봄이 온다는 사실을 알고 있는 거겠지.

따스할지언정 그 앞에는 덧없는 이별이 기다리는 봄. 꽃필 때면 비바람이 잦아지나니, 이별로 점철된 것이 인생이로다.

반이 바뀌고 저마다 새로운 인간관계를 쌓아나간다. 내년 이맘때는 입시철이라 학교에 나오지 않는다. 그렇기에 누구나 최후의 순간을 평화롭게 맞이하고자, 흐르는 세월을 아쉬워하듯 이 겨울을 보내는 거다.

그러한 행위에는 분명히 온기가 감돌건만, 어쩐지 으스스한 느낌을 받고 만다. 머플러 속에서 추워추워 작은 소리로 중얼거리며 걸어가는데, 뒤에서 타박타박 경쾌한 발소리가 들려왔다.

뒤돌아보려 한 순간 누군가가 어깨를 툭 쳤다. 고개를 돌리자 심통 난 기색으로 볼을 부풀린 유이가하마가 보였다.

"왜 먼저 가버리냐구……."

"아니, 같이 가기로 약속한 적도 없잖아……."

타박하는 듯한 그 태도가 납득이 가지 않아 떨떠름하게 항변하자, 유이가하마가 입을 헤 벌리더니 무안한 기색으로 머리를 매만졌다.

"……아, 난 또 기다려준 줄 알구. 힛키, 한참동안 교실에 있길래……."

"아니, 그건……."

입을 여는 것과 동시에 자연스럽게 내가 교실에 남아 있었던 이유 쪽으로 의식이 흘러갔다. 그러고 보니 그동안 몇 번인가 유이가하마의 제안으로 함께 부실에 간 적이 있었다. 그래서 어쩌면 무의식적으로 불러주기를 기다리고 만 건지도 모른다.

하지만 때마침 다른 적당한 이유가 떠올라주었다.

"그냥, 하야마하고 미우라가 어떤지 보느라고."

"아, 응. 이젠 괜찮은 거 같아. 다행이야."

유이가하마가 나직한 숨결을 흘리며 살짝 고개를 끄덕였다. 그리고 우리 말고는 아무도 없는 복도를 나보다 몇 발짝 앞서 걸어가다가, 몸을 비스듬히 틀어 이쪽을 보았다.

"그런 거, 왠지 좋지 않아? 다들 이것저것 생각이 있겠지만, 그래두 지금 이 시간을 소중히 여긴다구나 할까, 지금이 제일 좋다구나 할까……."

한마디 한마디 곱씹어가며 말하는 그 얼굴에는 부드러운 미소가 감돌았다.

"그래, 뭐 지금이 제일인지도 모르지."

"와, 힛키가 웬일루 긍정적⋯⋯."

"과거를 떠올리면 후회로 죽고 싶어지고 미래를 생각하면 불안으로 우울해지니까, 소거법으로 지금은 그나마 행복하다고 할 수 있겠지."

"역시 부정적이었어!"

유이가하마가 뾰로통하게 토라진 표정으로 어깨를 축 늘어뜨리더니 성큼성큼 걸음을 옮겼다. 그리고 툴툴거리며 볼멘소리를 늘어놓았다.

"맨날 그런 소리만 하구⋯⋯. 분위기란 게 있잖아."

"분위기라⋯⋯."

그 말은 요컨대―.

지금 이 밸런타인데이라는 분위기를 말하는 걸까.

그래, 그런 뜻이라면 이해가 간다. 나도 가끔은 저 시정잡배들을 본받아 어지간한 일은 분위기에 휩쓸려 얼버무리고, 장난이라는 한마디로 퉁치고 싶으니까. 그렇게 기대하고 응석 부리고 전부 내맡긴 채 그저 가만히 기다려보고 싶으니까.

하지만 그것만으로는 안 된다.

오로지 기다리기만 하는 건 불성실한 태도다. 그 어떤 해답과 결말이 기다린다 한들, 허위도 기만도 의심도 없이 정직하게 다가서고, 나중에 가서 후회하고 찬찬히 곱씹어야 한다.

그러니 분위기에도 편승할 겸. 지금 물어보자.

"그러고 보니……."

힘겹게 끄집어낸, 살짝 갈라진 목소리에 유이가하마가 뒤돌아보았다. 비스듬히 기울인 고개와 눈빛으로 뒷말을 재촉해온다. 그 얼굴을 똑바로 보려니 조금 눈이 부셔, 슬쩍 시선을 피했다.

"……저기, 너 언제 시간 좀 비냐?"

"어? 으. 으응. 그게, 아마두……. 거의 대부분 빈다구나 할까……."

조금 놀란 기색으로 손을 마구 휘저으며 허둥지둥 휴대폰을 꺼내보는 등 부산하게 움직인다. 그러다 별안간 그 움직임이 뚝 그쳤다.

유이가하마가 부실 문을 흘끗 곁눈질했다. 그리고 입을 꾹 다물었다. 그 표정은 아까와 달리 어딘가 침울해 보이기도 했다.

그 반응이 약간 뜻밖이었지만 그렇다고 이유를 캐묻기도 껄끄러워, 그만 덩달아 말문이 막혀버리고 말았다. 복도에 흐르는 공기는 지독하게 차갑고 건조해, 목구멍에 뭔가 달라붙은 듯한 위화감이 느껴졌다.

지금 이런 데서 물어본 게 잘못이었는지도 모른다. 어쩌면 뭔가 다른 식으로 말을 꺼내고, 좀 더 영리하게 접근해야 했을지도 모른다. 아니면 혹시 내가 이렇게 굳이 정식으로 물어보는 것 자체가 이상한 걸까. 도무지 자신이 없었다.

더 이상 말을 잇지 못하고 구부정한 자세로 눈을 내리깐 채, 유이가하마의 얼굴을 슬쩍 훔쳐보았다. 그러자 눈에 들어온 난처해 보이는 미소에 숨이 턱 막혔다.

내려앉은 침묵을 깨뜨리듯 유이가하마가 서둘러 말했다.

"좀 생각해볼게. 나중에 다시 얘기해!"

"……어, 그, 그래."

안도인가, 허탈함인가. 아니면 또 다른 무언가인가.

어쨌든 깊은 한숨과 함께 흘러나온 탓에 살짝 꼬여버린 내 대답을 듣기도 전에, 종종걸음으로 몇 발짝 앞서간 유이가하마가 부실 문을 드르륵 열어젖혔다.

× × ×

힘차게 열린 문. 그 안으로 발을 들여놓자 포근한 공기에 감싸였다.

교실보다 사람 수는 훨씬 적을 텐데, 신기하게도 이곳이 더 따듯하게 느껴졌다. 어쩌면 이 부실이 양지바른 특별관에 자리한 탓인지도 모른다.

그 따사로운 햇살이 비쳐드는 자리에 유키노시타 유키노가 앉아 있었다.

손에 쥐고 있던 문고본에서 고개를 든 유키노시타가 긴 머리칼을 살며시 쓸어 넘기며 부드러운 미소를 지었다.

"왔구나."

"야헬롱, 유키농."

"어."

유이가하마는 반갑게 손을 들어 보이며 화답했고, 나도 평소처럼 적당히 대꾸하고는 제각기 자리에 앉았다.

여기가 내 자리라고 누군가에게 선언하는 일도, 누군가에게 강요당하는 일도, 누군가 의문을 품는 일도 없이 자연스럽게 정해진 나의 안식처. 그것은 생각했던 것보다 훨씬 쾌적했다.

그런 만큼 낯선 인물이 있으면 강렬한 위화감이 들기 마련이다.

"선배님, 늦었잖아요~."

"그러니까 넌 왜 여기 있는 거냐고……."

책상에 엎드린 채 두 다리를 달랑달랑 흔들며 종알종알 불평을 늘어놓으시는 분은 바로 우리 학교 학생회장이신 잇시키 이로하 님 되시겠다. 보란 듯이 볼을 부풀려 토라진 표정을 지으며 고개를 홱 돌려버리는, 그 일거수일투족이 하나같이 영악하기 그지없었다. 그나저나 나와 유이가하마보다도 먼저 오다니, 빠르기는 누구누구처럼! 이냐?

"무슨 일인지 물어봤지만, 너희가 올 때까지 기다리겠다며 나가려 하지를 않아서."

유키노시타가 한숨을 푹 쉬며 말했다. 잇시키를 흘겨보는 그 시선이 유난히 차가웠다. 다만 그런 것치고는 홍차까지 세심하게 챙겨주는 등, 의외로 착실하게 환대해주셨구만. 환대

하는 방식도 천차만별이라 컬렉션하고 싶어져버리는군요!

논란의 당사자인 잇시키는 유키노시타의 냉랭한 시선을 받고도 눈썹 하나 까딱하지 않았다. 그리고 나를 향해 돌아앉더니, 비밀이라는 듯 목소리를 낮추고 손을 입가에 댄 채 소곤소곤 말했다.

"유키노시타 선배님 말이에요, 제가 들어왔을 때는 정말 환하게 웃으셨는데요. 금방 실망하시더니…… 그 후로는 계속 저런 느낌이에요."

아, 그러냐……. 그야 잇시키 네가 나타나면 되는 일이 없으니까 말이지, 하하하. 그보다 진짜 왜 이 녀석이 여기 있는 거냐. 그렇게 생각하는데, 나직한 헛기침 소리가 들려왔다.

"……잇시키?"

고개를 돌리자 생긋 웃는 유키노시타가 보였다. 앗, 나 이거 알아! 무서운 유키농 표정이야!

"네, 네엣! 죄송해요, 그래도 저요. 오늘은 뚜렷한 용건이 있어서 찾아온 거예요!"

이제는 아예 조건반사 수준이 되어버린 건지, 잇시키가 유키노시타의 미소에서 벗어나려고 내 등을 마구 떠밀었다. 야야, 하지 마. 나도 저건 좀 무섭다고.

"차, 참아, 유키농. 이로하, 그 용건이란 거, 학생회 일이야?"

달래는 투로 말한 유이가하마가 잇시키를 향해 까닥까닥 손짓을 했다. 그러자 잇시키도 「역시 유이 선배님밖에 없다니까요~」 하고 공치사를 늘어놓으며 태연한 표정으로 원래 위치로 돌아갔다.

대체 무슨 일로 온 거냐는 시선을 보내자, 잇시키가 더욱 태연자약한 표정으로 가볍게 손을 내저었다.

"아, 그게요. 제가 생각보다 한가하잖아요~?"

"엉?"

또 무슨 얼토당토않은 소리냐, 이 녀석……. 댁 때문에 생고생을 한 게 엊그제 같습니다만……? 아니지, 반대로 그 일이 끝나서 한가하다는 뜻인가? 매일같이 지독한 격무에 시달린 끝에 그 후의 갭에 적응하지 못해 얼이 빠져버리는 완전 연소 증후군 같은 거려나. ……근데 완전 연소한 건 이쪽인 것 같은 기분도 듭니다만. 그 점에 대해서는 어떻게 생각하시는지요? 방금 들은 말의 진의를 파악하고자 끈적한 시선을 보내자, 잇시키가 집게손가락을 턱에 대고 깜찍하게 고개를 갸웃했다.

"이맘때는 학교 행사도 없고, 자질구레한 일은 부회장 등등이 빠릿빠릿하게 처리해주거든요. 학년말 보고서 작성도 저는 마지막에 도장만 찍으면 되니까요."

오호라. 학생회 업무에 대해서는 그다지 아는 바가 없지만, 의외로 그럴지도 모른다. 3학년은 대학 입시로 한창 분주할 무렵이고, 학교 측도 신입생 선발로 눈코 뜰 새 없이 바쁠 테니.

그렇다면 결과적으로 재학생들은 반쯤 방치 상태가 되기 마련이다. 그러니 확실히 한가할지도 모르지.

고…… 라는 느낌으로 다짜고짜 화제를 돌렸다.

"방금 그건 농담이랄까, 선배님 흉내를 내본 것뿐이지만 요……. 아무튼 그래서 의리 초콜릿을 만드는데 참고로 삼을까 해서 그러는데요. 선배님, 단 거는 뭘 좋아하세요?"

"단 거라……. 그럼 이거지."

가방에서 꺼낸 것은 당연히 MAX 캔 커피. 왜냐하면 이것 또한 특별한 존재이기 때문입니다.[1]

맥캔을 책상에 탁 올려놓자, 세 사람의 미심쩍은 시선이 쏟아졌다.

저기요, 그 불신의 눈빛은 뭡니까……. 단 걸 선물 받을 때, 이걸 받고서 싫은 표정을 할 치바 사람은 없다니까. 그렇게 주장하고픈 심정이었으나, 어쩐지 다들 뭔가 미묘한 표정을 짓는단 말이지…….

맥캔을 지그시 응시하던 유이가하마가 불쑥 중얼거렸다.

"……이거라면 나두 만들 수 있을지두."

"야 이 바보야, 웃기지 마. 맥캔을 무시하지 말라고. 그냥 커피에다 설탕하고 연유만 넣으면 되는 줄 알아? 작작 좀 하라고 진짜."

"뭔가 진심으로 화났어?!"

그야 당연하지. 커피에 연유 좀 탄 것하고는 차원이 다르니까. 오히려 연유에 커피를 탔다고 하는 편이 납득하기 쉬울

#1 왜냐하면 이것 또한 특별한 존재이기 때문입니다 웨더스 오리지널 캔디 CF 문구 패러디. 원문은 「왜냐하면 그 또한 특별한 존재이기 때문입니다」 이다.

정도라고. 그냥 성분표대로 만든다고 저렇게 농밀한 단맛이 날 리 없다. 아마추어가 가볍게 손댈 물건이 아냐.

잇시키가 입술에 손가락을 대고 뭔가 생각하는 기색으로 입을 열었다.

"그보다 그거면 예산 초과에요."

"얼마나 만들 작정인지는 모르지만, 개당 130엔 이하라니 몹시 빠듯한 예산 책정이구나……."

유키노시타가 관자놀이를 꾹꾹 누르며 어처구니없다는 목소리로 대꾸했지만, 그런 걱정일랑 할 필요가 없다.

"괜찮아. 맥캔이라면 가게를 골라서 상자째로 사들이면 더 싸게 먹힌다고."

"힛키, MAX 커피가 그렇게 좋아……?"

"살면서 꿀 빠는 경우가 거의 없다 보니 그 반동이라고나 할까. 빠는 거라곤 쓸개즙 같은 것뿐이거든."

무심코 크큿 삐딱한 쓴웃음을 짓자, 유키노시타가 어깨에 내려앉은 머리카락을 쓸어 넘기며 호전적인 미소를 지었다.

"와신상담이라는 말도 있잖니. 쓸개즙은 빠는 게 아니라 핥는 거야."

"뭐면 어때. 결과적으로 쓴 성분을 섭취한다는 점은 마찬가지잖아. 그러니까 앞으로는 꿀만 빨면서 살고 싶다고."

"네가 날로 먹으려고 했던 건 쓸개가 아니라 인생이었나 보구나……."

유키노시타가 깊디깊은 한숨을 내쉬었다. 네네, 말씀하신 그대로입니다요. 나란 놈은 쓸개즙도 쭉쭉 빨고 인생도 쭉쭉 빤다. 고로 인생 = 쓸개즙이라 할 수 있으므로, 인생은 고난 이다!

그렇게 실없는 생각을 하고 있자니, 잇시키가 피식 비웃음을 날렸다.

"아, 네에. 그런 건 제 알 바 아니고요."

야야, 알 바 아니라니 너무하잖아. 잇시키가 홍차를 한 모금 마시고 종이컵을 탁 내려놓더니 다시 나를 돌아보았다.

"의리 초콜릿 기준으로 생각해달란 뜻이었어요"

"의리 초콜릿이라……."

머리를 긁적이며 기억을 되짚어보았지만, 의리 초콜릿이라는 걸 받아본 적이 없어서 기준을 잘 모르겠다. 여동생한테 받은 건 진심 초콜릿이니까!

그런 속마음이 얼굴에 드러났는지, 잇시키가 씨익 음흉한 미소를 지었다.

"아하, 선배님 초콜릿 받은 적 없는 타입이군요? 하지만 남자들은 누가 초콜릿을 많이 받나 경쟁하고 그러잖아요? 하나도 못 받으면 남자의 자존심에 상처가 난다고요."

"아니, 그딴 건 딱히 받고 싶지도 않다만……. 뭐야, 밸런타인데이란 게 스포츠 경기 같은 거였어?"

많이 받은 사람이 이긴다니 승패를 가리는 방식은 단순명쾌하기 이를 데 없건만, 규칙 적용이 귀에 걸면 귀걸이 코에 걸면 코걸이란 말이지. 특히나 의리 초콜릿이라는 오프사이드

트랩을 사방에 잔뜩 깔아놓는 놈들! 그거 아무리 봐도 할리우드 액션으로 경고 없이 퇴장감이잖아. 그나저나 오프사이드란 게 뭐지? 축구 규칙에는 어두운 저입니다.

그렇게 이런저런 반론을 제기해봤지만, 그런 내 반응을 단순한 허세로 해석했는지 잇시키는 아예 들은 척도 하지 않았다. 그러더니 급기야 미묘하게 따스한 시선과 함께 못 말리겠다는 표정으로 한숨을 쉬었다.

"할 수 없죠. 그럼……."

"쓸데없는 걱정이야."

뭔가 말하려는 잇시키를 유키노시타가 가로막았다. 머리카락을 사륵 쓸어 올리며 지어 보인 여유로운 미소는 입을 헤벌린 잇시키의 앳된 표정과는 대조적이었다.

"네……? 유키노시타 선배님, 설마……."

당황한 잇시키의 말을 끝까지 듣는 대신, 유키노시타는 후훗 부드럽게 미소 지었다.

"히키가야에게는 경쟁할 만한 친구 같은 건 없으니까."

"아, 하긴 그러네요."

흠흠 고개를 끄덕이는 잇시키에게 이끌려 나까지 덩달아 흠흠 고개를 끄덕이는 바람에 마치 닭장 속 같은 장면이 연출되었다. 옳거니, 그러니까 외톨이란 경쟁 원리에서 자유로운 원시 공산주의였던 건가. 원시적이다 못해 혈혈단신이라는 게 문제지만.

진정한 평화란 과연 무엇인가에 대한 고찰에 빠져들려는

데, 옆에서 듣고 있던 유이가하마가 뺨을 볼록 부풀렸다.

"걱정할 필요 없다구 생각하는데……. 힛키, 분명 받을 거니까. ……그치?"

그렇게 말하며 흘끗 조심스러운 시선을 보내온다.

나도 잔잔한 미소를 띠며 마주 고개를 끄덕여보았다.

"네……? 그럼……."

잇시키의 시선이 나와 유이가하마 사이를 힐끔힐끔 오갔다. 당혹스러운 듯 흔들리는 그 눈동자를 마주한 순간, 승리감에 찬 미소가 새어나왔다.

"훗, 물론이지. ……나한테는 코마치가 있으니까!"

그러니까 틀림없이 받을 수 있어! 만세! 여동생이 있어서 천만다행이야! 여동생만 있으면 돼!

하지만 잇시키는 의아한 표정으로 고개를 갸웃했다.

"네? 코마치요……? 그게 누군데요? 쌀?"

"아냐."

뭐야, 잇시키네 집에서는 아키타 코마치[2]를 즐겨 먹나? 사실은 우고 농협에서 콜라보 상품을 내줬으면 할 정도라고. 아니, 그보다는 치바 농협에서 움직여주세요.

"아, 코마치는 힛키 여동생이야."

유이가하마의 설명에 잇시키가 심드렁한 표정으로 흐응이니 흐음이니 하는 소리를 냈다.

#2 아키타 코마치 쌀 품종으로, 아키타에 있는 우고라는 지역 농협에서 포대에 미소녀 일러스트가 인쇄된 아키타 코마치를 판매한다.

"맞다. 선배님 여동생 있다고 했죠?"

"그래."

있다. 세계적인 여동생이. 더 나아가서는 세계의 여동생이.

자랑스럽게 대답하자, 잇시키가 미심쩍은 표정으로 나를 빤히 응시했다. 극한까지 가늘어진 실눈으로 노려보다 살짝 고개를 갸웃한다.

"……시스콤?"

"바보야 틀렸어 아니라고."

부인했지만, 주변의 반응은 차가웠다.

"……그건…… 부정, 못할지두."

유이가하마의 말에 유키노시타도 침통한 표정으로 고개를 떨구었다. 야야, 두둔 좀 해달라고.

그 반응에 흠흠 납득한 기색을 보이시는 이로하스. 그리고 집게손가락을 턱에 대고는 깜찍한 미소를 지으며 고개를 갸웃했다.

"선배님, 역시 연하 취향이군요."

"아니 딱히 전혀."

연하니 연상이니를 따지기 이전에, 나는 올마이티하게 웬만한 사람은 죄다 껄끄러워하는 타입이다.

적당히 받아넘기자 잇시키가 칫, 하고 들릴락 말락 한 소리로 혀를 찼다.

"그럼……."

목을 가다듬듯 흠흠 헛기침을 한 잇시키가 눈을 빼꼼 들어

나를 보더니, 황급히 시선을 피했다.

교복 가슴께를 꼭 움켜쥔 채, 몸을 뒤튼 탓에 흐트러진 치맛자락을 정돈하는 손이 희미하게 떨렸다. 촉촉한 눈망울 밑에서 흘러나오는 숨결은 뜨거웠다.

그리고 띄엄띄엄 끊기는 가냘픈 목소리로 입을 열었다.

"연하는…… 싫어, 하세요?"

……싫지, 는 않지! 그럼! 오히려 호불호를 따질 경우 굳이 말하자면 껌뻑 죽는다고!

유이가하마가 나직하게 탄식하며 어이없다는 표정으로 잇시키를 바라보았다.

"그거, 역시 말투랑 몸짓의 문제잖아……."

"……뭐 그렇긴 하지."

그래그래, 나도 그 의견에는 동감이다. 이쯤 되니 아무래도 내성이 생겨버렸거든. 그 사실에 심기가 불편해지셨는지, 잇시키가 살짝 원망스러운 눈길을 보내왔다.

그 반응에 저절로 쓴웃음이 흘러나왔다.

잇시키의 몸짓도 말투도, 그리고 잇시키 본인 역시 매력적이라고 생각하지만 몇 가지 이유로 지금의 내게는 크게 효과가 없을 뿐이다. 예전의 나였더라면 한방에 격침당했을 게 분명하다.

그 몇 가지 이유 중 가장 대표적인 것을 꼽아보자면.

"난 여동생이라면 연하든 연상이든 상관없이 좋아한다고."

"그게 시스콤이나 연하 취향보다 훨씬 중증이라구!"

유이가하마의 비통한 목소리가 부실 안에 울려 퍼지자, 잇시키도 오만상을 찌푸리며 힘주어 고개를 끄덕였다. 뭐냐고, 연상의 코마치라니 상상만으로도 불타오르는 게 당연하잖아. 누구 공감해줄 사람 없으려나 싶어 주위를 둘러보자, 유키노시타가 복잡한 표정으로 팔짱을 낀 채 고개를 비스듬히 꼬았다.

　"연하의 기준이 뭐지? 학년? 태어난 해? 아니면 생년월일이 조금이라도 늦으면 연하라고 할 수 있는 걸까……? 정의가 애매하구나. 우선 그것부터 정해야 하지 않겠니?"

　유키노시타가 중얼중얼 그런 소리를 늘어놓자, 그 말을 들었는지 유이가하마가 손을 탁 쳤다.

　"아, 그치만 힛키는 약간 누나? 인 편이 더 잘 맞을 거야! ……아마두. 틀림없이."

　불끈 움켜쥔 그 주먹에는 유독 힘이 들어가 있는 것처럼 보였다. 하지만 말이죠, 저는 그런 데는 별로 연연하지 않는답니다.

　"……딱히 상관없지 않냐? 고작 한 살 가지고는 큰 차이도 없다고."

　주로 수입이란 관점에서! 중요한 건 나를 먹여 살릴 수 있느냐다. 그런 면에서 우리 코마치는 날 돌보는데 도가 텄단 말이야! 그 녀석, 일류 양육사의 싹수가 보인다고.

　그러자 잇시키가 나직하게 신음했다.

　"으음, 그래요~? 그거요, 하야마 선배도 같은 생각인가요?"

"아니, 하야마가 어떻게 생각하는지는 모르겠다만."

"하지만 선배님, 예전에 후배란 입장은 일종의 이점이라고 하셨잖아요~?"

"으음, 그야 그렇지……"

잇시키의 말에 문득 생각에 잠겼다.

그러고 보니 저 녀석, 어쨌거나 후배였지……? 나를 대하는 잇시키의 태도에서 경의나 공경, 존경이나 리스펙트 등등의 감정은 눈곱만큼도 찾아볼 수 없는 탓에 후배란 느낌이 희박해서 말이야……

그나저나 저 녀석, 진짜 나를 너무 무시하는 거 아니냐? 아무리 내 이니셜이 H가 두 개여서 H2라지만 수소처럼 존재마저 가벼운 건 아니고, 야구 만화치고는 야구의 무게감이 약간 적은 만화도 아니거든? 그건 야구 만화라기보다는 오히려 청춘 러브코메디에 더 가깝다고 생각한단 말이지. 그야말로 불후의 명작이라 여름방학마다 전권 정주행한다니까.

"그보다 너, 4월생이라 실질적인 차이는 1년도 안 되니까 연하란 이미지가 별로 없다고."

현재 체감상으로는 두세 살은 돼야 그나마 연상이나 연하란 느낌이 든다. 예를 들어 코마치나 하루노 정도면 차이가 난다고 해도 무방하겠지. 히라츠카 선생님 정도면…… 묵념.

실제로 잇시키와의 나이차는 여덟 달. 게다가 유키노시타와 잇시키는 기껏해야 석 달 차이다.

그렇게 생각했지만 당사자인 잇시키는 의견이 다른지, 얼빠진 표정으로 커다란 눈을 깜빡이며 나를 보았다.

"……."

"뭐냐……."

"아, 아뇨……. 그냥 좀 뜻밖이라서요."

물어보자 얼버무리듯 꼬물꼬물 앞머리를 만지작거린다.

한편 그 맞은편에 앉은 유이가하마는 끼익 요란하게 의자를 밀어젖혀 나와의 거리를 벌렸다.

"생일은 어떻게 아는 거야! 무서워! 힛키, 소름끼쳐……. 진짜 소름끼친다구……."

"……잘 아는구나."

그리고 유키노시타는 미동조차 없이 생긋 웃었다. 밝은 미소라기보다는 살인 미소라는 말이 더 어울릴 법한 표정으로, 서슬 퍼런 박력이 느껴졌다.

"아니 그게, 잇시키가 전에 음흉하게 제 입으로 쓸데없는 어필을 하는 바람에……."

"쓸데없다니요?! 쓰, 쓸데 있다고요! 뭣보다 음흉하지도 않고요 오히려 선배님의 그런 부분이 더 음흉하거든요!"

잇시키가 벌떡 일어서서 집게손가락을 척 들이댔다. 뭣보다 음흉하지도 않고요, 어디로 보나 잇시키 네가 더 음흉하거든요……?

"난 기억력 하나는 끝내주거든……. 됐고, 볼일 끝났으면 학생회실이든 축구부실이든 아무데로나 좀 가라, 응?"

내 말에 잇시키가 못마땅한 기색으로 입술을 삐죽거리면서도 마지못해 부실을 나서려 했다. 쟤는 또 저러네. 그래그래 앙큼하다 앙큼해.

나와 유키노시타, 유이가하마가 쓴웃음을 지으며 그런 후배의 뒷모습을 배웅하는데, 잇시키가 걸어가는 방향, 즉 봉사부실 문 쪽에서 노크 소리가 들려왔다.

2

이리하여
여자들의 싸움이
시작된다
(남자도 있다고).

똑똑 노크 소리가 들려온 문을 한동안 가만히 바라보았다.

부실을 나서려던 잇시키가 문과 우리를 번갈아보더니, 다소 곳이 원래 자리로 돌아와 앉았다. 하긴 지금 부실에서 나가 방문객과 얼굴을 마주하는 것도 어색할 테지.

이윽고 얇은 벽 너머에서 투닥거리는 소리가 들려왔다.

"아니, 나안 딱히 여기다 부탁 안 해도……."

"에이, 뭐 어때서 그래? 게다가 나도 이런 쪽은 영 꽝인걸."

귓속을 파고드는 것은 귀에 익은 가시 돋친 말투. 그리고 온화하지만 어딘가 강경한 느낌을 주는 음성.

그리고 또다시, 이번에는 아까보다 조금 더 리드미컬한 노크 소리가 들려왔다.

"들어오세요."

유키노시타의 허락에 드르륵 조심스럽게 문이 열렸고, 그 문틈으로 에비나 양이 빼꼼 고개를 내밀었다.

"헬로헬로~. 잠깐 시간 돼?"

"히나? 웬일이야? 아, 일단 들어와, 들어와!"

유이가하마가 까닥까닥 손짓을 하며 말하자, 에비나 양이 고개를 끄덕였다. 으음, 바람이 들이치니 얼른 들어와 줬으면 좋겠는데. 내가 앉은 자리, 문하고 가까워서 말이야…….

"실례합니다~."

양해를 구한 에비나 양이 부실로 들어오자, 뒤이어 뚱하니 고개를 돌린 미우라가 말없이 따라 들어왔다.

"무슨 일이니?"

유키노시타의 물음에 미우라가 말하기 껄끄러운 듯 머뭇거리며 잇시키를 흘끗 곁눈질했다.

"쟨 왜 여깄는데?"

"으음, 개인적으로는 그건 제가 할 말…… 이란 생각이 든다고 할까요?"

잇시키가 활짝 웃으며 대꾸하자, 미우라가 머리카락을 빙글빙글 꼬며 언짢은 기색으로 그런 잇시키를 노려보았다.

으음, 거참 미묘한 분위기로구만……. 그렇게 생각했을 때, 그 사실을 알아차린 유이가하마가 상황을 타개하고자 입을 열었다.

"아, 혹시 말야, 사람 많음 이야기하기 힘들어?"

"아니 뭐 꼭 그런 건 아니지만……."

대답과는 달리 미우라의 태도는 여전히 퉁명스러웠다. 이래서야 대화가 매끄럽게 진행되기는 글렀는데.

"정 불편하다면 잇시키는 돌려보내마."

"네에?! 그런 게 어딨어요~?!"

저기, 따지고 보면 넌 부원도 뭣도 아니거든……? 사뭇 당연하다는 기색으로 떡 버티고 있는 게 오히려 이상하다고.

그러자 에비나 양이 달래듯 미우라의 어깨를 가볍게 토닥였다.

"자자, 괜찮아 유미코. 그런 문제는 뭐랄까, 설명하기 나름이니까. 지나치게 구체적으로 들어가지만 않으면 돼. 그치?"

"하긴 털어놓기 힘든 부분도 있을 테니까……. 나는 그래도 상관없어."

유키노시타의 시선이 흘끗 이쪽을 향했다. 확인을 구하는 듯한 그 눈빛에 나도 고개를 끄덕여 보였다.

"뭐 일단 되는 데까지라도 들어보자고. 모르겠는 건 나중에 따로 물어보면 되니까."

"응. 그러게. ……그리구 말야, 어쩌면 이로하 의견두 참고가 될지 모르구."

자기만 따돌리는 듯한 분위기가 못마땅한지 잇시키가 토라진 기색으로 뺨을 볼록 부풀렸지만, 유이가하마의 말에 결국 마뜩찮은 기색으로나마 고개를 끄덕였다. 그러자 마음이 놓이는지, 유이가하마가 안도의 미소를 지었다. 왠지 양쪽을 다 신경 쓰는 기색이라 조금 미안해졌다.

"그러면 이제 이야기를 들려주겠니?"

유키노시타가 다시 대화의 주도권을 잡았다.

미우라는 한동안 잇시키를 가만히 응시했지만, 이내 시선을 돌리고 갈라진 끝을 찾는 것처럼 자기 머리카락을 만지작거리며 입을 열었다.

"……그 뭐더라, 수제 초콜릿? 같은 걸 만들어볼까 해서. ……그게, 내년엔 수험생이고. 그냥, 마지막이니까……."

쑥스러움과 수줍음이 짙게 묻어나는 음성과 더불어 미우라의 볼은 점차 발그레하게 물들었고, 그 목소리도 차츰 작아져갔다.

하지만 그 속에서는 약간의 쓸쓸함이 엿보였다. 어쩌면 그냥 내가 멋대로 그렇게 해석한 것에 불과할지도 모르지만…….

내년 이맘때, 우리에게는 등교 의무가 없다.

말 그대로 입시철의 정점. 사립대학 응시생이라면 한창 시험을 치르고 있을 무렵이다.

따라서 실질적으로는 고교 생활 중 마지막 밸런타인데이다. 아마도 앞으로의 인생에서 밸런타인데이는 전혀 다른 의미를 지니게 되겠지.

예를 들어 대학생이나 사회인이 됐을 때, 밸런타인데이는 판이하게 다른 느낌으로 다가오지 않을까. 설마 어른이 된 후에도 초콜릿을 받느냐 못 받느냐로 일희일비하지는 않을 테니까. 어릴 때는 눈이 내리면 신나고 즐거워서 일기예보에서 눈 표시를 보면 가슴 설렜지만, 이제는 학교 갈 때 성가신데다 춥고 눅눅해서 싫다는 식으로 불편한 점들만 눈에 띄는 것과 비슷한 이치인지도 모른다.

"……그래서 한 번쯤 시험 삼아 만들어 봐도 괜찮지 않을까 싶달까?"

발그스름하게 물든 얼굴을 감추듯 미우라가 머리카락을 손가락으로 빙글빙글 꼬았다. 그 머리카락을 사르륵 빗어 내리며 내뱉은 말에는 다소나마 수긍이 가는 부분이 있었다.

생각하기에 따라서는 그야말로 인생 최후의 밸런타인데이다.

그러나 그 말에 전적으로 공감하는 사람은 많지 않은 눈치였다. 잇시키는 아직 1학년이라 영 실감이 나지 않는지 그런가요~? 라는 표정으로 멍하니 입을 벌린 채였고, 유키노시타는 흐음, 하고 턱을 매만지며 뭔가 생각하는 기색이었다.

그리고 유이가하마는 심통 난 기색으로 볼을 부풀렸다. 그 상태로 눈을 가늘게 뜨고 새치름한 눈빛으로 미우라를 보았다.

"……유미코, 수제는 부담스럽다구 해놓구."

"……그, 그건."

날카로운 지적에 말문이 막힌 미우라가 슬그머니 시선을 피했다. 하지만 돌려버린 그 얼굴을 뒤쫓듯 유이가하마의 고개도 같은 방향으로 돌아갔다. 입술을 삐죽 내밀고 툴툴거리는 유이가하마를 에비나 양이 다독였다.

"자자, 너무 그러지 마. 좋잖아, 수제 초콜릿."

"응? 히나두 만들려구?"

유이가하마가 놀란 기색으로 눈을 깜빡이며 에비나 양을 쳐다보았다.

"응. 그냥 유미코가 한다길래 꼽사리나 껴볼까 하고. 이럴 때 겸사겸사 쓸 만한 걸 배워두면 좋을 거 같아서."

"글쿠나. 뭔가 의외야……."

"그래? 과자 만드는 법을 배워두면 코믹마켓 같은 데서 조공할 때 유용하거든."

잠자코 두 사람의 대화를 듣다가, 문득 위화감을 느꼈다.

"흐음……."

……조공, 조공이라. 흐음~. 조금 의아하게 여기며 그쪽으로 시선을 보내자, 에비나 양이 쓰윽 고개를 돌려 나를 보았다.

뭔가 문제라도 있느냐고 묻는 렌즈 너머의 눈동자. 그 시선에 살짝 고개만 저어 대답을 대신했다.

친구나 지인이 아닌 사람에게 조공이나 선물을 할 때, 직접 만든 음식은 터부시되는 경향이 있다. 그 사실을 모를 에비나 양이 아니다.

그런데도 의리 초콜릿 만드는 법을 배우겠다니, 그 말은 곧 조금이나마 신경 쓰이는 존재가 있다는 증거나 다름없을 터…….

……해냈구나, 토베. 조금은 진전이 있었다고. 물론 주려는 사람이 토베인지는 모를 일이고, 심지어 토베가 누구인지도 모르는 수준이지만. 그나저나 누구냐고, 토베.

그렇게 어딘가 가슴 훈훈한 심경으로 바라보는데, 에비나 양의 눈썹이 꿈틀했다. 그리고 부후훗이라는 오만불순(傲慢不純)한 웃음소리와 함께 안경알을 번뜩였다.

"역시 수제는 끝내준다니까! 히키타니도 하야토와 우정 초콜릿(友チョコ, 토모초코)을 교환해보는 게 어때?"

"미안하지만 사양하련다……."

하여튼 에비나 양은 역시 에비나 양이구만. ……여러 가지 의미에서. 애당초 도대체 어떻게 생겨먹은 문화인 거냐고. 우정 초콜릿이라니, 마루코네 할아버지냐?#3

"게다가 그 녀석, 어차피 안 받을 거라며."

"남자끼리면 세이프야!"

전제부터가 아웃이거든?

하긴 에비나 양하고 무슨 이야기를 하리오……. 평소 같으면 제지에 나섰을 미우라도 복잡한 표정으로 머리카락만 꼬아대는 중이고…….

우정 초콜릿이니 호모 초콜릿이니 하염없이 떠들어대는 에비나 양을 무심하게 무시하는데, 그 옆에서 잇시키가 으음~ 하고 신음하며 팔짱을 꼈다.

"하긴 그러네요~. 안 받겠다고 공언한 이상, 아무래도 힘들겠죠."

아니 저기 그런 뜻이 아니라 저와 하야마 군은 둘 다 남자라서요……. 어라? 반대로 그 녀석, 남자가 주는 거면 분란의 씨앗을 제공한다는 오점을 남기지 않아도 되니까 서글서글한 미소를 지으며 받을 거 같은데……? 뭐야 그거. 어쩐지 다른 쪽으로 오점을 남겨버릴 것 같습니다만? 하지만 그런 전개는 오점은커녕 개인적으로는 빵점이거든요?

#3 마루코네 할아버지 만화 「마루코는 아홉 살」의 주인공 마루코의 할아버지 이름이 사쿠라 토모조인 데서 온 말장난.

"어떡하면 좋죠……?"

"휴우, 내 말이……."

잇시키와 미우라의 탄식이 하나로 어우러지며, 둘이 동시에 고개를 들었다. 그 시선이 마주친 순간, 파직 불꽃이 튄 것 같은 느낌이…….

싫어라, 무서워라…….

×　×　×

1층 매점 앞 자판기에서 MAX 커피를 뽑았다.

캔을 꺼내들고 일어서자, 커다란 한숨이 흘러나왔다.

잇시키와 미우라의 치열한 신경전이 이어지니, 남자인 나로서는 위축될 수밖에 없다. 어찌나 위축됐는지 미국 괴담의 슬렌더맨(slender man)이 울고 갈 지경이다.

화장실에 다녀오는 김에 자판기에 들러 가뿐하게 한 캔 빨아주는 것으로 지친 심신을 달래며 부실로 돌아가려고 맥캔을 홀짝이며 터덜터덜 계단을 올라가다가, 부실 문 앞에서 서성거리는 인물을 발견했다.

그 인물이 안절부절 두리번두리번할 때마다, 푸른빛 감도는 흑발의 포니테일이 이쪽으로 달랑달랑달랑 저쪽으로 달랑달랑달랑 바둑이 방울 잘도 울린다.

"……야, 너 여기서 뭐 하냐?"

수상쩍기 그지없는 행동거지에 무심코 말을 걸자, 포니테일

고개를 돌리자 못마땅한 표정으로 이쪽을 쳐다보는 미우라가 보였다. 그 태도가 거슬렸는지, 카와사키도 미우라에게 차가운 시선을 던졌다. 그러자 미우라도 험악한 눈초리로 카와사키를 쏘아보았다.

"그보다 나아, 이야기 아직 안 끝났거든요?"

"뭐? 넌 노닥노닥 차나 축내더니 갑자기 왜 시비야?"

앞서 한 말 철회. 카와사키 양, 역시 무섭습니다…….

한 치의 양보 없이 살기등등하게 눈싸움을 벌이는 미우라와 카와사키. 아, 네. 두 분은 여전히 견원지간이셨군요…….
눈을 부라리는 두 사람의 모습에 잇시키가 그 자리에 얼어붙었다.

그러자 그 교착상태 사이로 에비나 양이 끼어들었다.

"자자, 유미코, 참아. 사키사키도 뭔가 상담할 게 있는 거지? 나라도 괜찮다면 들어줄게."

"도와주는 사람은 우리인데……."

"일단 이야기해봐, 응?"

유키노시타의 지적 따위 들리지도 않는 기색으로 에비나 양이 재촉했다. 그러자 카와사키가 힐끔힐끔 나와 유이가하마, 유키노시타의 눈치를 살피더니, 나직하게 한숨을 쉬고는 마침내 입을 열었다.

"그게, 초콜릿 말인데……."

말이 떨어지기가 무섭게 미우라가 피식 코웃음을 쳤다.

"뭐래, 너도 누구 주려고? 웃겨."

"뭐야?"

"뭐?"

또다시 둘 다 눈에 쌍심지를 켰다.

"……너도라니. 그딴 식으로 똑같이 취급하지 마. 난 너랑 달리 그따위 쓸데없는 일엔 관심 없으니까."

"뭐?"

"뭐야?"

……싸우지 마! 사이좋게 지내라고!

으르렁대는 미우라와 카와사키의 모습에 유키노시타가 한숨을 쉬며 고개를 절레절레 저었다. 저기, 개탄을 금치 못하겠다는 표정이다만 따지고 보면 네 성격도 만만치 않거든……? 으음, 그래도 요새는 그 건드리면 다치는 뾰족뾰족 하트의 예리한 나이프[#4] 같은 유키농은 보기 힘들어졌지만.

미우라와 카와사키의 팽팽한 신경전을 지켜보던 잇시키가 불쑥 중얼거렸다.

"역시 선배님 주위에는 이상한 사람이 많네요……."

"뭐?"

"뭐야?"

두 사람이 도끼눈을 뜨고 노려보자, 잇시키가 잽싸게 내 뒤로 피신했다. 야, 자꾸 그렇게 졸래졸래 지뢰밭으로 걸어 들어갈래……? 무슨 덜떨어진 고양이도 아니고……. 뭣보다

#4 건드리면 다치는 뾰족뾰족 하트의 예리한 나이프 일본 가수 체커즈의 히트곡 「뾰족뾰족 하트의 자장가」 가사 패러디.

저도 저 두 사람은 좀 무섭단 말입니다!

아무튼 얼른 이야기를 진행시키자. 한시라도 빨리 해방되려면 그 수밖에 없다.

"그래서 초콜릿이 뭐 어쨌는데?"

"동생이 어린이집에서 밸런타인데이 이야기를 들었는지, 자기도 만들어보고 싶대서……. 뭔가 어린아이도 만들 수 있을 만한 게 없을까?"

"어린아이도 만들 수 있는 것……."

카와사키의 말을 따라하며 유키노시타가 흠흠 고개를 끄덕였다. 그러자 에비나 양이 어? 하고 고개를 갸웃했다.

"근데 사키사키, 집안일 잘하지 않아?"

맞다. 그러고 보니 카와사키는 부모님이 바쁜데다가 형제도 많아서 집안일을 자주 거든다고 했지. 장바구니 밖으로 파가 삐죽 튀어나온, 살림에 찌든 주부 같은 모습도 본 기억이 있다. 그렇다면 요리에도 일가견이 있을 법한데. 그렇게 생각하며 돌아보자, 카와사키가 겸연쩍은 기색으로 시선을 피했다.

"……그게, 내가 만드는 건 뭔가 투박해서. 애들은 별로 안 좋아할 거 같거든."

"참고삼아 카와사키 네가 잘하는 음식이 뭔지 물어봐도 되겠니?"

유키노시타의 물음에 한동안 침묵을 지키던 카와사키가 기어들어가는 목소리로 더듬더듬 대답했다.

"토, 토……."

토…… 토핑용 과자? 그거라면 애들도 좋아할 거 같은 느낌이 드는데. 나만 해도 어릴 때는 크리스마스 케이크에 장식된 산타클로스를 두고 코마치와 쟁탈전을 벌였던 몸이라고. 그러다 그 맛이 영 별로라는 사실을 깨닫고 둘 다 안 먹으려고 해서, 매번 아버지가 울며 겨자 먹기로 처리 당번을 떠맡아야 했지만.

그러나 카와사키가 말하려는 건 토핑용 과자가 아닌 모양이었다. 궁금한 마음에 모두가 카와사키를 주시했다.

그 시선에 카와사키가 창피한 듯 고개를 수그리더니, 모기만한 목소리로 말했다.

"토, 토란 조림……."

……투박하다.

예상을 가뿐히 뛰어넘는 대답에 순간적으로 부실이 정적에 휩싸였다. 그 정직하기 그지없는 반응에 카와사키가 살짝 울상이 되었다. 어지간히 부끄러웠나 보다.

그 사실을 깨달은 유이가하마가 얼른 고개를 들고 카와사키에게 용기를 불어넣으려는 듯 한결 밝은 목소리를 냈다.

"좋은데 뭘! 난 요리는 완전 빵점이니까 대단하다구 생각해! 그치, 유키농?"

동의를 구하자 유키노시타도 진지한 표정으로 힘주어 고개를 끄덕였다.

"그래. 조림이라고 하면 롤링과 발음이 비슷해서 왠지 귀여운 느낌이 드니까."

"그거 위로 맞아?!"

유이가하마가 화들짝 놀라며 유키노시타를 돌아보았다. 참으로 지당하신 말씀이십니다. 전혀 위로가 안 되잖아.

롤링이라니 뭐냐고……. 잠든 고양이를 롤링하듯 데굴데굴 굴리면 짜증 나 죽겠다는 표정으로 이쪽을 돌아보는데, 그게 또 무진장 귀여워서 살짝 공감해버렸잖아. 다만 장모종의 경우 대걸레마냥 먼지가 덕지덕지 들러붙으니 그 점은 요주의!

어쨌거나 그 문제는 잠시 접어두자. 지금은 카와사키가 먼저니까. 카와사키는 유키노시타의 돼먹지 않은 위로 탓에 오히려 더 창피해졌는지, 갓 분양받은 아기 고양이처럼 오들오들 떨고 있었다. 저기, 미안하다. 쟤가 위로하는 센스가 영 꽝이라서…….

그 대신이라고 하기는 뭣하지만, 나도 헛기침을 하며 입을 열었다.

"그러게. 만들 줄 아는 게 어디냐."

"네에, 그렇긴 하죠. 물론 투박하긴 하지만요…….."

내 말에 잇시키도 곤혹스러운 기색으로 맞장구를 쳤다. 하지만 그 속에서 무시나 조롱의 빛은 찾아볼 수 없었다.

"응, 왠지 사키사키다워서 좋은걸!"

에비나 양도 에비에비한 미소를 지으며 엄지를 척 들었다.

칭찬이 쏟아지자 그건 또 조금 다른 의미로 불편한지, 카와사키가 몸을 배배 꼬기 시작했다. 그러다 갑자기 움찔 몸을 굳혔다. 시선을 따라가 보니, 그곳에는 다름 아닌 미우라가 있었다. 방금 전까지 아웅다웅했던 미우라가 무슨 말을 할지 불안해하는 기색이 역력했다.

하지만 미우라는 그런 카와사키를 유심히 바라보다가, 관심 없다는 듯 홱 고개를 돌려버렸다. 그리고 작은 목소리로 혼잣 말처럼 중얼거렸다.

"너 요리도 하나 보네."

"어? 아, 응. 뭐……."

"흐음……."

손가락으로 빙글빙글 머리를 꼬면서 말했지만, 그 목소리에 서는 어딘가 존경심이 묻어났다. 하긴 미우라 양, 요리는 영 젬병이실 것 같으니까……. 소녀 감성의 소유자인 미우라에 게 요리 능력자는 동경의 대상일지도 모른다.

"카와사키가 요리를 할 줄 안다면, 메뉴 선정만 도와주면 되려나……?"

아까부터 내내 생각에 잠긴 기색이던 유키노시타가 턱을 매 만지며 고개를 갸웃했다.

"나, 나두! 나두 가르쳐줘! 어린애가 만들 수 있는 거면 나 두 할 수 있을 테구!"

유이가하마가 힘차게 손을 들자, 유키노시타가 착잡한 표정 으로 눈을 내리깔았다.

"……과연 그럴까?"

"유키농, 너무 정직해!"

"아냐. 불가능하다고 단언하지 않은 걸로 봐서는 충분히 신경 써준 거라고."

"내가 그렇게 구제불능이야?!"

자각이 부족하구만……. 유이가하마의 경우, 메뉴 선정이나 조리법이 잘못됐다기보다는 괜히 특별한 맛이나 비장의 기술에 집착하는 게 실패 원인이 아닐까 싶다. 예전에 유키노시타하고 같이 만들었을 때는 막판에 가서긴 해도 그럭저럭 먹을 만한 물건이 나왔고. 아니 뭐 유키노시타의 지도 방식에 문제가 없었다고는 못하겠다만…….

"됐고, 내 상담은 어쩔 건데~?"

"맞아맞아, 우리도 끼워줘!"

카와사키의 상담을 듣는데 질렸는지 미우라와 에비나 양이 입을 삐죽거리며 항의하자, 옆에서 잇시키도 빼꼼 손을 들었다.

"아, 그럼 저한테도 참고삼아 알려주세요."

그러자 유키노시타가 조용히 한숨을 쉬었다.

"나는 상관없지만……."

그렇게 말하며 나를 흘끗 곁눈질한다.

"……일단 생각해보는 걸로 해두면 되지 않겠냐? 실제로 만드는 거야 각자 알아서 할 테고."

"그래……. 알겠어. 후보를 추려볼 테니, 조금만 시간을 주겠니……?"

미우라와 에비나 양, 그리고 카와사키의 얼굴을 차례로 둘러보며 유키노시타가 말하자, 셋이 일제히 고개를 끄덕였다.

　미우라 일행이 떠나고 난 지 얼마 후. 마침내 평온을 되찾은 부실에서 유키노시타가 조용히 한숨을 내쉬었다.

"오늘은 왠지 진이 빠지는구나……."

　새로 우려낸 홍차를 입으로 가져가며 우리도 느긋이 한숨 돌렸다. 오늘은 희한하게 방문객이 많았다. 하루에 세 명, 아니, 잇시키를 포함하면 네 명이나 찾아오다니. 역대 최고기록일지도 모른다.

　예전에 비하면 대성황이라 해도 과언이 아니다.

　별다른 집기도 없이, 그저 창고처럼 휑뎅그렁하기만 했던 부실도 지금은 사람의 숨결이 느껴진다. 뿔뿔이 흩어져 있던 의자들 역시 제각기 다른 방향을 바라보고 있으면서도, 어느새 티 세트가 놓인 긴 책상을 중심으로 삐뚤빼뚤 일그러진 원을 그려내기 시작했다.

　부실 풍경은 그때와 확연히 달라졌다.

　약하게 틀어놓은 난방과 티 세트, 무릎 담요. 켜켜이 쌓인 문고본의 수. 의자 개수와 비품의 배치. 새어드는 햇살의 강도와 벽에 걸린 코트.

　늦은 봄에는 차가운 빛이 감돌았던 이 공간에도 어느덧 따스한 색채가 넘쳐흐르기 시작했다.

　그러한 변화가 계절의 흐름으로 인한 것인지, 아니면 무언가 다른 요인이 작용한 결과인지는 확실치 않다. 다만 그 나른한 분위기가 어쩐지 간질간질하게 느껴져, 무심코 창밖으로 시선을 돌렸다.

일기 예보에 따르면 며칠 내로 극심한 한파가 찾아올 거라고 했다. 그래서인지 오늘도 거센 바람이 쌩쌩 불어왔다.

여자들 셋이 재잘대는 와중에도 유리창이 삐걱거리는 소리는 똑똑히 귀에 들어왔다. 그때 그 소음을 뚫고 드르륵 거칠게 문을 열어젖히는 소리가 났다. 그리고 곧바로 매서운 호통이 날아들었다.

"잇시키!"

"헉!"

잇시키의 어깨가 움찔 솟구치더니, 머뭇머뭇 문 쪽을 돌아보았다. 그러자 눈살을 찌푸린 채, 진노하신 기색으로 문 앞에 염라대왕처럼 서 있는 히라츠카 선생님이 보였다.

"선생님, 노크를······."

"아, 미안하군. 조금 서두르다 보니 그만. ······잇시키."

관자놀이에 손을 얹은 유키노시타가 한숨 섞인 목소리로 지적하자, 히라츠카 선생님이 희미한 미소를 지으며 사과하고는 거침없이 부실로 들어왔다.

그리고 책상 옆에 서더니, 팔짱을 끼고 잇시키를 내려다보았다.

"일은 다 끝냈나?"

"아, 그게요······."

잇시키가 말문이 막힌 기색으로 눈을 또록또록 굴렸다. 그

주저주저 흠칫흠칫하는 눈동자와 시선이 마주쳤다.

"뭐야, 너 한가하다며?"

"……저는 한가하단 말이에요."

물어보자 잇시키가 홱 고개를 돌려 나를 외면하며 살짝 토라진 기색으로 대꾸했다. 그 대답에 히라츠카 선생님이 한숨을 푹 쉬었다.

"그야 학생회 업무 자체는 무사히 돌아가고 있지만, 네게는 다른 일거리도 줬을 텐데. 졸업식 송사를 써오라고 하지 않았나?"

졸업식이라…… 벌써 그럴 때가 됐나. 한순간 그런 생각이 들었지만, 졸업식은 3월 둘째 주 초일 터였다. 아직 여유가 있는 것 같은데……? 의문이 고개를 들었지만, 보아하니 잇시키도 나와 같은 생각인 눈치였다. 아이참 성격도 급하시긴☆ 이라는 느낌으로 잇시키가 애교스럽게 웃어 보였다.

"하, 하지만 아직 한 달이나 남았는걸요……?"

"천만에! 그런 방심이 명을 재촉하는 법!"

히라츠카 선생님의 일침에 잇시키가 어깨를 움츠렸다.

옳으신 말씀. 한 달, 남았다고 생각 마라, 한 달.#5

자고로 일이든 여름방학이든, 아직은 여유가 있다고 생각하는 바로 그 순간 여유가 사라지는 법이니까.

세월이 쏜살같다는 말은 진리여서, 아직 괜찮아 아직 괜찮

#5 **한 달, 남았다고 생각 마라, 한 달** 「계속 있으리라 생각 마라, 부모와 돈」이라는 일본 격언 패러디.

아 괜찮아 괜찮아 고질라! 같은 생각을 하다 보면 전혀 괜찮지 않은 상황에 처하는 경우가 종종 발생한다.

오빠야, 마감은 왜 금방 와버려?

"애초에 2월은 한 달로 치지 않는다. 그렇지 않아도 짧은데다 입시니 뭐니 해서 우리도 짬을 내기가 어려우니까. 여러모로 시간이 부족한 게 2월이지."

히라츠카 선생님이 단호하게 말했다.

"네! 할게요! 열심히 할게요! 어떻게든 해볼게요! 그래서 여기 상담하러 온 거였거든요! 작년에는 어땠는지 여쭤보러 온 거였어요!"

대답하는 잇시키의 목소리는 씩씩했고, 답변도 지극히 모범적이었다. 그런데 말입니다, 댁이 상담하러 온 건 의리 초콜릿에 대해서가 아니었던가요······?

그나저나 열심히 하겠다든가 어떻게든 해보겠다는 말만큼이나 못 미더운 약속도 없다.

사축의 열심히 하겠습니다, 어떻게든 해보겠습니다는 믿으면 안 돼······. 출처는 우리 아버지. 집에서 회사 일로 통화할 때 입버릇처럼 하는 소리지만, 전화를 끊자마자 「될 리가 있겠냐, 멍청아!」라고 욕한단 말이지, 그 양반······ .

그런 잇시키의 얄팍한 수작을 꿰뚫어보지 못할 리 없다. 골치 아픈 기색으로 긴 머리카락을 쓸어 넘긴 히라츠카 선생님이 엄격한 표정을 지었다.

"자꾸 그러면 곤란해. 내년에는 어엿하게 자립해줘야지. 언제까지나 선배들의 도움에 기댈 수도 없는 노릇이잖나."

히라츠카 선생님의 지적에 유키노시타가 찻잔을 든 채로 힘주어 고개를 끄덕였다.

"맞는 말이구나."

"우움, 힘들 거라구는 생각하지만……. 그래두 회장이니까……."

유이가하마도 난감한 미소를 지으며 잇시키를 보았다.

그러자 잇시키가 아군을 찾아 꼬물꼬물 의자를 움직였다. 그리고 애처로운 눈망울로 내 소맷자락을 쭉쭉 잡아당겼다.

이런 식으로 애원하면 아무래도 마음이 약해진다.

코마치도 궁지에 몰리면 눈물 작전을 쓰는 경우가 많다. 하지만 나 정도 경지에 오른 엘리트 오빠라면 거의 무조건적으로 동생 편을 들어버리고, 여동생을 위해서라면 세계 한둘쯤 거뜬히 멸망시키고도 남는다. 역시 오라버니세요!

할 수 없지. 뭔가 적당히 둘러대서 이 상황을 수습해볼까……? 그렇게 생각하며 입을 여는데, 유키노시타의 목소리가 나를 가로막았다.

"히키가야, 너무 오냐오냐하면 곤란해."

"아니, 하지만 이 녀석도 일단은 상담하러 왔다고 하니까……."

그러자 잇시키가 몸을 불쑥 내밀며 맞장구를 쳤다.

"맞아요~. 다른 사람들의 상담에는 성실하게 응해주셨잖아요~?"

"그치만 이로하가 한 상담은 유미코나 사키랑은 좀 다른 것 같기두 하구⋯⋯."

유이가하마가 우움~ 하고 인상을 쓰며 생각에 잠기자, 히라츠카 선생님이 눈을 깜빡였다.

"뭐야, 상담자가 또 있었나?"

"네! 맞아요! 게다가 엄청 많았다고요~. 그래서 저도 옆에서 거들었다고나 할까⋯⋯."

"네가 할 일이 아니다."

히라츠카 선생님이 단칼에 부정하자, 잇시키가 우읏 입술을 깨물었다.

아직도 멀었구나, 잇시키. 히라츠카 선생님의 추궁을 면하려고 정론을 펼쳐봤자 소용없다고. 왜냐하면 아무리 따져 봐도 히라츠카 선생님의 주장이 더 정론에 가깝거든. 게다가 잇시키가 반듯한 모범생은 아니니까. 반듯하다기보다는 판판⋯⋯ 이라고 할 정도는 아닌가? 그럭저럭 그냥저냥이지. 판판한 건 어쩌고 시타 양이셨지요!

고로 정론이란 남을 몰아붙일 때 써먹어야지, 방패로 삼으려 해서는 안 된다. 따라서 적당히 흘려 넘기거나 받아넘기는 게 상책이다.

내 친히 시범을 보여주마⋯⋯.

"그게요, 상담 내용이 좀 여자 위주랄까 뭐 그래서 말이죠. 이럴 때는 아무래도 여자가 많은 편이 낫지 않을까요, 잘은 모르지만요. 아시겠지만 이제 곧 밸런타인데이니까요."

밸런타인데이. 그 마법의 단어를 입에 올리자, 히라츠카 선생님의 움직임이 뚝 그쳤다. 그리고 느닷없이 아련한 눈빛으로 창밖을 바라보았다.

"그래, 밸런타인데이라……. 이제는 모든 게 다 그립기만 하군……."

후훗 자조적인 한숨을 쉰 후에야 비로소 히라츠카 선생님이 다시 이쪽을 돌아보았다. 그리고 우리를 가만히 바라보다가 또다시 밸런타인데이라, 하고 작은 소리로 중얼거렸다. 그 눈빛에 방금 전까지 엿보였던 장난스러운 기색은 없었고, 어딘가 서글픈 기운마저 묻어났다.

목을 가다듬듯 크흠 가볍게 헛기침을 한 히라츠카 선생님이 다시 입을 열었다.

"상담이 겹쳤다면 송사 제출은 조금 미뤄주도록 하지. 가끔은 반대로 잇시키의 도움을 받는 것도 좋을 테니."

"엇, 아뇨. 딱히 잇시키의 도움은 필요 없는데요……."

"너무하신 거 아니에요?!"

잇시키가 나를 홱 째려보며 울컥한 표정을 지었다. 아니 그게, 넌 걸핏하면 일거리만 늘려놓잖아……. 그렇게 생각하며 냉랭한 시선을 보내자, 유이가하마가 중재에 나섰다.

"자자, 그러지 말구……. 좋잖아, 도와줌 우리두 편하구……."

"과연 그럴까……?"

"선배님, 대체 저를 뭐로 보시는 거예요……?"

볼멘소리를 늘어놓는 잇시키를 무시하고, 유키노시타 쪽을 돌아보았다.

"유이가하마가 그렇게 생각한다면, 나는 상관없는데……."

유키노시타의 말에 히라츠카 선생님이 짝하고 손뼉을 쳤다.

"결정됐군. 송사는 잇시키가 개인적으로 분발하기로 하지. 게다가 모두가 너희에게 의지하는 상황이잖나. 그건 너희들이 여태까지 해온 노력이 인정받은 결과라고 생각한다."

"글쎄요, 그냥 심부름센터쯤으로 여기는 거 아닌가 싶은데요……."

실제로 상담하러 찾아오는 사람은 옛날보다 부쩍 늘었다. 덩달아 업무 강도도 훨씬 세졌다. 문제는 돌아오는 보상이 없다는 점이다. 무급 야근은 저리가라다. 뭐냐고, 탄력적 근무제도에 포괄임금제로 퉁치자는 거냐. 악덕 기업에 들어가도 거뜬히 버텨낼 수 있는 봉사정신이 몸에 배어버렸잖아.

원망스러운 시선을 보내며 그렇게 묻자, 히라츠카 선생님이 찡긋 윙크를 했다.

"그래도 누군가에게는 도움이 되는 셈이다. 망설이고 있을 때 한 발짝 내디딜 수 있도록 응원해주는 존재가 있다는 건 큰 힘이 되니까. 그런 부분을 잇시키에게 대물림해가는 건 바람직한 일이라 할 수 있겠지."

"네, 열심히 배울게요!"

대답하는 잇시키의 목소리는 아주 힘찼지만, 싱글벙글 웃는 얼굴에서는 아싸, 마감 미뤄졌다~! 라고 좋아하는 티가 팍팍 났다.

"……물론 너희들의 나쁜 점을 흡수해가는 건 생각해볼 일이지만. 아무튼 잘 해보도록."

그 말을 끝으로 히라츠카 선생님은 잇시키의 머리를 가볍게 토닥이듯 쓰다듬은 후, 그 손을 살랑살랑 흔들어 보이며 부실을 나섰다.

그 뒷모습을 바라보던 우리의 입에서 나직한 한숨이 새어나왔다.

"그나저나 곤란하게 됐구나……."

팔짱을 낀 유키노시타가 중얼거리자, 마찬가지로 팔짱을 낀 잇시키가 심각한 표정으로 한숨을 쉬었다.

"그러게요. 미우라 선배가 조금씩 적극적이 되어가는 건 약간 곤란해요."

"내가 말한 건 의뢰에 대한 거였는데……."

그런 두 사람의 대화를 아하하 쓴웃음을 지으며 지켜보던 유이가하마가 나직하게 중얼거렸다.

"그치만 왠지 하야토의 심정도 알 거 같아……."

하야토의 심정이라. 글쎄다, 난 모르겠다만……. 그렇게 생각하며 무슨 뜻이냐고 눈으로 묻자, 유이가하마가 가만가만 생각을 정리하며 입을 열었다.

"아, 그니까……. 우움……. 역시 공개적으루 못 준다든가, 이런저런 데 신경을 쓰게 되는 게 아닐까 하구……."

그런 점까지 헤아리는 마음씀씀이가 지극히 유이가하마다웠다. 그 말을 듣고 있던 잇시키도 고개를 끄덕였다.

"아, 그거 왠지 유이 선배님답네요. 다정하달까?"

"그런가……? 아하하……. 나답다라……."

잇시키의 말에 유이가하마가 난처한 기색으로 웃으며 조금 어두운 표정을 지었다.

칭찬을 받아서 쑥스러워하는 건 아닐 테지. 어쩌면 그야말로 하야마 하야토처럼 다정한 성격에서, 배려심에서 비롯된 괴로움인지도 모른다. 그리고 보면 유이가하마는 하야마와 미우라, 잇시키 전원과 친하다. 중간에 낀 사람의 고충은 지난번 디스티니 랜드에 갔을 때도 맛본 바 있지만, 이번에도 또다시 눈앞에서 지켜보게 된 셈이다.

거참 힘들겠구만…… 하고 강 건너 불구경하는 기분으로 말할 수 있다면 좋겠지만, 나 역시 그럴 처지가 못 되었다.

주위의 인간관계에 끊임없이 주의를 기울이는 심정은 이해하기 어렵다. 그래도 공감은 갔다. 그런 결론을 택하고 싶어지는 마음만큼은…….

유키노시타도 그 점은 마찬가지인 듯했다. 착잡한 기색인 유이가하마에게 걱정스러운 눈길을 보내는 유키노시타의 표정이 그 사실을 암시했다.

예컨대 하야마 같은 결론을 내린다면 어떤 의미에서는 마음이 편해질지도 모른다.

모두가 원하는 하야마 하야토답게 살아가는 길을 본인의 의지로 선택하고, 그 역할을 완벽히 수행하고자 최선을 다한다. 타협 없이 최대한의 타협을 한다. 혼신의 힘을 기울여 연

명조치를 시행한다.

그토록 진지한 불성실함이 또 어디 있으랴.

그런 「착한」 사람들을 위해 착하지 않은 사람이 해줄 수 있는 일은 그리 많지 않다. 기껏해야 넋두리삼아 혼잣말처럼 불쑥 중얼거려보는 것 정도일까.

"……그냥 구실을 만들어주면 되는 거 아니냐? 하야마가 납득할 만한 명분이랄까."

"네에~?"

영문을 모르겠다는 양 잇시키가 고개뿐만 아니라 상체까지 비스듬히 기울이며 나를 보았다. 포즈는 귀엽다만, 대답은 열 받는구나, 잇시키…….

"받지 않을 수 없는, 더 정확히는 받는 게 자연스러운 상황이라면 이야기가 달라질 테니까."

그렇게 풀어서 설명하자, 잇시키가 알아들었는지 아닌지 미묘한 표정으로 입가를 씰룩거렸다. 그러자 유키노시타가 찻잔을 달칵 내려놓더니, 차분한 눈동자로 나를 응시했다.

"한마디로 핑계거리가 있으면 된다는 뜻이구나. ……어느 정도 클로즈드된 환경에서 준다면 하야마도 분란이 생길까 걱정할 필요가 없을 테니까."

"그래, 클로즈드. 바로 그거야."

크로우즈든 워스트든 QP든, 그런 건 중요하지 않다. 요컨대 하야마가 남들의 시선을 의식할 필요가 없는, 대외적인 이미지를 해칠 염려가 없는 상황을 조성하면 되는 거다.

그 말에도 좀처럼 이해가 가지 않는지, 잇시키와 유이가하마는 알쏭달쏭한 표정으로 고개를 갸웃했다. 심지어 유이가하마는 「클로짓……?」이라고 중얼거리기까지 했다. 야야, 클로짓한 환경이라니 뭐냐고. 도라에몽의 주거 환경이냐.

　"예를 들어…… 밸런타인데이 선물이라고 하지 말고, 그냥 시식을 부탁하면 하야마도 먹을 거 아냐? 아마도. 잘은 모르겠다만."

　"……글쿠나. 같이 만들어버림 되는구나."

　유이가하마가 휴우 한숨을 쉬며 중얼거렸다. 그 얼굴에는 어딘가 안도와 비슷한 감정이 어른거렸다. 네, 저도 무사히 제 뜻이 전달되어서 다행이라고 생각합니다.

　"뭐 그런 셈이지. 잇시키든 미우라든 하야마하고 같이 만들면서 맛 좀 봐달라고 부탁하면 그 녀석도 거절하기 힘들 테니까."

　그쯤 되면 초콜릿을 먹인다기보다는 엿 먹인다는 게 더 정확한 말 같은 느낌도 든다만……. 자, 일단 지침은 제시했다만 이제 어쩔까? 라는 눈빛으로 세 사람의 반응을 살피자, 사람 엿 먹이기의 일인자가 호오~ 하고 감탄한 기색을 드러냈다.

　"아하…… 대충 알겠어요! 그러니까 훼방꾼이 없는 곳으로 끌어내면 된다는 거죠~?"

　"그건 그런데, 말을 좀 더 가려서 하는 게 어떻겠냐……."

　타이르듯 말하자, 옆에서 듣고 있던 유키노시타가 쿡쿡 웃었다.

"하지만 요지는 결국 그거잖니. 역시 남의 눈을 피하는 것과 비겁한 수작에서만큼은 천재적인 재능을 발휘하는구나."

"오케이, 너도 말 좀 가려서 해라."

칭찬은 고래도 춤추게 한다는 말도 때로는 생각해볼 문제로구만. 그렇게 생각했을 때, 유이가하마가 무릎을 탁 치며 벌떡 일어섰다.

"아, 그럼 다 같이 만들자! 우리두 같이 한달까, 그런 식으루."

"……그래. 현장에서 직접 지도할 수 있다면 개별적으로 메뉴를 제안할 필요도 없을 테니까."

"와, 그거 좋은데요~? 아까 의뢰하러 온 사람들을 전부 불러 모아서 이벤트를 열고, 서로서로 가르쳐주는 거예요~. 그러면서 유키노시타 선배님한테 배우면 되니까요, 그쵸~?"

잇시키가 의자를 움직여 유키노시타 옆에 찰싹 달라붙었다. 그리고 흠흠 뭔가 골똘히 생각에 잠긴 표정인 유키노시타의 손을 꼭 움켜쥐더니, 고개를 살짝 기울이고 눈을 빼꼼 들어 조르듯 에헤헷 웃어 보였다.

"그, 그래……. 나는 상관없지만……."

스킨십과 바디 터치에 약하기로 소문난 유키노시타다. 거기다 살갑게 애교를 부리기까지 하면 속절없이 함락당하고 만다. 유이가하마와 비교하면 천연과 양식의 차이는 있을지언정, 유키노시타 공략에 탁월한 효과가 있다는 점은 마찬가지다.

유키노시타가 가볍게 헛기침을 하고는 흘끗 내 눈치를 살폈다.

"도우미 역할이라면 괜찮지 않을까 싶은데……. 어떻게 생각하니?"

"그걸 왜 나한테 묻냐……. 뭐 어차피 가르치는 사람은 너니까, 네가 괜찮다면 상관없다만."

게다가 유이가하마도 마음이 동한 기색이니, 나 혼자 싫다고 뻗대본들 별 의미도 없을 테고…….

"그래. 그러면 그런 식으로 진행할 수 있도록 뭔가 아이디어를 내야 할 텐데……."

유키노시타가 턱을 매만지며 생각에 잠기자, 그 옆에 있던 잇시키가 갑자기 어디론가 전화를 걸었다.

"아, 부회장. 기획서 제출을 명합니다. 요리 교실 이벤트~! 같은 거요. ……네에? 아뇨, 그러니까 일단 로케 헌팅하고 공지만 좀 때려주고, 그 다음엔……."

수화기 저편에서 쩔쩔매며 난색을 표하는 목소리가 새어나왔지만, 잇시키는 가볍게 혀를 차며 목소리를 쫙 깔고 지시를 내리기 시작했다. 그나저나 로케 헌팅이라니, 웬 업계에서 사용할 법한 용어가……. 저 녀석, 저러다 조만간 막공은 관크 쩔잖아요~? 라고 하는 거 아냐?

"저기, 유키농. 나는?"

의자를 질질 끌며 옆으로 다가온 유이가하마가 뭘 하면 되느냐고 묻듯 유키노시타의 얼굴을 바라보았다. 그러자 유키노시타는 잠시 고민하듯 뜸을 들였다.

"유이가하마는……."

그리고 유이가하마의 어깨에 엄숙하게 손을 올려놓더니, 어린애를 달래듯 부드러운 목소리로 말했다.

"나랑 같이 만들자꾸나, 알았지?"

"신뢰도 빵점이야?! 우웃……. 아, 그럼 힛키는…… 어떡할 거야?"

유이가하마가 이쪽을 휙 돌아보며 물었지만, 이번 의뢰에 내가 끼어들 여지는 거의 없다시피 하다.

"난 요리 못한다만."

내 대답에 유키노시타가 피식 웃었다.

"상관없어. 맛을 보고 의견만 들려주면 돼."

그 말은 예전에도 들어본 적이 있었다. 하지만 그때하고는 뉘앙스도 목소리 톤도 달라졌다. 옆에 앉은 유이가하마도 뭔가 생각났는지 소리 죽여 웃었다.

"……맡겨둬. 그거라면 내 주특기니까."

그때는 뭐라고 대답했었는지 기억을 더듬어가며 그렇게 대꾸했다. 셋이 은근슬쩍 시선을 교환하자 자연스럽게 웃음이 새어나왔다.

그 작은 웃음소리가 신경 쓰였는지, 여전히 통화 중이던 잇시키가 우리를 흘끗 곁눈질했다. 그리고 왜 웃느냐는 시선을 보내왔지만, 잠자코 고개를 저어 아무것도 아니라는 시늉을 했다.

이런 감정은 뭐라 설명할 도리가 없다. 함께 시간을 쌓아나가며 얼마간의 기억을 공유하고, 그 사실에 나름대로의 중요성을 부여하기에 비로소 알 수 있는 것들이 있다.

잇시키는 그런 내 제스처에 고개를 갸웃했지만, 이윽고 부회장과의 실랑이도 일단락되었는지 대화를 끝맺으려 했다.

"네네, 네, 네에~ 잘 부탁드려요~."

통화 상대인 부회장은 변함없이 허둥대며 우는 소리를 늘어놓았지만, 잇시키는 그런 항의를 묵살하고 가차 없이 전화를 끊어버렸다. 통화를 마친 잇시키가 냉큼 자리에서 일어났다.

"아무튼 자질구레한 일들은 저희 쪽에서 처리해둘 테니까요. 요리 교실, 잘 부탁드려요."

방해하는 것도 죄송하니까요, 라고 작은 목소리로 덧붙이며 황급히 일어선 잇시키가 우리를 향해 척 경례를 붙인 후 부실을 나서려 했다. 아마 지금부터 행사 준비에 착수하려는 거겠지.

그 모습에서 예전처럼 미덥지 못한 구석은 찾아볼 수 없었다.

방식 자체는 약간 막무가내인 것처럼 보이지만 그것도 잇시키 나름대로의 성장이리라. 아니, 성장이라고 표현하기에는 미흡한 부분이 많지만, 그래도 요령은 생긴 거겠지. 부회장은 토베만큼이나 가혹하게 구르고 있는 모양이고…….

"그래. 그러면 잘 부탁해, 잇시키."

"응! 우리 파이팅하자, 이로하!"

잇시키가 문 앞에서 꾸벅 고개 숙여 인사하자, 유키노시타는 부드럽게 눈꼬리를 휘며 미소를 지었고, 유이가하마는 밝게 손을 흔들었다. 나도 가만히 고개를 끄덕여 보였다.

스르륵 조심스럽게 부실 문을 닫는 잇시키를 바라보며, 문득 생각했다.

……그래. 이번에는 잇시키가 알아서 할 테니 난 그냥 놀고 먹어도 되는 건가. 챙겨줄 필요가 없어지니 그건 그것대로 왠지 가슴 한구석이 허전한걸.

뜻밖에 잇시키 이로하의 부재가 끼친 영향은.

자질구레한 일은 아무것도 할 필요 없다고 하면 그것도 어쩐지 불안한 법이다.

실제로 폭풍처럼 밀려든 상담과 잇시키의 제안이 있은 날로부터 며칠간, 봉사부실에는 어딘가 초조한 기운이 감돌았다.

수업이 끝나면 부실에 와서 책을 보며 홍차를 마시고 이따금 다과로 나온 과자를 우물거리다 무심코 흘끗 문을 곁눈질하는 나날이 이어졌다. 오늘 역시 마찬가지였다.

그 불안감은 「생애 첫 심부름」[#6]을 보면서 느끼는 감정과도 비슷했다. 그동안 걸핏하면 일거리를 떠안기곤 했던 탓에, 과연 잇시키 혼자서도 잘해낼 수 있을까 싶어 자꾸만 가슴을 졸이게 된다.

그래, 맞다. 분명 그거다. 그 뭐냐, 아버지의 마음이란 게 발동한 거다.

#6 생애 첫 심부름 일본 TV 프로그램 제목으로, 대여섯 살 정도의 어린아이가 생애 첫 심부름을 다녀오는 과정을 보여준다.

그게 아니라면 나란 놈은 혹시 일하는 걸 좋아하는 게 아닐까 하는 의심에 사로잡혀, 심각한 정체성 위기에 직면하고 말 거라고……

여태까지는 의뢰나 상담이 들어오면 물 흐르듯 곧바로 작업에 착수하는 게 일반적이었지만, 이번에는 조금 다른 양상을 띠었다.

말하자면 마감 또는 기한은 통보받았지만 세부 사항은 베일에 싸여 있는 일감을 수주하기라도 한 것처럼 어정쩡한 느낌이 든다고 할까.

게다가 그 위탁 대상이 다름 아닌 잇시키 이로하라는 점도 불안에 박차를 가했다.

나 이제 어떻게 되는 거야~?! 하고 마법 소녀물의 주인공이 되어버린 심정으로 힘없이 한숨을 쉬는데, 맞은편에서도 휴우 한숨짓는 소리가 들려왔다.

시선을 그쪽으로 향하자, 문고본을 읽다가 고개를 들고 문쪽을 살피는 유키노시타의 모습이 눈에 들어왔다.

아무래도 내가 품은 우려와 비슷한 감정을 느끼고 있는 눈치였다. 아냐, 그보다는 혹시 잇시키를 좋아하는 건가? 이로유키, 가능하다고 생각합니다!

시답잖은 생각에 빠져 있으려니 유이가하마가 쿡쿡 웃는 소리가 들려왔다.

"둘 다 아까부터 문만 쳐다보는 거 알아?"

그렇게 말하며 쓴웃음을 짓는다.

"이로하 땜에 그러는 거면, 너무 걱정할 필요 없다구 생각하는데……."

"딱히 이로하가 걱정돼서 그러는 건 아니라고."

"잇시키 때문이라고 누가 그러니?"

나와 유키노시타가 거의 동시에 대꾸했다. 덤으로 유키노시타는 고개를 홱 돌려버렸다.

사실 나는, 그리고 십중팔구 유키노시타 역시 잇시키가 걱정되어서 이러는 게 맞다. 다만 그 사실을 유이가하마한테 들켰다는 게 민망한 나머지, 조건반사처럼 뾰족한 반응이 나와버리고 마는 거다.

하지만 그렇게 뻐딱한 대답마저도 훤히 꿰뚫어본 듯, 유이가하마가 씨익 장난기 어린 미소를 지었다.

"후움, 그래~?"

"그렇다니까."

얼굴을 가만히 들여다보자, 유키노시타가 이번에는 몸까지 홱 틀어버렸다. 그런 유키노시타의 뺨과 머리카락 사이로 드러난 귓바퀴에는 발그스름한 빛이 감돌았다. 그것을 본 유이가하마가 황홀한 표정으로 후아~ 하고 나직한 숨결을 토해냈다.

그 정도로 만족했으면 좋았으련만, 곧이어 이쪽을 흘끗 곁눈질한 유이가하마가 우움~? 하고 인상을 찌푸리며 고개를 갸웃했다.

"웅? ……그치만 힛키, 이로하한테 약하잖아."

"맞아. 지나치게 오냐오냐하지. 그 점은 나도 조금 문제가 있다고 봐."

유이가하마의 말이 끝나기가 무섭게 유키노시타가 날카로운 눈매로 나를 매섭게 쏘아보았다. 저기요? 순식간에 저로 표적을 좁히지 말아주실래요?

"아니, 내가 언제……."

항변해봤지만, 유이가하마와 유키노시타는 그저 수상쩍다는 눈길을 보내올 따름이었다. 뭐야, 얘들 왜 아무 말도 안 하는 건데……?

거참 아니라니까 그러네! 뭣 때문에 발뺌해야 하는지는 잘 모르겠지만, 어쨌든 크흠 쿨럭쿨럭 헛기침을 하고는 입을 열었다.

"잇시키 같은 경우, 중간에 통째로 떠넘기면 어쩌나 싶어 불안한 것뿐이라고. 손 쓸 도리가 없는 상태로 넘겨받으면 곤란하니까. 그럴 바에야 처음부터 관여하는 편이 훨씬 효율적이고."

대답하며 엉겁결에 둘러댄 말치고는 제법 핵심을 찔렀다고 생각했다. 아니, 반대다. 엉겁결에 나온 말이기에 오히려 그것이 진실인 거다.

내 나쁜 버릇이다.

남에게 무언가를 맡기지 못한다는 건 곧 믿지 못한다는 말이나 다름없다.

그런 사람이 신뢰란 감정을 알 리 없다. 하물며 신뢰와 아주 흡사한, 그보다 더 지독한 무언가를 이해하다니, 그야말로 어불성설이다.

그런 인간이 누군가를 걱정하다니, 주제넘기 짝이 없다.

차가운 바람이 불어오는 카페에서 들었던 말을 떠올렸다. 과연 그 질문에 대답할 수 있는 사람이 있을까.

생각에 잠기자 자연스럽게 입놀림도 멎으며 침묵이 싹트고 말았다. 그 사실을 깨닫고 대화의 간극을 메우고자 서둘러 덧붙였다.

"결국 걱정되는 건 잇시키라기보다 오히려 내 장래라고. 뼈 빠지게 일하는 꼴이 될지 모른다고 생각하면 불안해진다고나 할까?"

"그 발언이 훨씬 더 장래를 우려하게 만드는구나……."

유키노시타가 관자놀이에 손을 얹으며 땅이 꺼지라 한숨을 쉬었다.

"뭐 그것두 힛키답다면 힛키다운 대답이니까……."

유이가하마도 황당해하는 건지 난감해하는 건지 모를 쓴웃음을 지었다.

사실 따지고 보면 유키노시타나 나나 잇시키에게 너그럽다고는 할 수 없을 테지.

믿고 맡긴다는 의미에서 잇시키에게 가장 너그러운 사람은 아마 유이가하마일 거다. 잇시키의 사람됨을 정확하게 평가하고, 공연히 걱정하거나 간섭하지 않는다. 그런 면에서는 나나 유키노시타와 확연하게 차이가 난다고 할 수 있지 않을까.

아니, 그보다 유키노시타의 경우는 뭐랄까……. 스킨십과 애교 공격에 사족을 못 쓰는 호구노시타 선배라는 사실을 잇시키가 대강 눈치챈 모양이라서 말이야……. 그렇게 생각하니 가만히 있을 수가 없었다. 비난의 뜻을 담아 유키노시타를 째릿 노려보았다.

"뭣보다 오냐오냐하는 걸로 따지면 유키노시타도 심각하다고."

"내가? 나는 오히려 의식적으로 엄하게 대했다고 생각하는데……?"

유키노시타는 의아한 표정으로 고개를 갸웃했지만, 옆에서 지켜보던 유이가하마는 내 말뜻을 이해했는지 팔짱을 끼고 조용히 신음했다.

"우움…… 하긴 그런 점에서 오히려 애정이 느껴지긴 해. 유키농, 챙겨주는 거 좋아하구."

과연(さすが, 사스가) 가하마, 사스가하마 양. 역시 잘 아시는군요.

"그러게나 말이다. 유이가하마가 사고 치면 자주 수습해주고."

"뭐?! 아, 안 그래! 사고 친 적두 없구, 아마두! 아주 심하게는!"

유이가하마가 항의하듯 자리를 박차고 일어나 열성적으로 반론하려 했지만, 그 시도는 옆에 있던 유키노시타의 미소에 가로막히고 말았다.

"어머, 자각이 없었나 보구나."

"자, 자각이 없는 건 아니구……."

생긋 웃으며 지적하자, 유이가하마도 얼굴을 붉히며 말끝을 흐리고는 주섬주섬 도로 자리에 앉았다. 덤으로 자세도 바르게 하고, 두 손은 무릎 위에 다소곳이 올려놓았다.

응, 자각, 중요.

하지만 유키노시타가 챙겨주는 스타일만 봐도 유이가하마를 대할 때의 태도와 잇시키를 대할 때의 태도는 미묘하게 다르다.

유이가하마는 이제 그냥 마음대로 하게끔 내버려두는 방식으로 어리광을 받아주는 편이지만, 잇시키 상대로는 어딘가 능동적으로 챙겨주는 느낌을 받곤 한다. 약간 거리감이 있다고 할까. 일단 자신이 윗사람이라는 의식에서 비롯된 발언들이 두드러진다.

유키노시타와 유이가하마가 고양이와 강아지 같은 관계라고 한다면, 유키노시타와 잇시키는 어미 고양이와 새끼 고양이 같은 구도로 보면 되려나. 잇시키는 사실 고양이라기보다 본성은 은근히 사납고 다부진 구석이 있는 족제비 같은 느낌이지만…….

하긴 유키노시타도 꽤나 허술한 구석이 많으니 결국 오십보백보인가.

어쨌거나 어여쁜 소녀들이 사이좋게 지내는 건 바람직한 일이지, 암. 뭣보다 어여쁜 소녀들이 으르렁대는 모습은 살 떨리게 무서우니까……. 미우라와 카와사키 같은 경우 어찌나 박력이 넘치는지 공포에 질리다 못해 지릴 정도고, 급기야 괴수 지라스가 되어버릴 수준. 그럴 리가…….

아무튼 봉사부와 잇시키의 관계는 제법 양호한 축에 속한다고 할 수 있으리라.

생각을 정리하는데, 유이가하마가 제풀에 뭔가 납득한 기색으로 흠흠 고개를 끄덕였다.

"그치만 이로하두 자길 챙겨주는 걸 꽤 좋아하는지두. 그런 점, 귀여워서 좋겠다……."

힘없이 책상에 엎드리며 끝부분은 혼잣말처럼 중얼거렸다. 하긴 유이가하마는 의외로 야무진 구석도 있어서, 자발적으로 누군가에게 의지하려고 드는 인상은 없다. 언뜻 보면 둘이 비슷한 타입처럼 느껴지는데, 실제로는 전혀 딴판이란 말이지…….

그래서 그런 성격에 부러움을 느끼는 건지도 모른다.

하지만 잇시키는 한 명이면 족하다.

그런 타입이 두 명이나 되면 곤란하고, 유이가하마가 잇시키처럼 변하는 것도 뭔가 좀 그런 거 같고, 그건 그 나름대로 좋달까 그대로도 좋달까 그대로인 편이 좋은 게 아닐까요라고나 할까…… 네네, 그러믄요……. 그렇게 앞뒤가 맞지 않는 말들이 주절주절 흘러나오려는 것을 크흠크흠 켈로그 헛기침을 해서 꾹 눌러 삼켰다(시리얼 맛).

그 부자연스럽기 그지없는 헛기침에, 유이가하마가 책상에 엎드린 자세로 고개만 천천히 돌려 나를 보았다.

당고머리에서 삐져나온 잔머리가 뒤로 흘러내리며, 앞머리가 사르륵 내려앉는다. 그 틈새로 동그란 눈망울이 드러났다. 빠끔히 열린 입, 새어나오는 숨결로 떨리는 촉촉한 입술.

아래쪽에서 바라보는, 살짝 올려다보는 듯한 그 시선에 붙들리자, 준비했던 말들이 순식간에 날아가 버렸다.

"아니, 잇시키의 그런 면이 귀여운지 어떤지는 아직 좀 뭐랄까, 꼭 그래야지만 귀여운 것도 아니고……."

말하다 보니 치밀어 오르는 쑥스러움에 벅벅 뒤통수를 긁으며, 읽지도 않던 문고본 페이지에 시선을 떨구었다. 조리라곤 없는, 뜻 모를 말들만 늘어놓은 꼴이 됐잖아. 이럴 바엔 가만있는 편이 훨씬 나았겠네…….

그렇게 생각했을 때, 쿡쿡 작은 웃음소리가 들려왔다. 고개를 들자, 몸을 일으킨 유이가하마의 입가에는 미소가 어려 있었다.

"……응, 그러네."

그 대답에 어쩐지 마음이 놓여, 그 후에는 자연스럽게 말이 흘러나왔다.

"게다가 여기 오면 친절한 언니들이 놀아주니까 마음에 든 거 아냐? 요새는 나보다 더 빨리 올 정도잖아."

그러자 유키노시타가 입가를 매만지며 심각한 표정을 지었다.

"마음에 든 건지는 모르겠지만…… 올 때는 사전에 연락을 해줬으면 하는데. 요즘 들어 홍차 떨어지는 속도도 빨라졌고,

티 푸드도 추가로 준비해둬야 하잖니. 뭣보다 차분하게 책을 읽을 시간이 줄어든다니까."

휴우 커다란 한숨을 내쉬는 유키노시타. 말투는 푸념조였지만, 그 입꼬리는 부드럽게 휘어져 어딘가 흐뭇해보였다.

마치 손자라면 껌뻑 죽는 심술쟁이 할머니 같다고나 할까……. 고양이 침대를 사줬더니 글쎄 거기서는 안 자고 겉포장 박스에서 자더라니까? 하여튼 걔도 참 못 말려~ 라는 느낌이었다. 뭐랄까. 유키노시타하고 잇시키가 단둘이 있을 때의 모습이 대충 상상이 가는걸.

겉으로는 잇시키한테 무관심한 척하지만, 자꾸 마음이 쓰여 홍차도 타주고 이것저것 챙겨줘 버리는 유키노시타. 그런 반응에 씨익 음흉한 미소를 지으며 됐다 됐어, 라고 생각하면서도 은연중에 유키노시타에게 조금씩 마음을 허락해가는 잇시키. 뭐야 그거 활활 불타잖아. 이로유키, 가능하다고 생각합니다.

한숨 섞인 목소리로 꿍얼꿍얼 잇시키 이야기를 늘어놓는 유키노시타를 유이가하마가 옆에서 멍하니 바라보았다.

그러다 불쑥 중얼거렸다.

"나두 좀 더 빨리 올까……?"

그 음성에서는 어딘가 부러워하는 듯한 기색이 묻어났다. 그 말을 들은 유키노시타의 눈썹이 나무라듯 쓱 치켜 올라갔다.

"……이래 봬도 엄연히 동아리 활동이야. 당연히 빨리 와야 하지 않겠니?"

"아, 응. 그치만 유미코랑 히나랑 수다 떠는 데 정신 팔림 나두 모르게 늦게 오게 되더라구."

유이가하마는 겸연쩍은 듯 에헤헤 웃으며 당고머리를 만지작거렸지만, 유키노시타의 표정에는 웃음기가 없었다.

"……그래?"

짤막하게 대꾸하고는 조용히 손맡의 책으로 시선을 떨구었다.

아무래도 살짝 삐진 모양이다. 그야 미우라가 우선이라는 뜻으로도 해석할 수 있으니까. 질투로군요. 오늘도 부실은 평화롭습니다.

내가 알아차렸을 정도이니 유이가하마가 눈치 못 챌 리 없다. 유이가하마가 자세를 바로하며 의자의 위치를 살짝 옮겼다.

"그치만 앞으론 진짜루 좀 더 일찍 올까봐. 이렇게 셋이서 느긋하게 시간 보내는 거, 나 꽤 좋아해…… 아니, 진짜 좋아하니까."

줄어든 거리만큼, 그 말은 유키노시타에게 더 확실하게 전해졌는지도 모른다. 후우 숨을 고른 유키노시타가 흘끗 유이가하마의 표정을 살폈다. 그래봤자 큰 의미는 없지만…….

두 사람의 표정에는 별 차이가 없으니까.

쑥스러운 듯 살포시 내리깐 눈과 발그레해진 뺨은 매한가지였다.

"……홍차, 새로 타줄게."

"아, 진짜? 그럼 과자두 더 꺼낼래!"

그렇게 말하며 유이가하마도 가방을 뒤적거리기 시작했다.

그 과자는 어차피 거의 다 댁이 먹어치우지만 말입니다……. 댁이 좋아하는 건 사실 과자 아닙니까……? 라는 핀잔은 끝내 입 밖으로 나오지 않았다.

그 대신 웃음기 어린 숨결이 새어나왔다.

"히키가야."

"어, 주라."

부르는 소리에 찻종지를 쓱 내밀었다.

모락모락 피어오르는 훈김, 그리고 은은한 홍차 향기. 거기에 달콤한 쿠키 냄새가 더해진다.

"자, 힛키."

"어, 땡큐."

그릇에 담긴 과자를 쓱 밀어주길래, 그중 한 개를 슬쩍해 우물우물 씹었다. 그리고 아뜨아뜨 신음을 흘리며 뜨거운 홍차를 홀짝이자, 기분 좋은 한숨이 흘러나왔다.

삼인삼색, 각자의 숨결이 한데 어우러지며 자연스럽게 시선을 교환한다.

그러나—.

무릇 이럴 때야말로 방문객이 찾아오는 법이다.

그 예상은 한 치의 오차도 없이, 똑똑 가벼운 노크 소리로 실현되었다. 들어오세요, 라는 유키노시타의 대답에 방문객이 천천히 문을 열었다.

"많이 기다리셨죠~?"

그 말과 함께 잇시키 이로하가 오랜만에 부실에 모습을 드러냈다.

× × ×

유키노시타가 홍차를 한 잔 더 타는 사이, 잇시키가 프린트 몇 장을 우리에게 넘겨주었다.

"자, 그럼 결정된 사항들을 하나씩 말씀드릴게요."

"그래. 잘 부탁해."

대답하며 유키노시타가 종이컵에 따른 홍차를 쓱 내밀었다. 덤으로 스틱 슈거 두 개가 딸려 왔다. 그러자 잇시키가 고마움을 표시하며 태연하게 그것을 받아들었다. ……뭐랄까, 유키노시타의 세심한 배려도 대단하지만, 이 정도까지 조교한 잇시키도 대단한데.

"우선 일정과 장소인데요……."

놀라워하는 사이, 잇시키가 설명에 들어갔다. 그 목소리를 들으며 건네받은 프린트를 눈으로 훑어 내려갔다.

그러다 문득 행사 일정에 시선이 멎었다.

"엇, 뭐야. 밸런타인데이 당일에 하는 게 아니네?"

논의할 때 하야마 하야토에게 초콜릿을 줄 방법에 초점이 맞춰졌기에, 당연히 그날일 거라고 생각했다. 하지만 일정은 며칠 전으로 잡혀 있었다. 그 점에 대해서는 유키노시타도 짚이는 바가 있었는지, 프린트에서 눈을 떼고는 나를 보았다.

"그날은 입학 시험일이기도 하니까, 감독 교사의 허가가 떨어지지 않은 건지도 몰라."

"아, 하긴. 그날은 학교두 쉬니까."

납득한 기색으로 호오~ 하고 중얼거리는 유이가하마를 향해 잇시키가 고개를 끄덕여보였다.

"물론 그것도 있지만요, 당일은 약속이 잡힌 사람들도 있을 테고, 참가율을 고려하면 일정을 앞당기는 게 다들 편하지 않을까 싶어서요~."

"옳거니……."

지극히 타당한 이유였다.

밸런타인데이가 시험일과 겹친다면, 나 역시 그 날은 온종일 코마치의 합격을 기원하며 새벽기도는 물론이고 정화수에 108배, 심지어 작두마저 타버릴 생각이니까. 아니, 작두는 취소.

이제 머릿속이 코마치 생각으로 가득 차서 이벤트는 비교적 어찌되든 상관없는 지경에 이르렀다.

시험일이 밸런타인데이라니, 코마치 분명 초콜릿 준비 안 해놨을 거 아냐……. 오히려 시험이 코앞인데도 애정이 듬뿍 담긴 수제 초콜릿을 밤새워 만들기라도 했다간 제아무리 나라도 격노해서 후려치고, 후려친 후에는 살며시 끌어안아버리고 말 거라고…….

아아…… 코마치 초콜릿, 줄여서 코마초코가 멀어져간다…….

크흑 신음하는 사이에도 잇시키는 막힘없이 설명을 이어나갔다.

"유키노시타 선배님, 당일 17시까지는 와주실 수 있어요~? 선배님이랑 유이 선배님은 좀 더 늦어도 괜찮지만요."

"나는 괜찮아."

"우리두 유키농하구 같이 갈 거야. 그치, 힛키?"

멀리서 유이가하마의 목소리가 들려왔다.

"그래, 이젠 어찌되든 상관없어……."

코마치한테서 초콜릿을 받지 못한다면 그 밖에는 뭐가 어찌되든 상관없어……. 온몸이 재가 되어 푸스스 무너져 내리는 것 같은 심정이었다. 핵을 꿰뚫린 ARMS가 따로 없다. 하긴 코마치는 내 핵이니까. 어쩔 수 없지.

새하얗게 불태우고 등받이에 털썩 드러누워 시름에 잠겨 있자니, 대각선 맞은편에 앉은 잇시키가 싸늘한 시선을 보내오는 게 느껴졌다.

"뭔가 자포자기식인 게 마음에 걸리는데요……."

잇시키의 말에 유이가하마가 아무것도 아니라는 듯 아하하 웃었다.

"걱정 마. 힛키가 저러는 이유는 뻔하니까."

"그래, 대충 예상이 가는구나. 그냥 내버려둬도 상관없어."

"아, 네에. 그런가요……."

질린 기색이 역력한 유키노시타의 말에 잇시키가 어차피 저랑은 관계없지만요, 라는 뉘앙스를 내비치며 대답했다.

잇시키의 설명은 그 후로도 계속되었다.

"재료와 도구는 학생회에서 조달할 예정이니 문제없고요. 단지 앞치마 같은 건 각자 지참하셨으면 해요."

흠흠 턱을 매만지며 가만히 듣고 있던 유키노시타가 고개를 들었다.

"조리 기구 리스트는 나중에 좀 보여주겠니? 빠진 게 없는지 체크해보고 싶으니까."

"네에~."

정말 알아들은 게 맞는지 미묘한 대답을 하며, 잇시키가 자기 프린트에 뭔가를 끄적끄적 적어 넣었다. 그렇게 메모를 마친 잇시키가 펜을 요술봉처럼 빙글빙글 돌리며 유이가하마를 흘끔 곁눈질했다.

"연락 사항은 그 정도니까요, 미우라 선배랑 에비나 선배한테도 연락 좀 해주실래요? 저요, 은근히 연락처 모르거든요."

"응, 알았어."

유이가하마는 태연하게 대답했지만, 나는 순간적으로 굳어지고 말았다.

어, 그래⋯⋯. 그런 식으로 여성 사회의 단면을 슬그머니 내보이는 거, 자제해주면 안 되겠냐⋯⋯. 얼굴을 마주하고 그럭저럭 대화도 하는데 연락은 안 하다니, 왠지 좀 섬뜩하잖아⋯⋯. 그보다 여자들의 뭐가 무서우냐면 딱히 친한 사이도 뭣도 아닌데, 이야기하는 동안에는 그런 느낌을 눈곱만큼도 풍기지 않는다는 점이다.

……아니지, 잇시키하고 미우라는 딱히 친해 보이지 않으니까 예외인가. 역시 나아 양[7], 불의를 참지 못하시는군요!

"아, 그리고요…… 그 카와…… 카와…… 뭔가 무서운 선배한테도 누군가 좀 연락해주셨으면 하는데요."

"알았어. 사키한테두 내가 연락해둘게."

유이가하마는 태연하게 대답했지만, 나는 순간적으로 굳어지고 말았다.

어, 그래……. 잇시키도 역시 이름 못 외우는 거냐……. 과연 카와 어쩌고 양. 그렇다고 본인 앞에서 그런 티는 내지 말아줘, 이로하스! 얼굴은 안 돼! 몸에다 하라고![8]

연락 사항은 그 정도이려나~? 하고 재차 프린트를 확인하던 잇시키가 아참 맞다, 라며 생각났다는 듯 덧붙였다.

"그 밖에 더 부르고 싶은 분 있으면 이야기하세요. 인원을 조정할 테니까요~."

"아, 더 불러두 돼?"

"네. 토베 선배도 부른 적 없는데 올 생각인 모양이더라고요."

피식 대놓고 깔보는 듯한 말투로 잇시키가 대답했다. 너 진짜 토베를 발톱의 때만도 못하게 여기는구나. 나하고 마음이 딱 맞는데?

#7 나아 양 미우라 유미코가 일인칭을 나아로 하는 것에 유래하여 팬들 사이에서 나아 양이라고 불린다.
#8 얼굴은 안 돼! 몸에다 하라고! 드라마 「긴파치 선생」에서 불량소녀가 동급생을 폭행하면서 한 대사.

"우움, 유미코나 하야토한테서 들은 거려나······?"

아하하 난처한 기색으로 유이가하마가 웃었다. 그나저나 토베도 온단 말이지. 하긴 여자들만 우글대는 자리에 토베가 와준다면 하야마도 부담이 한결 덜할 테고, 오기도 쉽겠지. 의외로 사려 깊은 남자니까 어디선가 주워듣고 급히 끼어든 건지도 모른다. 토베, 짜증나지만 좋은 녀석이구나······.

그렇게 생각했을 때, 몇 개의 단어가 불현듯 뇌리를 스쳐갔다.

토베, 남자, 여자, 하야마······ 더 불러도 된다?

그 말은 결국······ 하고 여태까지 나온 조각들을 신중하게 끼워 맞춰나간다. 그러자 이윽고 그 조각들이 하나의 형태를 맺기 시작했다.

그러니까—

그러니까 말이다.

······토츠카를 불러도 된다는 뜻 아닌가?

"좋았어, 연락은 내게 맡기라고!"

결론이 나온 순간, 우렁찬 목소리로 외쳤다. 그러자 잇시키가 깜짝 놀라 어깨를 움찔하더니, 몸을 사리며 쭈뼛쭈뼛 이쪽을 돌아보았다.

"왠지 갑자기 적극적이 됐는데요······?"

잇시키의 말에 유이가하마가 아무것도 아니라는 듯 아하하 웃었다.

"걱정 마. 힛키가 저러는 이유는 뻔하니까."

"그래, 대충 예상이 가는구나. 그냥 내버려둬도 상관없어."

"아, 네에. 그런가요……."

질린 기색이 역력한 유키노시타의 말에 잇시키가 어차피 저랑은 관계없지만요, 라는 뉘앙스를 내비치며 대답했다.

이야, 두 분 다 이해가 빠르셔서 살았습니다요. 그나저나, 아무래도 완전히 포기 당해버린 느낌인데…….

"유키노시타 선배님, 메뉴 말인데요. 어느 정도 후보를 정해 놓는 편이 좋을 거 같아서요~. 안 그러면 주문을 넣을 수가 없어요."

결국 나를 무시하기로 마음먹었는지, 잇시키가 논의를 진행시키며 가방에서 베이킹 교본 같은 얇은 책자를 부스럭부스럭 꺼냈다. 유키노시타도 일리가 있다는 듯 고개를 끄덕이더니, 그중 한 권을 집어 들고 팔랑팔랑 넘겨보기 시작했다.

"이것저것 많은데 어떤 게 좋을까……? 가토 쇼콜라나 자허 토르테, 트리플 초콜릿……. 무난하게 쿠키도 상관없는데. 아무리 그래도 초콜릿을 그대로 내놓을 수는 없고. 초심자도 있으니, 작업 난이도도 고려해야……."

유키노시타는 으음~ 하고 고민하며 또다시 팔랑 책장을 넘겼다. 하긴 한마디로 초콜릿 과자라 해도 그 종류는 무척 다양하니까.

나야 베이킹 쪽에는 조예가 없으니, 괜히 끼어들지 않는 편이 낫겠지. 얼마나 아는 게 없느냐 하면 자허 토르테를 자허르 테르토라고 부르며 아는 척해버리는 수준이다.

하지만 이럴 때 지식 유무에 개의치 않고 스스럼없이 발언하는 사람도 있기 마련이다. 유이가하마가 바로 그런 타입이다.

이번에도 역시 유이가하마가 번쩍 손을 들더니, 발언권이 주어지기도 전에 몸을 불쑥 내밀며 말했다.

"아, 저요! 초콜릿 퐁듀 어때?! 초코파 같아서 재밌을 거 같아!"

"초, 코파……? 그게 뭐니……?"

난생 처음 듣는 단어인지, 유키노시타가 어리둥절한 표정으로 고개를 갸웃했다. 그동안 유이가하마가 해온 발언들로 유추해볼 때, 초코파란 아마도 초콜릿 파티나 초콜릿 퐁듀를 즐기는 파티의 줄임말이겠지. 슬슬 가하마어 검정 2급 또는 YUEIC에서 고득점을 기록할 수 있을 것 같다.

유키노시타의 머리 위에는 여전히 물음표가 떠다녔지만, 그 옆에 있는 잇시키는 호오~ 하고 감탄한 기색으로 고개를 끄덕였다.

"다 같이 노는 거라면 괜찮겠죠~. 그런 이벤트도 해볼 만 할지 모르겠네요."

괜찮단 말이냐……. 그나저나 뭐랄까. 타코파니 전골파니 카레파니 아무거나 죄다 파티라니, 댁들은 진짜 매일이 쥬시 포리 예이[9]인가 보군요…….

#9 쥬시 포리 예이 성우 타카하시 치아키 고유의 인사법. 영어 스펠링은 *Juicy Party Yeah*인 듯.

"하지만 이번 컨셉은 요리 교실이라서요……."

약간 말하기 껄끄러운 눈치였지만, 잇시키가 손가락으로 작은 가위표를 만들었다. 그 반응에 유이가하마도 우웃 고개를 수그렸다.

그러자 두 사람을 지켜보던 유키노시타가 흠흠 고개를 끄덕였다.

"그렇다면 역시 보편적인 걸 가르치는 편이 좋겠구나……. 어느 정도 모양이 나면서도 간단한 것……."

베이킹 교본을 훑어보던 유키노시타의 시선이 한 곳에 고정되었다. 보아하니 광고 페이지인 모양이다. 신상품이니 뭐니 하는 글자들이 눈에 들어왔다.

"아예 키트 식으로 된 것도 있구나……. 계량할 필요도 없고, 간단해 보이기는 해."

"아, 이건 나두 만들 수 있을 거 같아."

유이가하마가 끼어든 순간, 그만 말문이 턱 막혔다. 잠깐, 너 방금…… 뭐라고 했냐……?

"……."

"침묵하지 마!"

내가 꿀 먹은 벙어리가 되자, 유이가하마의 비통한 절규가 울려 퍼졌다. 그 외침이 잦아들자, 곧이어 더없이 따스한 목소리가 들려왔다. 유키노시타가 유이가하마의 어깨를 다정하게 토닥였다.

"유이가하마, 이럴 때는 아예 포장에 주력하는 것도 하나의 방법 아니겠니?"

"배려두 하지 마!"

우왕~ 하고 유이가하마가 징징대는 소리가 들려왔다. 아니, 그래도 포장은 중요하다고. 이렇게 가슴에 파란 끈을 둘러놓으면 포인트가 돼서 화제 독점 인기 폭발은 따 놓은 당상!

실없는 생각에 빠져 있는데, 잇시키가 조용히 한숨을 쉬었다.

"휴우, 키트라도 맛은 똑같을 거고, 언뜻 봐서는 모를 거라고 생각하지만요……. 그래도 이번에는 행사 성격상 키트는 쓰지 않는 편이 낫겠어요."

"뭐 하긴 키트는 비싸니까."

"네. 일단 실비를 메꾸는 차원에서 참가비는 걷을 생각이지만요, 싸서 나쁠 거야 없으니까요."

"……엉? 참가비를 걷는다고?"

목소리 톤에 감정이 노골적으로 드러나고 말았다. 덤으로 얼굴에도 적나라하게 드러나 버린 모양이다. 그런 내 표정을 본 잇시키가 으윽, 하고 눈살을 찌푸렸다.

"선배님, 싫어하는 티가 너무 나요……. 그래봤자 몇백 엔이지만요. ……게다가 선배님들은 안 내도 돼요. 도움을 주는 입장이니까요."

"그건 다행이다만……."

"알았어. 참가비를 걷는다면 생각보다 예산을 넉넉하게 잡아도 될지도 모르겠구나……. 일단 예산이 얼마나 되는지 알려주겠니? 그 금액을 바탕으로 후보를 추려서 재료를 정하고 견적을 내볼게."

"네, 잘 부탁드려요~."

그렇게 말한 잇시키가 클리어파일에서 프린트를 꺼냈다. 거기에는 이번 이벤트의 예산 시안이 나와 있었다. 그 내역을 확인한 유키노시타가 다시 메뉴 검토에 들어갔다.

그러나 의뢰인들이 내건 조건은 하나같이 까다로운 것들뿐. 난항에 부딪칠 만도 하다.

의리 초콜릿으로 안성맞춤인 것. 신경 쓰이는 그 사람에게 주기 창피하지 않은 것. 배워두면 여러모로 쓸모가 많은 것. 그리고 어린아이라도 즐겁게 만들 수 있는 것.

그중에서도 최고의 난관은 바로 아까부터 유키노시타가 마치 헛소리처럼 중얼중얼 읊조리고 있는 조건이었다.

"유이가하마도 만들 수 있는 것……. 유이가하마도 만들 수 있는 것……."

"너무해, 유키농!"

우는소리를 하며 와락 끌어안자 유키노시타는 조금 성가셔하는 기색이었지만, 기본적으로는 얌전히 유이가하마의 품에 안긴 채 요리 교본을 훑어보았다.

이윽고 몇 가지 후보를 점찍었는지, 유키노시타가 각 메뉴에 필요한 재료와 분량을 메모하기 시작했다. 유이가하마는 여전히 그런 유키노시타에게 찰싹 달라붙은 채, 옆에서 들여다보듯 그 목록을 살폈다.

그러던 유이가하마가 불현듯 기분 좋은 미소를 지었다.

바로 옆에서 쿡쿡 웃자 신경이 쓰였는지, 유키노시타가 흘 끗 언짢은 시선을 유이가하마에게로 향했다.

"……뭐니?"

"아, 암것두 아냐! ……그냥, 옛날 생각이 나서."

유이가하마는 얼버무리듯 부랴부랴 손사래를 쳤지만, 곧 그 손을 가만히 내려놓고 감회 어린 목소리로 그렇게 말했다. 유키노시타를 바라보는 그 눈시울이 눈부신 듯 살짝 가늘어 졌다.

유이가하마가 무엇을 떠올렸는지, 나는 알고 있다. 그리고 아마 유키노시타도…….

"……그러게."

유키노시타가 짤막하게 동의했다. 하지만 마주보는 눈동자 는 그 말보다도 훨씬 오랫동안 유이가하마의 얼굴에 머물렀다.

그러자 유이가하마가 에헤헤 수줍은 미소를 짓더니, 유키 노시타에게 더 바짝 붙으려는 것처럼 의자를 틀어 둘이 내 앞에 나란히 앉았다.

"……그치?"

그리고 확인하듯 작은 목소리로 그렇게 물어왔다. 멀리서 내 얼굴을 들여다보듯 고개를 살짝 기울이는 그 앳된 몸짓에 내 입가에도 저절로 미소가 어렸다.

"그래."

나도 간결하게 대답하고 조용히 시선을 돌렸다.

그때로부터 아직 1년도 지나지 않았는데, 몹시 그리운 추억처럼 느껴졌다. 아무것도 시작되지 않았던 그 부실이 명확하게 움직였던 순간이 있었다.

"이로하, 고마워."

"네? 아, 네에, 아뇨…… 처, 천만에요?"

유이가하마가 뜬금없이 고마움을 표시하자, 당황한 잇시키가 고개를 좌우로 갸웃갸웃했다. 그 몸짓이 우스웠는지, 유이가하마가 쿡쿡 웃었다. 그러다 웃음을 거두고는 만족스러운 숨결을 토해냈다.

"올해두 슬슬 끝나가는데, 마지막으루 즐거운 추억을 만들 수 있어서 다행이야……."

"올해는 이제 막 시작된 참이다만."

"정확히는 학년도이겠지."

나와 유키노시타가 잇달아 말꼬리를 잡자, 유이가하마가 볼을 살짝 부풀렸다.

잇시키 역시 「으아, 선배님들 완전 깐깐하시네요……」라며 질린 표정을 지었다. 하지만 그런 유치한 말다툼에도 불구하고 논의가 일단락됐다고 판단했는지, 우리를 보며 장탄식을 하고는 자 그럼, 하고 몸을 일으켰다.

"홍차 잘 마셨어요. 그럼 잘 부탁드릴게요."

"아, 응. 행사날 봐!"

"잘 가렴. 견적은 뽑아놓을게."

유이가하마와 유키노시타의 말에 꾸벅 고개를 숙여 보인 잇시키가 부실을 나섰다.

그렇게 다시 셋만 남겨지자, 조금 전에 느꼈던 그리움이 한층 실감나게 다가왔다.

하지만 그립다고 느끼는 이유는 아마 많은 것이 변해버렸기 때문일 테지. 어디선가 동일성을 잃어버렸기에. 다시는 똑같은 것을 손에 넣을 수 없음을 알기에…….

그래서 그리워한다.

명확하게 움직이고 시작된 이상, 언젠가는 틀림없이 멈추고 끝을 맞이하게 되니까.

순수한 미소를 짓는 유이가하마와 그 모습을 눈부신 듯 바라보는 유키노시타. 두 사람이 별로 특별할 것도 없는 잡담을 주고받는다.

지극히 일상적인 그 광경에 어째서인지 가슴이 먹먹해졌다.

×　　×　　×

겨울철에는 아무래도 목욕하는 시간이 길어지기 마련이다.

음울한 분위기가 감도는 긴긴 밤길을 자전거로 하염없이 달려온 탓인지, 목욕물 속에 몸을 푹 담그자 깊디깊은 한숨이 흘러나왔다.

현기증이 나기 직전에야 탕에서 나와, 몸이 식지 않도록 고타츠에 다리를 쏙 집어넣고 벌렁 드러누웠다.

생각하지 않으려고 애썼던 문제가 갑자기 눈앞에 떡하니 나타난 것 같은 감각 탓에, 어쩐지 발밑이 불안정한 느낌을 지울 수가 없었다.

그래서 이리저리 몸을 뒤척이다가 뭔가 복슬복슬한 털 뭉치를 걷어차고 말았다.

그러자 고타츠 안에서 우리 집 고양이 카마쿠라가 꾸물꾸물 기어 나왔다. 그리고는 내게 짜증스러운 시선을 보내더니 할짝할짝 털을 고르기 시작했다.

그러다가 갑자기 뭔가를 감지한 것처럼 귀를 쫑긋 세우며 문 쪽을 돌아보았다. 그러자 거의 동시에 찰칵 현관문 열리는 소리가 났다.

아무래도 코마치가 돌아왔나 보다. 계단을 올라오는 발소리에 이어 거실 문이 열렸다.

"다녀왔습니다~."

"어, 왔냐?"

코마치가 가방을 내려놓고 코트를 벗으려 하는데, 카마쿠라가 그 발치에 비비적비비적 몸을 부비며 얼른 안아달라고 보챘다.

"앗, 안 돼. 교복에 털 묻어."

그렇게 말하며 슬쩍 피하길래, 코마치 대신 카마쿠라를 덥석 안아 올렸다. 자자, 내가 놀아줄 테니 피곤한 코마치를 귀찮게 하면 안 된다.

그러자 그 깊은 뜻을 파악했는지, 카마쿠라가 내 품안에서 팔다리를 바르작대며 몸부림치기 시작했다. 전혀 파악 못했구만, 이놈의 자식…….

그나저나 카마쿠라 씨는 저한테 안기는 걸 너무 싫어하시는 거 아닌가요……. 어째서 발로 제 얼굴을 밀어내려고 안달이신 건가요…….

카마쿠라 펀치를 맞으며 코마치를 돌아보니, 균형 잡기라도 하듯 외발로 서서 긴 양말을 쭉 잡아당겨 벗는 중이었다.

난방이 들어오기는 해도 바닥은 찰 텐데. 여자애는 몸을 차게 하면 안 된단다. 그렇게 엄마의 마음으로 지켜보자니, 내 시선을 느꼈는지 코마치가 응? 하고 고개를 갸웃했다.

"아, 코마치 목욕물 받아놓고 올게."

"그래라. 아, 근데 내가 먼저 씻어서 안 받아도 될 거 같다만."

"응. 그러니까 코마치, 물 받아놓고 올게."

"아니, 그러니까 내가 먼저 씻었으니까 안 받아도 된다고."

"응. 그러니까."

코마치가 똑같은 말을 또다시 진지한 표정으로 되풀이했다.

……저기요, 대체 뭡니까? 따가운 시선을 보내자, 코마치가 휘휘 손사래를 쳤다.

"아니 그게, 오빠가 씻은 물에 들어가다니 그럴 순 없잖아. 왜냐면 오빠 육즙이 우러났을 거 아냐? 죽어도 싫어."

"내가 무슨 사골이냐……."

가츠오 군[#10]도 와카메 양한테 이런 소리를 듣는 날이 오려나……. 이소노 가족의 목욕물, 맛이 끝내주겠는데.

그나저나 저 녀석, 여태까지 나보다 늦게 목욕할 때는 항상 물을 갈았던 거냐고. 너무하잖아. 난 코마치보다 늦게 들어갈 때는 언제나 코마치 육즙을 만끽했거늘……. 오케이, 소름 끼쳐할 만도 하네.

그나저나 어릴 때는 영리하고 귀여운 코마치카라고 불렸건만, 어느덧 우리 코마치도 어엿한 질풍노도의 청소년이 되어버린 걸까…….

동생의 성장에 닭똥 같은 눈물을 흘리는데, 코마치의 눈꼬리에서도 뭔가 반짝 빛났다. 어머나 역시 우리 코마치도 같은 마음이었던 거니? 하고 감격하는데, 이윽고 후암 맥없는 하품소리가 흘러나왔다.

"그럼 코마치는 목욕하고 올게."

"그래, 느긋하게 해라. 탕 안에서 자지 말고."

"네헤~."

돌아온 대답에도 역시 하품이 섞여 있었다. 몹시 피곤하신 눈치다.

하긴 결전의 날도 이제 얼마 남지 않았다.

내가 해줄 수 있는 일이라곤 이제부터는 코마치보다 먼저 목욕하지 않는 것과 기도하는 것뿐이다. 그 밖에는 기껏해야 코마치의 이부자리와 신발을 덥히는 것 정도 아닐까. 꺄아 난

#10 가츠오 군 애니메이션 「사자에 씨」의 등장인물. 이소노 가족의 일원으로 와카메의 오빠. 가츠오는 가다랭이, 와카메는 미역이란 뜻이다.

몰라 또 미운털이 박혀버렷! 또는 군웅할거의 전국시대이면 출세해버렷!#11

이래서야 밸런타인데이 운운할 때가 아니구만…….

코마치한테 베이킹 교실이 열린다는 말은 안 하는 게 낫겠다. 공연히 고민시키거나 속상하게 만들 필요는 없으니까. 코마치도 입시 준비만으로도 버거울 테고. 시험이 끝난 뒤에 성대하게 회포를 푸는 것도 좋겠지.

그러니 지금은 가급적 코마치에게 불편도 걱정도 마음고생도 끼치지 않도록 애쓰자고!

코마치가 고군분투하는 걸 방해해서는 안 된다.

오롯이 자신만의 힘으로, 자신만의 의지로 노력하는 것이야말로 성장의 첫걸음이니까. 홀로 일어나서 홀로 걸음으로써 비로소 누군가와 함께 걷는다는 것의 의미를 깨닫게 되는 법이다.

그렇게 코마치도 서서히 오빠인 내 곁을 떠나서 어른이 되어가는 거겠지. 뭔가 서운한 듯도 하고 서운한 듯도 한…… 그러면서도 약간 서운한 듯도 한, 복잡한 기분이다.

밀려드는 서운함에 안고 있던 카마쿠라의 복슬복슬한 배털에 얼굴을 푹 파묻었다.

에휴우…… 과연 언제까지 코마치한테서 초콜릿을 받을 수 있으려나……. 평생 코마치한테서 초콜릿을 받고 싶을 정도다.

#11 전국시대이면 출세해버렷 일본 전국시대에 신발 담당 하인이던 도요토미 히데요시가 추운 날이면 주인 오다 노부나가의 신발을 품에 넣고 덥혀 출세했다고 한다.

우정 초콜릿도 호모 초콜릿도 관심 없으니, 코마초코 하고
싶다.

……코마초코, 하자?

4

그리하여
남자들의 일희일비가
시작된다
(여자도 있다고).

　상담이 빗발쳤던 그날로부터 며칠이 지났다.

　그동안 우리 봉사부는 일다운 일이라곤 하지 않고, 이따금 확인차 찾아오는 잇시키에게 이런저런 조언을 하는데 그쳤다.

　한편 잇시키는 성실하게 일하는 중인지, 방과 후에 교내를 쏘다니다 보면 졸랑졸랑 부산하게 돌아다니는 모습이 몇 번 목격되었다.

　참고로 부회장이 대량의 서류 뭉치를 끌어안은 채 고개를 수그리고 한숨을 푹푹 쉬는 모습. 그리고 그런 부회장을 격려하는 서기 양의 모습은 빈번하게 목격되었다. 장난치냐 일하라고 부회장. 기본적으로 남자에게는 엄격한 태도를 보이기로 정평이 난 저입니다.

　아무튼 이벤트 당일인 오늘도 학생회 멤버 여러분께서는 일하느라 바쁜 눈치였다. 지난 크리스마스 이벤트 때 보여준 모습과는 그야말로 하늘과 땅 차이다.

　역 근처에 위치한 커뮤니티 센터에는 생기발랄한 목소리가 왁자지껄하게 울려 퍼졌다. 지정된 입실 시각보다는 이르지만, 어차피 오늘은 행사 준비를 거들 작정이니까. 물론 내가 아니라 유키노시타가 그렇다는 거지만.

그리하여 뚜벅뚜벅 걸어서 당도했습니다. 커뮤니티 센터. 작년 크리스마스 이후로 처음이지만, 고작 한두 달 만에 뭔가 달라질 리도 없다.

자전거를 주차장에 세워두고, 셋이서 익숙한 느낌으로 센터 안으로 성큼성큼 걸어 들어갔다.

그러자 잇시키를 비롯한 학생회 임원들이 행사 준비를 위해 분주하게 돌아다니는 모습이 눈에 들어왔다.

현관 쪽에 서서 지켜보는데, 우리를 발견한 잇시키가 쪼르르 다가왔다. 그 팔에는 뭔지 모를 종이 다발이 들려 있었다.

"아, 선배님. 일찍 오셨네요~."

"어, 그래."

인사 겸 가볍게 대꾸하자, 뒤따라오던 유키노시타와 유이가하마도 빼꼼 얼굴을 내밀었다.

"안녕, 잇시키."

"야헬롱~! 뭔가 도와줄 게 있을까 해서."

유이가하마의 말에 잇시키가 으음~ 하고 고개를 비스듬히 꼬았다.

"그래요~? 아, 그럼 이거 붙이는 거 도와주세요. 그냥 입구 쪽에 붙여두면 되니까요. 자잘한 부분은 알아서 하시고요."

그렇게 말하며 잇시키가 넘겨준 것은 급조한 B2 사이즈 포스터였다. 하긴 포스터라고 해봤자 색색가지 굵은 펜으로 꾹꾹 눌러쓴 데 불과했다. 누가 그렸는지 안내문 이외에도 하트 마크와 초콜릿 그림, 깜찍한 이모티콘 같은 낙서 풍의 일러스트도 들어가 있었다. 이 정도면 차라리 거대 손 글씨 광고판이라고 부르는 편이 나을지도 모르겠다.

조악한 급조 포스터라는 점은 전혀 상관없다.

문제는 거기 적힌 문구다.

『미경험자 환영! 할당량 없음! 가족같은 분위기! 장차 독립하는데 꼭 필요한 노하우와 경험을 얻어가세요!』

이거 아무리 봐도 악덕 기업을 넘어서서 악독 기업이잖아……. 가족같은 분위기란 소리는 곧 친인척이 아니면 죽어난다는 뜻이나 다름없고…….

"포스터 붙이는 것쯤은 우리끼리도 할 수 있는데, 들어가 보는 게 낫지 않겠니?"

유키노시타가 걱정스러운 말투로 제안했다. 그러자 잇시키가 고개를 들고 허공을 바라보더니, 집게손가락을 턱에 대고 고민하듯 잠시 뜸을 들였다.

"어…… 아뇨, 지금 저 안이 좀 복잡한 모양이라서요, 저도 같이 포스터 붙일게요."

고심 끝에 댄 이유가 고작 그거냐. 이 녀석, 그냥 농땡이 피우려는 속셈 아냐……? 하고 의심스러워하는데, 아니나 다를까 다른 두 분께서도 저와 같은 생각이셨습니다.

"······아, 아하하. 이, 이유가 왠지 미묘하네."

"잇시키, 괜찮으니 그만 돌아가 보렴."

유이가하마는 필사적으로 쓴웃음을 지었고, 유키노시타는 얼음처럼 차가운 미소를 머금었다.

"아, 아뇨 요령 피우거나 그런 거 아니에요. 뭣보다 이번 행사는 그렇게 할 일이 많은 편도 아니고요······."

그럼 왜 굳이······? 라고 추궁하는 시선을 보내자, 잇시키가 지친 기색으로 후우 한숨을 내쉬었다.

"우리 학생회 말예요, 남녀 비율이 반반이잖아요~? 그러다 보니 서기 양이랑 부회장이 부쩍 친해져서 말이죠. 거기다 또 뭐랄까······ 으음, 하여튼 뭐 이것저것 복잡하거든요☆"

잇시키가 애매하게 말꼬리를 흐리며 얼버무리듯 애교스럽게 웃었다. 말하다 마는 것만큼 짜증 나는 일도 없지만, 귀여우니까 세이프!

"······?"

"아, 아하······ 그래서······."

유키노시타는 영문을 모르겠는지 어리둥절한 표정으로 고개를 갸웃했지만, 유이가하마는 방금 그 설명으로 어느 정도 감 잡은 눈치였다. 나도 대강의 사정은 이해했다.

일할 때 힘든 건 업무보다 인간관계라고들 한다. 실제로 그런 직장은 수두룩하다. 나만 해도 비슷한 이유로 아르바이트를 때려치운 전력이 있고. 아니 그게, 죽어도 못 견딘다니까. 사원인 점장하고 여고생이 사귀다가, 그 여고생이 새로 들어온 훈남 대학생과 바람을 피워서 점장이 그 훈남 세컨드를 마구 갈궈댄다든가. 그런 직장, 절대로 못 버틴다고. 나 살려…….

……하긴 사람이 모이는 곳이면 어디나 그런 문제가 존재하기 마련이다. 그야말로 어디에나 존재한다.

너무나 흔해서 누구나 알고 있지만―.

그럼에도 여전히 아무도 그 최적의 해답을 알지 못한다.

시야에 들어오지 않는 문제와 나오지 않는 해답에 관한 고찰에 빠져들려던 찰나, 누군가 내 등을 세게 떠밀었다.

"그러니까 빨리 이걸 붙이자고요! 가능하면 천천히요!"

"아주 시간을 때우려고 작정을 했구만……. 그러거나 말거나 상관은 없다만, 밖은 추우니까 얼른 끝내자고."

유리문 하나로 막혀 있던 바깥으로 나가자, 사방에서 진득하게 파고드는 한기에 부르르 몸서리가 쳐졌다.

올려다본 하늘에는 아직 한낮의 밝은 기운이 감돌아, 해가 저물기까지는 다소 시간이 있음을 알려주었다.

가늘게 새어나온 입김이 하얗게 허공으로 녹아들어, 그 궤적을 가만히 눈으로 좇았다.

×　×　×

포스터를 촤 펼쳐들고 부착할 위치를 눈대중으로 가늠해보았다. 엊그제보다는 바람의 기세가 약간 잦아들었고, 덕분에 얇은 종이가 뒤집혀 고생하는 꼴은 면했다.

그러는 사이 맞은편에 있는 편의점에 셀로판테이프를 사러 간 잇시키가 비닐봉지를 달랑달랑 흔들며 돌아왔다.

"역시 춥네요~. 자, 여기요."

그렇게 말하며 봉지에서 꺼낸 것은 페트병에 든 홍차였다. 편의점에 간 김에 사온 모양이다. 잇시키가 페트병을 유키노시타와 유이가하마에게 하나씩 나눠주었다.

"고마워."

"우와, 따뜻해~."

건네받은 페트병을 유키노시타는 양손으로 감싸 쥐었고, 유이가하마는 뺨에 가져다대고 노골노골한 표정으로 은은한 온기를 즐겼다.

"자, 선배님도요."

"땡큐."

받아든 것은 맥캔이었다. ……이 녀석, 센스 한번 끝내주는데?

캔을 따서 한 모금 마시자, 가슴속 깊은 곳에서 만족스러운 숨결이 흘러나왔다.

푸르디푸른 하늘에는 구름 한 점 없었다. 이 상태로 보아 밤에는 기온이 뚝 떨어질 테지.

맑은 날이 더 춥다고 하면 어딘가 의아하게 느껴지는 법이다.

하지만 따지고 보면 특별히 이상할 것도 없다. 복사 냉각이란 개념을 알면 자연스럽게 납득이 가기 마련이다. 또는 더 애매하고 막연하게, 겨울은 원래 춥기 마련이라고 인식한다면 애초에 의아하게 여길 이유도 없다.

인간의 감각이란 의외로 믿을 게 못 된다. 오직 지각과 기억과 착각만이 인간의 감각을 구성한다.

하지만 맑든 흐리든 춥기는 마찬가지라, 맥캔을 꽉 움켜쥐어 손을 녹이고 작업을 개시했다.

우선 커뮤니티 센터 입구의 유리문에 한 장 붙이기로 했다.

"여기."

"땡큐."

유이가하마가 포스터를 건네주었다. 네 모서리에는 셀로판 테이프를 발라놓아, 이제 벽에다 탁 붙이고 테이프가 붙은 부분을 꾹꾹 눌러서 고정시키기만 하면 된다.

잘 보이도록 약간 높은 곳에다가…… 끙차 발돋움을 해서 찰싹 붙였다.

"어떠냐?"

뒤돌아보며 확인차 묻자, 몇 발짝 떨어져서 내가 작업하는 모양새를 지켜보던 유키노시타가 살짝 고개를 가로저었다.

"삐뚤어졌어."

"엇, 그래? 괜찮은 거 같은데?"

내가 붙인 포스터를 면밀히 살펴보았지만, 딱히 기울어져 보이지는 않았다. 의아함에 고개를 갸우뚱하는데, 유키노시타가 나직하게 한숨을 쉬었다.

"천성이 삐뚤어진 너에게는 그렇게 보일지도 모르겠구나."

"어라, 설득력 끝내주는데……? 하지만 그러는 댁도 충분히 삐뚤어진 부류란 느낌이거든요? 애초에 올바름이란 대체 뭐냐고?"

째릿 흘겨보며 묻자, 유키노시타가 어깨에 내려앉은 머리카락을 사락 쓸어 넘기며 나를 똑바로 응시했다.

"이 세상에 절대적인 올바름의 기준은 없어. 있는 거라고는 누군가가 규정한 올바름 뿐. 지금 여기서는 내가 하는 말이 그에 해당하겠지. 잔말 말고 왼쪽을 조금 낮추렴."

"야야, 그런 논리부터가 삐뚤어졌거든……? 좋아, 이러면 됐냐?"

"그래, 된 것 같구나."

유키노시타의 승인도 떨어졌으니 동일한 요령으로 또 한 장, 이번에는 큰길에 면한 게시판에 붙이려고 포스터를 들고 이동해서 또다시 위치를 가늠했다.

그러자 유키노시타도 타박타박 따라왔고, 유이가하마도 종종걸음으로 쪼르르 유키노시타 옆에 가서 섰다. 그리고 뭣 때문인지 잇시키도 서둘러 걸음을 옮겨, 셋이 나란히 자리를 잡았다.

"힛키, 좀 더 위! 위에다 붙여!"

"너무 올렸잖니. 약간 아래로 내리렴."

"저기요, 그보단 왼쪽부터 먼저 바로잡는 게 낫지 않을까요~?"

……저기, 너희들. 사공이 많으면 배가 산으로 가는 법이

거든?

위니 아래니 좌우좌우니 두서없는 지시가 난무하는 가운데 시키는 대로 포스터를 붙여나가다 보니, 어쩐지 코나미 커맨드[#12] 같다는 생각이 들었습니다(초등학생 수준의 감상). 근데 요즘 초등학생들은 코나미 커맨드 모르잖아.

"이 정도면 됐나? 한 장 더 붙여둘까?"

붙여놓은 포스터를 탁탁 쳐서 꾹꾹 눌러 붙이며 뒤돌아서 묻자, 잇시키가 외투 밖으로 나온 양쪽 카디건 소매로 코코아 캔을 감싸 쥔 채 고개를 저었다.

"그만 붙여도 되지 않을까요? 참가자가 그렇게 많은 것도 아니고요, 일단 안내판 대신이랄까, 만일의 경우에 대비한 거니까요."

그런가……. 하긴 친구와 지인으로만 이루어진 소박한 기획이라면 공지도 이 정도로 충분할지 모른다. 게다가 안내판은 중요하다. 요즘은 스마트폰으로 길 찾기도 되는 편리한 세상이지만, 그래도「진짜 제대로 찾아온 거 맞나? 잘못 온 거면 쪽팔리니까 그냥 집에 갈까……?」라는 불안감에 시달리는 경우도 있고 말이야! 안내판은 중요해! 그래서 툭하면 아르바이트 면접을 포기하곤 했거든!

그나저나 오늘은 어떤 사람들이 오는 거람……? 이번에는 이벤트 당일에 도우미로 참여하는 것 이외에는 전혀 관여한

[#12] **코나미 커맨드** 코나미에서 발매하는 게임에 자주 삽입되는 비밀 커맨드로, 상상하하좌우 좌우BA.

게 없어서, 행사 개요에 대한 파악이 덜 끝난 상태다.

상담하러 왔던 미우라와 에비나 양, 카와사키는 확정이고, 그 밖에는 시식 담당으로 하야마도 데려올 테고…… 하고 생각하는데, 길 건너편에서 낯익은 얼굴들이 다가왔다.

그들을 발견한 유이가하마가 힘차게 손을 흔들었다.

"아, 히나랑 유미코다. 야헬롱~!"

"헬로헬로~. 오늘은 잘 부탁해!"

신호가 바뀌는 타이밍을 노려 에비나 양이 탁탁 뛰어왔다. 그런 에비나 양과 보조를 맞추듯 뛰어오는 사람이 있었으니, 다름 아닌 토베였다.

"쵸릿~스!"[#13]

그 인사는 또 뭐냐고. 네가 무슨 츄러스냐. 보아하니 이벤트라는 점도 한몫해서인지, 평소보다 훨씬 들뜬 기색이 역력했다. 그리고 곧장 에비나 양과 유이가하마 옆으로 가서 왁자지껄하게 수다를 떨기 시작했다.

토베는 변함없이 짜증 나는구만. 그렇게 생각하며 바라보는데, 뒤따라 나타난 미우라는 그와 대조적으로 조용했다.

미우라는 옆 사람을 끊임없이 곁눈질하며 가방을 고쳐 맸다가 머리카락을 만지작거리는 등, 차분함과는 거리가 먼 모습이었다.

하긴 어쩔 수 없는 일이다. 지금부터 그 녀석한테 줄 수제

[#13] **쵸릿~스** 안녕 또는 오케이를 뜻하는 인사말로, 연예인 키노시타 유키나가 방송에서 사용하여 유명해졌다.

초콜릿을 만드는 거니까.

어떤 식으로 꼬드겼는지는 모르지만, 미우라는 무사히 하야마를 데려오는 데 성공했다.

아무튼 이제 첫 번째 관문은 돌파한 셈이다. 이제 미우라가 순조롭게 수제 초콜릿을 만들어내기만 하면 그 의뢰는 별 탈 없이 마무리된다. 한시름 놓았다는 듯 발밑의 계단에 놓아두었던 맥캔을 집어 들고 홀짝홀짝 마셨다. 그때 타박타박 경쾌한 발소리가 들려왔다.

그리고 눈 깜짝할 사이에 잇시키 이로하가 내 시야에 모습을 드러냈다.

"아, 하야마 선배님! 바쁘신데 와주셔서 감사해요~."

그렇게 말하며 잇시키가 냉큼 하야마 옆으로 가서 섰다. 그 뒤에서 미우라가 쌍심지를 켜고 노려보았지만, 잇시키는 활짝 웃으며 그 시선을 받아넘겼다. 아아, 미우라 앞에 새로운 관문이 출현하고 말았구만……

"안녕, 이로하. ……그런데 내가 여기 끼어도 되려나? 베이킹은 해본 적도 없고, 별로 도움이 안 될 거 같은데."

미우라와 잇시키 사이에 끼인 하야마가 난감한 건지 당황한 건지 모를 미소를 지으며 얼굴을 붉적였다. 그러자 미우라가 툭하고 가볍게 어깨를 부딪쳤다.

"뭘 그런 걸 다 신경 쓰고 그래~? 게다가 하야토는 의견만 들려주면 되고……."

"맞아요~. 시식 잘 부탁드릴게요!"

미우라와 잇시키가 하야마를 만류 또는 포섭하려고 수줍은 목소리와 애교스런 목소리로 말했다. 그러자 하야마는 변함없이 서글서글한 쓴웃음을 지어 보였다.

"그럼 일단 안으루 들어갈까?"

"그래. 준비도 해야 하니까."

유이가하마와 유키노시타가 확인하듯 마주보고 고개를 끄덕이자, 에비나 양 일행도 두 사람을 따라 커뮤니티 센터로 들어갔다.

하야마도 미우라와 잇시키에게 철통같이 가드당하며 그 뒤를 따랐다.

저 녀석도 고생이 많구나 하하하, 하고 남의 일이므로 마음 편히 지켜보며 MAX 커피를 꿀꺽꿀꺽 들이켜다 문득 하야마와 눈이 마주쳤다.

"안녕."

짤막하게 말을 걸더니 눈짓으로 미우라와 잇시키에게 먼저가 있으란 신호를 보냈다. 그러자 두 사람 다 고개를 갸웃거리면서도 홀 쪽으로 걸어갔다. 온화한 미소를 머금은 채 그 모습을 바라보던 하야마가 흘끗 이쪽을 곁눈질했다.

"히키가야 너도 시식 담당?"

"그래."

"……흐음."

내 짧은 대답에 하야마의 눈이 가늘어졌다. 그리고 뭔가 참기 힘든 듯 쿡쿡 작은 웃음소리를 냈다.

"뭐냐……?"

무언가를 간파한 듯한 눈빛과 어딘가 안쓰러워하는 듯한 미소.

그 눈빛과 말투가 그 사람을 상대하던 때를 떠올리게 해서 비위에 거슬렸다. 그래서 무심코 가시 돋친 목소리로 대꾸하고 말았다.

그러자 하야마는 어깨를 으쓱하며 가볍게 고개를 저었다. 그 표정은 부드러웠고, 방금 전까지 감돌던 기묘하게 어른스러운 분위기는 안개처럼 사라진 후였다.

"아니, 그냥. 적임자구나 싶어서."

"뭐?"

"단 거, 좋아하잖아?"

하야마가 장난스러운 목소리로 말하며 내 손에 들린 맥캔을 가리켰다. 아니 그야 물론 MAX 커피를 자주 마시기는 한다만……

그래서야, 라고 나직하게 덧붙인 하야마가 성큼 발길을 돌려 미우라와 잇시키가 기다리는 홀 쪽으로 향했다.

으아, 십년감수했네. 순간적으로 「꺄아 몰라 하야마 군, 내가 어떤 음료수를 좋아하는지 알고 있었구나 두근!」 해버리는 줄만 알았다고. 그럴 리가……

오히려 기분은 그다지 좋지 않았다. 시시껄렁한 농담이라도 하지 않으면 쓸데없는 생각이 들어버리고 만다. 그건 십중팔구 하야마도 마찬가지여서, 일부러 놀려먹고 교묘하게 둘러댄 거겠지.

마시다 만 맥캔을 단숨에 비우고, 찌그러질 리 없음을 알면서도 스틸 캔을 꽉 움켜쥐었다.

그래도 어쨌든 포스터 게시는 끝났다.

센터 안의 작업 상황은 가서 보기 전까지는 알 수 없지만, 그냥 여기 멀대처럼 서서 구경만 할 수도 없는 노릇이다. 역시 뭐라도 해야겠지.

그리하여 다음 일이 시작되는 것입니다……

×　　×　　×

뭔가 일을 거들어야겠다고 나름대로 각오를 다지긴 했지만, 나를 기다리는 것이 육체노동일 줄은 꿈에도 몰랐다.

홀 중앙에 덩그러니 놓여 있는 갖가지 크기의 박스들. 그 내용물은 잇시키를 비롯한 학생회 임원들이 조달해온 조각 초콜릿과 설탕, 베이킹파우더 등등인 모양이었다.

이 박스들을 2층 조리실로 나르는 것이 내게 주어진 일차적인 과제였다.

판매업자에게 부탁해 센터로 배달시킨 것까지는 좋았다만, 기왕이면 2층까지 날라주기를 바랐다고……. 하긴 재료 구입하는데 짐꾼으로 끌려가지 않은 것만 해도 어디냐마는…….

"조오~아쓰, 고럼 어디 팍팍 날라보실까~!"

토베가 셔츠 소매를 걷어붙이고 영차 힘을 주어 박스를 들어올렸다. 그 뒤를 이은 사람은 나, 그리고 부회장이었다. 이 멤버, 아무리 봐도 잇시키 이로하 셀렉션…… 별칭 잇시키 이로하 피해자의 모임이로군요. 참고로 하야마 선배님은 당연히 면제입니다.

재료가 가득 담긴 박스를 들고 휘청휘청 계단을 올라간다.

"허걱, 이거 의외로 무겁잖아~?"

의기양양하게 앞장서서 나아가던 토베도 계단 중간쯤에 접어들자 그 무게를 절감했는지, 웃차 소리 내어 박스를 추켜올렸다. 그러자 뒤따라오던 부회장이 면목 없다는 투로 사과했다.

"미안. 남자 수가 적어서 솔직히 도움이 절실했어."

"아니, 사과할 필요는 없다만……."

"맞어맞어. 게다가 난 이런 일엔 이골이 났걸랑."

토베가 힘차게, 거치적대는 머리카락을 넘기듯 고개를 홱 돌려 우리를 보았다. 그리고 씨익 웃었다. 에잇, 짜증 나. 위험하니까 앞을 보라고, 앞을. 넘어져서 다쳐도 난 모른다고. 그리고 머리 좀 자르라고, 머리.

그나저나 토베도 잇시키의 변덕을 받아주는 걸 봐서는 상당한 무골호인이구만. 게다가 여기 이 부회장만 해도 소심해 보이는 외모 탓인지 잇시키한테 시도 때도 없이 시달리는 눈치고. 이건 뭐랄까, 셋이 합쳐 박복한 팔자(苦劳, 쿠로오닌) 시리즈[14]구만. 흡혈귀 때려잡는 무기로 써도 되겠는데.

#14 박복한 팔자(쿠로오닌 시리즈) 「종말의 세라프」에 등장하는 흑귀(黑鬼, 쿠로오닌) 시리즈와 발음이 비슷한 것을 사용한 말장난.

셋이서 영차꿍차 힘겹게 나른 끝에 마침내 목적지인 조리실에 도착했다. 토베가 박스를 든 채 노련하게 팔꿈치를 써서 미닫이문을 열었다.

안으로 들어가자, 조리 기구를 쫙 펼쳐놓고 각각의 테이블에 필요한 도구들을 세팅해나가는 유이가하마와 유키노시타가 보였다. 미우라와 에비나 양, 하야마도 학생회 임원들의 지시에 따라 다른 테이블의 준비 작업을 거드는 중이었다.

우선 이 박스들을 어디에 둬야하는지 알아보려고 잇시키 쪽으로 다가갔다.

"힘들었지?"

유이가하마가 반겨주는 가운데 박스를 털썩 내려놓았다. 그러자 그 내용물을 점검하려는지, 유키노시타가 다가왔다.

"수고했어. 잇시키. 재료는 전부 개별 포장되어 있니?"

"네, 이제 각 테이블에 쫙 돌리기만 하면 돼요."

유키노시타의 물음에 대답한 잇시키가 하나둘셋 박스 개수를 세어보더니, 힘주어 고개를 끄덕였다.

"빠진 건 없는 거 같네요. 자, 그럼 얼른 상자를 뜯어서 여기저기 나눠주세요."

잇시키의 지시가 떨어지자, 부회장이 박스를 품에 안은 채 서둘러 서기 양이 있는 조리대로 향했다.

나와 토베는 그 자리에 앉아서 개봉 작업에 착수했다.

박스 여는 소리, 이것저것 의논하는 떠들썩한 소리가 무언가 시작된다는 것을 상기시켰다. 지금 그 분위기를 가장 여실히 느끼고 있는 사람은 바로 토베겠지. 자꾸만 뒷머리를 쭉쭉 잡아당기는 게 잔뜩 신바람이 난 눈치였다.

"우오, 역시 이벤트는 쩐다니까~? 뭣보다 이로하스, 이젠 제법 학생회장 티가 나잖아~?"

"맞아요 전 학생회장이에요. 하지만 아직 매니저도 겸하고 있으니까요. 날이 풀리면 축구부 연습에도 꼭 참여할 거니까요!"

야야, 날이 추워도 연습 참여하라고…….

잇시키의 힘찬 대답에 토베가 씨익 쪼개며 썸즈업&윙크를 날렸다. 으아, 짜증 나.

그렇게 순조롭게 박스를 뜯어 오늘 이벤트의 주요 재료인 조각 초콜릿 믹스를 꺼냈다.

그러자 토베가 문득 생각났다는 듯 중얼거렸다.

"우웃, 초콜릿 대박 맛나겠는데~? 쪼꼬옴 먹고 싶어라~."

"네에?"

잇시키의 차가운 목소리와 시선에도 토베는 꿈쩍하지 않았다. 급기야 후읍 숨을 들이쉬더니, 뭔가 각오를 다지기라도 한 것처럼 결연한 표정을 지었다.

그리고 자리에서 일어나 두리번두리번 주위를 살피더니, 까닥까닥 손짓을 해서 우리를 자기 쪽으로 불러 모았다.

"왜? 무슨 비밀 이야기라두 하게?"

"지금 이러고 있을 시간이 없는데…….."

유이가하마는 흥미진진한 기색으로 고개를 디밀었고, 유키노시타는 성가신 표정을 지으면서도 유이가하마에게 붙들려 마지못해 따라왔다. 그러자 단체 운동 경기에서 팀원들이 모여 파이팅 구호를 외칠 때처럼 둥그런 원이 만들어졌다. 설마 파이를 구울 거니까 파이팅! 같은 썰렁한 소리를 하려는 건 아니겠지……?

걱정하는 사이, 토베가 뒷머리를 손가락으로 빙글빙글 꼬며 수줍은 새색시마냥 입을 열었다. 야야, 징그러우니까 하지 마.

"어, 아니 그게 뭐시냐, 오늘 초콜릿 만드는 거잖어? 그니까 반대로 이쪽에서 어필하는 것도 괜찮지 않을까 해서리…… 뭐 좀 없어?"

뭐 좀 없냐니, 너 나한테 뭐 맡겨놓기라도 했냐……. 난 전당포 주인이 아니라고…….

애초에 반대로고 자시고, 넌 평소에도 틈만 나면 어필하는데 하나같이 철벽에 튕겨나가거나 무시당하는 중이잖아. 반대로 하려면 물러서는 법부터 배우라고. 찍어서 안 넘어가면 넘어갈 때까지 찍는다도 아니고……. 꺄아 난 몰라! 그렇게 적극적인 남자, 요새는 찾아보기 힘드니까 설레버럿!

하지만 불행히도 가슴 설렌 사람은 나뿐이었나 보다. 여자들의 반응은 하나같이 떨떠름했다.

"……어, 그래. 한마디로 초콜릿 달라고 어필하고 싶단 거지?"

아무도 반응해줄 기미가 없길래 별 수 없이 내가 요약 정리하자, 토베가 손가락으로 척 나를 가리켰다.

"예쓰! 바로 그거야! 톡 까놓고 말하면 고런 느낌이라고나 할까?"

그 말에 잇시키가 오만상을 찌푸렸다.

"누구를 노리는지는 몰라도요. 그거 백퍼센트 역효과일걸요? 초콜릿 달라고 어필하다니, 그냥 대놓고 찌질하니까요. 괜한 짓 말고 가만히 있어요."

"어, 어어……."

이로하스, 신랄해……. 토베도 말문이 막힌 기색으로 누군가 편들어줄 사람을 찾아 일동을 빙 둘러보았다.

그때 그 기대에 부응한 사람이 있었으니, 바로 유키노시타였다. 뺨에 손을 얹고 고개를 비스듬히 꼬더니, 진지하게 생각해서 나온 듯한 결론을 밝혔다.

"그렇지만 잇시키 말에도 일리가 있구나……. 성가신 존재가 자꾸만 눈앞에서 얼쩡대는 것도 거슬리니까……."

"……."

그 일격에 완벽하게 녹다운되었는지, 천하의 토베도 꿀 먹은 벙어리가 되고 말았다. 그나저나 이로하스는 왜 「그렇죠~?」라며 유키노시타의 어깨에 기대 애교를 떠는 겁니까…….

이쯤 되니 어째 좀 불쌍해지는구만. 그렇게 생각했을 때, 유이가하마가 끄응 신음했다.

"우, 우움……. 그치만 너무 관심이 없어 보여두 어떡해야 좋을지 모르겠어서 난감하긴 하니까……."

"글치?!"

대번에 기운을 되찾은 토베가 손가락을 딱 튀겼다. 하지만 그때 또다시 잇시키의 가차 없는 지적이 날아들었다.

"아뇨아뇨. 유이 선배님이 말하는 건 원래부터 줄 마음이 있는 경우니까요. 토베 선배님한테는 해당사항이 없으니까요."

"글치……."

희망을 버리라는 듯 휘휘 손을 내저으며 단언하자, 천하의 토베도 시무룩해졌다.

그런데 사실 가능성이 아예 없지는 않은 것 같단 말이지. 명확한 근거는 없지만, 그 에비나 양이 이런 행사에 참여해 수제 초콜릿을 만들기로 한 시점에서 예전과는 조금 다르다. 물론 단순히 미우라의 장단을 맞춰주려는 건지도 모르니, 그 진실은 알 수 없지만…….

그렇게 애매하고 모호한 상황이기에, 이런 식의 이벤트가 효과를 발휘하는 거겠지.

"글쎄다, 뭐 열심히 만들다 보면 분위기상 시식 정도는 시켜주지 않겠냐? 아닐지도 모른다만. 어쨌든 이거, 저쪽에 가져다줘라."

그렇게 말하며 남은 박스를 토베에게 떠넘겼다. 처음에는 얼빠진 기색으로 멍하니 바라보기만 하던 토베도 금방 내 의도를 알아차리고는 손뼉을 탁 쳤다.

"맞어! 바로 그거야!"

후련해진 표정으로 나를 척 가리킨 토베가 박스를 어깨에 척 짊어지고 부랴부랴 에비나 양이 있는 조리대로 향했다. 하여튼 리액션이 하나같이 짜증 나는 놈이라니까. 좋은 녀석이긴 하지만…….

그나저나 토베는 도대체 어디 출신인 거냐……. 말투가 넘 구수하잖아.

×　×　×

그 후에도 이런저런 행사 준비를 하다 보니 어느새 시작할 시간이 다가왔다.

잇시키와 유키노시타, 덤으로 유이가하마는 뭘 만들지 의논 중이었다. 나도 특별히 제안할 건 없었지만, 달리 할 일도 없고 해서 그 옆에서 오가는 대화를 멍하니 듣고 있었다.

그러자 의논하는 소리에 섞여, 문 밖에서 웅성웅성 시끌시끌 조금 떠들썩한 소리가 들려오기 시작했다. 흘끗 시계를 보니 슬슬 다른 참가자들이 도착할 때가 되었다.

그러면 이 목소리는 카와 어쩌고 양…… 이라고 하기에는 여러 명인 거 같은데. 아니면 내가 몰랐던 것뿐 사실 카와 어쩌고 양은 여러 명이었던 건가? 그럼 내가 이름을 못 외우는 것도 납득이 가는데…….

자, 그럼 어떤 카와(川) 어쩌고 양이 오는 거람? 카와시마, 카와구치, 카와고에, 카와나카지마, 센다이(川内), 센다이(仙台)……. 어떤 카와 어쩌고 양이 온다 해도 대응할 수 있도록 조리실 문을 뚫어져라 응시했다.

그리고 드르륵 문이 열렸다.

모습을 드러낸 것은 타마 어쩌고 군이었다.

"안녕, 이로하. 이야, 정말 잘 됐어. 지난번 이벤트가 워낙 평판이 좋았잖아? 그래서 앞으로도 함께 긴밀한 파트너십을 구축하며 얼라이언스 활동을 계속해나갔으면 하던 차에 이번 오퍼가 들어왔거든."

"그러게요~. 오느라 고생 많으셨어요~."

장황하기 짝이 없는 대사를 깨끗이 무시하고, 잇시키가 그 인사를 적당히 받아넘겼다.

카이힌 종합 고등학교 학생회장, 타마나와……. 시작과 동시에 날리는 저 잽은 건재하군……. 도자기를 빚듯 고속으로 허공을 가르는 저 황금의 왼팔이 있다면 세계 최고의 자리에 우뚝 설 수 있을지도 모른다는 생각이 들었습니다.

잘 보니 타마나와뿐만 아니라 그 친구들도 함께였다. 십중팔구 저쪽 학생회 멤버들이겠지만, 크리스마스 합동 이벤트 때도 봤던 녀석들이 조리실로 잇달아 들어왔다. 재수 없는 머리핀과 열 받는 허세 카디건이 눈에 익은데…….

"이런 행사는 비즈니스 찬스기도 하니까. 크라우드 펀딩으로 자금을 모아서 전개해나간다는 플랜도 괜찮을지 모르지."

"그거, 나도 어그리야."

"인센티브를 환원해나가는 메소드를 구축할 수 있다면 얼리 어댑터에게 어필할지도 몰라."

"아메리카에서는 프리 마켓을 열 때 아이들이 레모네이드를 팔며 경제관념을 키우곤 하는데, 그것과 시밀러하려나?"

"그러게. 그것도 하나의 케이스 스터디네."

저 대화의 문맥 속에서는 레모네이드조차도 뭔가 의식 있는 용어로 들리니 신기할 따름이다. 쟤들이 이야기하면 포카리오웨트나 마ㅇ틴듀도 지적(知的)으로 들리는 거 아냐?

"여전히 뭔 소리인지 도무지 못 알아듣겠구만······."

저도 모르게 작은 소리로 중얼거리자, 유키노시타가 나직하게 한숨을 쉬었다.

"그야 너는 의식이 결여됐잖니. 동공이 풀렸을 뿐만 아니라 입술도 보라색, 말을 걸어도 반응 미약······."

"그건 그냥 의식이 없는 거잖아······."

게다가 동공이 풀렸을 정도면 이미 죽은 건뎁쇼······. 그나저나 저 녀석들도 별로 달라진 게 없구만······. 하긴 인간은 그리 쉽게 변하지 않는 법이다. 한두 번 실패했다고 좌절할 정도면 상황이 그렇게 꼬이지도 않았겠지. 반대로 자기 입장을 꿋꿋이 견지한다는 측면에서는 호감이 가기도 한다.

그래그래, 타마나와 군과 그 친구들은 부디 영원히 변치 않기를. 그렇게 실없는 생각을 하고 있으려니, 그 무리 뒤편에서 누군가 불쑥 모습을 드러냈다.

"앗, 히키가야잖아? 역시 너도 왔구나."

"어, 어어."

늘 그렇듯 거리감을 도외시하고 스스럼없이 말을 걸어온 사람은 바로 오리모토 카오리였다. 그대로 카이힌 임원진 속에서 스슥 빠져나와 이쪽으로 성큼성큼 걸어왔다.

그리고 오리모토의 시선이 자연스레 내 뒤를 향했다.

"어, 안녕."

"아, 안녕……."

오리모토가 고개만 까닥해서 인사를 건네자, 유이가하마도 조금 당황한 기색으로 대꾸했다. 유키노시타는 팔짱을 낀 채 가벼운 눈인사만으로 응대했다.

야야, 이 미묘하게 긴장된 분위기는 뭐냐…….

그러고 보니 저 세 사람, 제대로 이야기를 나눠볼 기회도 없이 그저 막연하게 서로의 존재를 인식하고만 있는 수준이란 말이지. 딱히 친하게 지내기를 바라는 건 아니지만, 그렇다고 괜히 살벌한 기류를 조성하는 것만큼은 자제해줬으면 좋겠는데.

이로하스~ 도와줘, 이로하스~ 하고 오리모토와 비교적 무난하게 대화할 줄 알고, 표면상으로는 그럭저럭 살가운 분위기를 연출하기로 정평이 난 잇시키에게 시선으로 SOS를 쳤다. 하지만 돌아온 것은 헛기침 소리였다.

흠흠 목을 가다듬는 조금 낮고 감미로운 울림을 지닌 헛기침. 잇시키치고는 왠지 걸걸한데? 하고 생각하며 돌아보니 타마나와였다. 오리모토가 끼어드는 바람에 비로소 내 존재를 깨달았는지, 타마나와의 표정이 살짝 일그러졌다.

"너희들도 있었구나……."

"어라? 제가 이야기 안 했던가요?"

잇시키가 가느다란 손가락을 윤기 나는 입술에 가져다대고 고개를 갸웃했다. 하여튼 무진장 뻔뻔스럽게 시치미를 떼는구만, 저 녀석…….

"으, 으음…… 글쎄. 메일 베이스의 연락에서는 로그가 없었던 거 같은 기분이…….."

끙끙거리며 기억을 더듬는 타마나와를 시야 한구석에 둔채, 잇시키가 나를 향해 장난스럽게 혀를 쏙 내밀었다. 뭐야 그 표정 귀엽잖아.

잇시키가 선보인 환상적인 잡아떼기 신공에 타마나와가 으음 끙끙 언노운 신음하면서 우리와 반대 방향인 조리실 구석으로 걸어갔다. 그러자 카이힌 임원진도 그 뒤를 따랐다.

"그럼 이따 봐~."

오리모토도 살짝 손을 들어 보이고는 탁탁 경쾌한 발놀림으로 그 대열에 합류했다.

그 뒷모습을 눈으로 좇으며, 가식적인 미소를 띤 잇시키에게 슬그머니 물었다.

"근데 쟤들은 왜 부른 거냐……?"

"합동 행사란 명목으로 카이힌 쪽에서도 예산을 끌어다 쓸 수 있으면 최고 아니겠어요? 저도 의리 초콜릿 비용이 굳으니까 이득이고요!"

"어, 그, 그러냐……."

과연 잇시키 이로하……. 내 예상을 까마득히 뛰어넘는

군……. 저 녀석 저러다 언젠가 칼침 맞는 게 아닐까? 괜찮으려나……. 걱정스러운 마음에 경멸의 눈초리를 보내자, 잇시키도 조금 멋쩍었는지 발그스름해진 얼굴로 흠흠 헛기침을 했다.

"게다가 일단 참가비도 받으니까, 예산 면에서는 흑자예요. 물론 제반 경비를 빼면 제로섬에 플러스마이너스 제로, 손익분기지만요."

"이젠 이로하두 뭐라구 하는지 모르겠어……."

유이가하마가 우웃 머리를 감싸 안았다.

그야 소위 지성인의 언어와 업계 용어는 어딘가 닮은 구석이 있으니까……. 참고로 제로섬도 손익분기도 플러스마이너스 제로를 뜻하는 말이랍니다!

그나저나 잇시키도 학생회 예산을 타내려고 백방으로 손을 썼으리라. 포스터를 제작한 것도 십중팔구 활동 실적을 남기려는 목적에서겠지. 증빙 자료가 있으면 연말 정산할 때도 편리! 저 녀석 쓸데없이 장사(商売, 쇼바이)꾼 기질이 있다니까. 참가비도 상당히 저렴해서 SHOW BY ROCK 퓨루!

다른 학교를 끌어들임으로써 예산은 다시 갑절. 거기다 참가비까지 걷음으로써 퀴즈 프로처럼 더블 업! 이란 느낌으로 가용 예산이 불어난다.

사실 잇시키의 그런 행동을 학생회의 사적 이용에 횡령이라고 주장하면 변명의 여지가 없을 듯한 느낌도 든다만……. 어차피 돈주머니 관리는 내가 알 수 없는 부분이므로, 지금은 그냥 눈감아 주도록 하자. 무엇보다도 나는 「내 돈 들어가는 것도 아닌데 아무렴 어때」라는 사축 근성의 소유자거든.

이야기만 들어도 골치가 지끈지끈 아파오지만, 실제로 그렇게 해서 행사가 열렸으니 잇시키의 노림수가 아주 잘못된 건 아니다.

골치가 아픈 사람은 나 혼자만이 아닌지, 유키노시타도 관자놀이에 손을 얹고 힘없이 한숨을 쉬었다.

"그 논리의 잘잘못은 일단 제쳐두고…… 생각보다 영리하구나, 잇시키……."

"맞아맞아. 잇시키, 제법 야무져. 약간 기복이 있긴 하지만."

"아, 그거 왠지 알 거 같기두……."

포근한 목소리에 유이가하마가 쓴웃음을 지었다. 네네, 참으로 옳으신 말씀입니다요.

……어라? 포근하다고?

유키노시타하고도 유이가하마하고도 잇시키하고도 다른, 어딘가 졸음을 불러오는 나긋나긋한 음성에 반사적으로 그쪽을 돌아보았다.

핀을 꽂아 고정한 앞머리, 반들반들한 이마. 갈래머리가 찰랑 흔들리자 포근한 분위기가 물씬 피어올랐다. 그리고 생글생글 메구☆링한 미소.

"아! 시로메구리 선배!"

"아, 안녕하세요……."

놀란 유이가하마의 목소리와 당혹스러움이 묻어나는 유키노시타의 인사가 하나로 어우러졌다. 둘 다 의아한 기색으로 가만히 눈을 깜빡거린다.

"응! 안녕."

전임 학생회장인 시로메구리 선배가 소박한 가슴 앞에서 살랑살랑 손을 흔들며 마주 인사를 건넸다.

"저어, 여긴 무슨 일로……?"

예기치 못한 등장에 메구링 효과(주된 효능은 힐링과 릴랙스, 누님 속성의 부여 등)가 발동했지만, 가까스로 정신을 차리고 그렇게 물어보았다. 그러자 메구리 선배가 손뼉을 짝 치더니, 고개를 살짝 기울이고는 기쁜 표정으로 입을 열었다.

"초대를 받아서…… 와버렸어."

배시시 웃자 몽실몽실한 분위기가 감돌며 메구메구메구링☆메구리시 효과(주된 효능은 리저렉션과 디톡스, 누님 속성의 부여와 더불어, 이따금 보여주는 어른스러운 분위기에 앳된 몸짓이라는 추가 효과 획득. 상대는 사망)가 발생했다.

그 포근한 말투를 유지한 채 한 발짝 앞으로 나온 메구리 선배가 잇시키의 손을 꼭 잡았다.

"잇시키한테 초대받았거든. 졸업식 답사를 맡았는데 그 일로 학교에 왔다가 잇시키를 만나서, 시간 되면 와달라고 하길래."

호오, 잇시키가 먼저 권유했다고? 뭔가 메구리 선배를 껄끄러워하는 것 같았는데……. 그렇게 생각하며 돌아보자, 잇시키가 고개를 홱 돌려 이쪽을 외면하더니, 알아듣기 힘들 만큼 작은 목소리로 우물우물 말했다.

"……그게, 인원이 어느 정도는 돼야 단가도 내려가고요."

거의 입속에서만 중얼대다시피 한 말이라 메구리 선배는 못 들은 눈치였다. 심지어 잇시키가 불러줬다는 사실이 못내 기쁜지, 맞잡은 손을 힘차게 앞뒤로 흔들어댔다. 그때마다 잇시키가 거북한 기색으로 몸을 뒤틀었다.

"난 추천 입학이 결정돼서 한가하거든. 친구들은 모두 시험 준비로 바쁘고……. 그래서 시간 나는 멤버들끼리 와본 거야."

"아, 그래요……."

대답하고 나서야 불현듯 위화감이 들었다. 멤버? 멤버라니 어쩐지 이상한 표현인걸……. 무슨 아이돌 그룹의 일원이라도 되는 거 같잖아. 무슨 뜻인가 싶어 빤히 쳐다보자, 메구리 선배가 빙글 뒤돌아보았다.

"그렇지?"

허공을 향해 묻자, 학생 몇 명이 스슥 모습을 드러냈다. 뭐야 이거? 닌닌 NINJA? 가물거리는 기억을 더듬어보니 어느 정도 눈에 익은 얼굴들이었다. 저 안경틱한 느낌이라든가 안경스러운 분위기로 봐서는 메구리 선배를 보필했던 안경 학생회 임원들인 모양이다.

아무래도 차기 학생회를 바라보는 심경은 복잡하겠지. 잇시키가 학생회장이 된 경위만 해도 그렇고. 무엇보다도 메구리 선배에게 학생회란 분명 특별한 장소인 거다.

마침내 잇시키의 손을 놔준 메구리 선배가 다시 그 손을 살포시 유키노시타와 유이가하마의 어깨에 올려놓았다. 그리고 조금 애틋한 표정으로 우리의 얼굴을 차례로 살폈다.

"어쩐지 생각했던 것과는 좀 다르지만, 그래도 이렇게 다시 학생회 행사에 참가해서 유키노시타랑 유이가하마…… 히키가야하고도 이야기 나눌 수 있다는 게 기뻐."

"아…… 저두요!"

유이가하마에게도 메구링 효과가 전염되었는지 헤실 웃으며 동의했고, 유키노시타도 대답은 하지 않았지만 살짝 고개를 수그리고 귀를 붉혔다.

그러고 보면 우리 봉사부원들에게 아는 선배라곤 메구리 선배뿐인 셈이다.

……큰일이다. 졸업식에서 답사를 읽는 메구리 선배를 봤다간 나 울어버릴지도 몰라. 심지어 지금도 살짝 눈시울이 시큰해질 정도도. 연하에게 한없이 약하기로 소문난 접니다만, 연상의 누님도 당연히 약점입니다.

선배라고 부를 수 있는 사람이 이 사람이어서 다행이다. 그렇게 포근한 기분에 젖어 있자니, 메구리 선배가 우리의 얼굴을 한 바퀴 둘러보고는 힘주어 고개를 끄덕였다.

그리고 기합을 불어넣듯 주먹을 불끈 쥐었다.

"좋아, 그럼 오늘도 힘내자~! 아자아자 파이팅~!"

치켜든 주먹과 낭랑한 외침에 호응하는 사람은 없었다. 잇시키는 더 심각해서, 방금 전까지 보여주던 기특한 태도는 어디로 갔는지 냉랭한 눈빛으로 메구리 선배를 바라보았다.

하지만 그런 차가운 시선에도 개의치 않고, 메구리 선배는 마이페이스로 다시 한 번 힘차게 주먹을 치켜들었다.

"아자아자 파이팅~!"

"……파, 파이팅."

이걸 받아주지 않으면 무한 도돌이표를 찍고 만다……. 뭣보다 메구리 선배 뒤에서 대기 중인 학생회 임원들이 가하는 압력이 장난 아니라고……. 눈치를 살피며 고양이 펀치마냥 소심하게 손을 들었다. 그런 우리의 반응에 메구리 선배가 후우 만족스런 한숨을 내쉬었다.

그리고 흘끗 벽시계를 곁눈질했다. 나도 덩달아 시계를 보았다. 사람들도 하나둘씩 모여들기 시작했고 재료와 조리 기구 준비도 끝났다. 카와사키 자매도 조금 늦어지는 모양이지만 금방 도착하겠지.

이제 곧 시작하려나? 그렇게 생각하는데, 메구리 선배가 고개를 갸웃했다.

"하루 선배가 좀 늦네."

"그러게요. 장소는 찾기 쉬울 거라고 생각하는데요~."

메구리 선배의 말에 잇시키가 고개를 끄덕였다. 하지만 나는 목이 뻣뻣하게 굳어버려 고개를 끄덕일 수가 없었다. 방금 뭔가 불길한 이름이 들려왔기 때문이다.

하루 선배란 온천 여관 종업원[#15]을 말하는 게 아니다. 메구리 선배가 그렇게 부르는 사람은 딱 한 명뿐이다.

흘끗 옆으로 시선을 향하자, 유키노시타의 얼굴도 찌푸려진 채였다. 유이기하마도 돌아가는 상황을 대강 눈치 챘는지, 문을 빤히 쳐다보았다.

이윽고, 덜컹 소리와 함께—.

아귀가 맞지 않아 뻑뻑한 문이 살짝 움직였다. 가늘고 긴 손가락이 그 틈새로 파고들어 힘을 꽉 주자, 드르륵 문이 열렸다.

그리고 그녀가 신은 구두가 또깍 소리를 냈다. 그렇게 천천히, 한 발짝 한 발짝 흔들림 없는 걸음걸이로 조리실로 들어와 우리 앞에 섰다.

"햣헬롱~! 미안, 좀 늦었나?"

"여러분, 오늘의 특별 강사인 하루 선배님입니다~!"

"네네 안녕하세요 하루 선배님입니다."

잇시키가 애교 섞인 목소리로 깜찍하게 소개하자, 그에 편승하듯 장난스런 말투로 대꾸한다. 유키노시타 하루노는 진홍색 코트를 팔락 나부끼며 얍, 하고 손을 들어보였다.

"아, 하루 선배. 오랜만이에요."

"……메구리, 얼마 전에도 만났으면서 무슨 소리야?"

졸래졸래 다가온 메구리 선배의 이마를 쿡 찌르며 하루노가 어이없다는 듯 대꾸했다.

"하루 선배가 만든 쿠키는 맛있으니까 기대돼요."

#15 온천 여관 종업원 만화 「하루짱」의 주인공인, 온천 여관에서 일하는 동명의 캐릭터를 가리킨다.

"그야 부탁받았으니 만들긴 할 거지만. 착한(優しい, 야사시이) 선배로서 후배의 부탁을 거절할 순 없잖아?"

저기요, 착하다기보다는 야샤스인~! 이란 느낌이어서 오히려 무섭기만 하거든요……?

두 사람은 그대로 인사를 겸한 잡담을 두세 마디 주고받았다.

그 사이 까닥까닥 손짓을 해서 잇시키를 불러다가 낮은 목소리로 물었다.

"야, 저 사람은 왜 부른 건데?"

"그야 딱 봐도 백전연마의 베테랑 같잖아요~?"

질문을 받자, 잇시키가 의아한 기색으로 고개를 갸웃하며 당연하다는 듯 대답했다. 아하, 그 판단은 정확하고 올바르다. 백전연마로도 모자라 백전불패. 거기다 극악무도하기까지 하다.

"나 혼자서도 충분한데……."

유키노시타가 살며시 자기 팔꿈치를 감싸 안으며, 앞에 있는 하루노를 외면했다.

"하긴 넌 가르치는 건 몰라도 요리만큼은 끝내주게 잘하니까."

"……별로 대단한 건 아니야."

칭찬받은 게 뜻밖이었는지 유키노시타는 순간적으로 말문이 막힌 표정을 지었지만, 이내 홱 고개를 돌려버렸다. 야야, 그거 칭찬 아니거든. 가르치는 기술이 형편없다는 소리라고……

"그치만 난 유키농한테 배우는 거 기대되는걸!"

유이가하마가 유키노시타를 와락 끌어안자, 조금은 기분이 나아졌는지 유키노시타도 쑥스러운 기색으로 헛기침을 했다. ……하긴 유키노시타 말고도 지도할 만한 사람이 있다면 유이가하마에게 할애할 시간이 늘어날 테니 꼭 나쁜 것만은 아니겠지.

하지만 구태여 하루노를 부른 이유가 마음에 걸렸다.

행사 참가 인원으로 봐서는 강사가 여러 명 있어야 할 필요도 없고, 잇시키도 한가락 한다고 자부한 바 있다. 그 밖에도 제과제빵 쪽 유경험자는 적지 않겠지.

"야, 꼭 저 사람을 부를 필요는 없었던 거 아니냐? 유키노시타만 해도 웬만한 얼치기보다는 훨씬 낫다고."

소곤소곤 잇시키에게 하루노를 섭외한 이유를 물었다.

"아, 그야 물론 유키노시타 선배님의 요리 솜씨는 일품이라고 생각해요. 그래서 부탁드린 거고요."

하지만 잇시키는 거기서 말을 끊고 멋쩍은 기색으로 시선을 피했다.

"근데 말이죠…… 남자들의 반응은 좀 미묘할 거 같아서요."

"현명한 판단이로군……."

하긴 유키노시타는 요리 실력은 뛰어나지만 서비스 정신이 부족하다고나 할까, 서비스 신이 부족하다고나 할까…… 구체적으로 말하면 가슴 쪽의 서비스가 박하다. 반대로 유이가 하마는 서비스는 후한데 기본 성능이 극악해서 탈이랄까……. 잡설이 길었는데, 어쨌거나 견실하고 정석적인 요리법을 선보인다고나 할까? 그러다 보니 잇시키가 지적한 남자들의 반응, 요컨대 이번 이벤트의 주목적인 여성스러움을 어필한다는 측면에서는 아무래도 약간 불안한 구석이 있다.

그런 면에서 유키노시타 하루노는 남녀를 불문하고 사람의 마음을 사로잡는 힘이 있다. 아니, 사로잡아 짓이겨버린다. 사람의 마음속 빈틈을 꿰뚫어보는 기술이 하루노보다 뛰어난 사람은 본 적이 없다.

거기다 유키노시타를 능가하는 기본 스펙의 소유자이기까지 하지 않은가. 베이킹에서도 분명 그 능력과 술수를 유감없이 발휘할 테지. 어찌나 맛있는지 인간뿐만 아니라 요정님도 길들여버리고 말 것 같다예요?

그렇게 너스레를 떨며 생각을 다른 데로 돌리지 않으면 불안해서 견딜 수가 없었다.

유키노시타 하루노(陽乃)는 그 행동 전부가 무의미하고, 또한 의미가 있다.

오늘 이 행사장에 나타난 것도 뭔가 생각하는 바가 있어서겠지. 그저 후배에게 부탁받았다는 이유만으로 올 리가 없다.

언제나 그랬다.

그 사람은 그 이름처럼, 백일하에 까발린다.

자기 자신은 무엇 하나 드러내지 않으면서.

문득
히라츠카 시즈카는
현재진행형과 과거형에
관해 논한다.

　이벤트는 특별히 커다란 말썽도, 눈에 띄는 연출도 없이 한 가롭게 진행되어갔다.

　예정된 시각이 되자 모두들 자연스럽게 얼굴을 마주보았고, 저절로 「그럼 시작할까요?」라는 분위기가 형성되었다. 잇시키의 간단한 인사말이 있은 후, 저마다 달그락달그락 요리에 들어갔다.

　나야 초콜릿을 만들 필요가 없다 보니 딱히 할 일도 없었다. 굳이 따지자면 서포터에 스태프, 어시스턴트, 헬퍼 역할이 주된 임무지만, 단적으로 말하면 백수라고나 할까.

　그런 나와는 대조적으로, 유키노시타는 시작과 동시에 빠릿빠릿하게 작업에 착수했다.

　눈앞의 조리대에는 유키노시타와 유이가하마, 그리고 미우라가 초콜릿과 조리 기구를 앞에 둔 채 진지한 얼굴로 서 있었다.

　"우선 초콜릿을 다져서 중탕할 거야. 무엇을 만들지에 따라

달라지기는 하지만, 어떤 경우든 그 공정은 거쳐야 하니까."

"그게 다야?"

"……기본적으로는 그래. 물론 중요한 건 그 다음부터지만."

미우라가 김빠진 기색으로 묻자, 그 질문에 대답한 유키노시타가 식칼로 탁탁 경쾌한 소리를 내며 조각 초콜릿을 잘게 다지는 시범을 보였다. 물 흐르듯 매끄러운 손놀림에 유이가하마가 우와~ 하고 탄성을 질렀다. 저기, 아직 감탄하기에는 이르지 않냐……?

그러자 미우라도 보고 배운 대로 유키노시타를 따라 하기 시작했다. 식칼 다루는데 익숙하지 않은지 멈칫멈칫 조심스러운 기색이었지만, 초콜릿은 똑똑 순조롭게 분쇄되어 갔다. 참고로 유이가하마는 아직 칼을 잡아도 된다는 허락이 떨어지지 않았습니다. 어쩔 수 없지.

대충 다지고 나자, 미우라가 고개를 들었다. 그 표정은 어딘가 뿌듯해보였다. 저기, 아직 완성되려면 멀었거든……?

하지만 미우라는 제법 손맛을 느낀 모양이었다.

"흐음……. 별 거 아니잖아?"

후훗 의기양양한 미소를 지으며 어때? 라는 표정으로 으스대듯 말했다. 하지만 그 반응에 양 옆에서 일침을 가했다.

"모르는 소리 마, 유미코!"

"너무 만만하게 보면 곤란해."

유이가하마는 자신만만하게 선언하듯, 유키노시타는 냉소

를 지으며 말했다. 그래도 방금 한 작업이 생각보다 간단했다는 인상을 지울 수 없는지, 미우라가 고개를 갸웃했다.

"뭐? 뭔가 힘든 게 있단 말야?"

그러자 유이가하마가 거드름 피우듯 가슴을 쭉 폈다.

"진짜는 이제부터 시작이라구! 중탕이란 거, 그냥 뜨거운 물에 넣는 게 아니야! 뭔가 막 팍팍 한다구, 팍팍!"

유이가하마가 이야기하는 건 아마도 휘핑과 템퍼링일 테지만, 혹시 현재 진행형으로 손발을 휘핑하듯 마구 휘두르며 말하는 데 빗댄 중의적인 표현인 겁니까? 그럴 리 없겠죠!

한편 유키노시타는 유이가하마의 말에 머리가 지끈거리는지, 관자놀이에 살포시 손을 얹으며 한숨 섞인 말투로 설명했다.

"한번 녹인 초콜릿을 그대로 굳히면 지방분이 하얗게 떠서 미관상 좋지 않을 뿐더러 식감에도 영향을 미쳐. 그리고 이제부터 해야 하는 작업이 몹시 번거롭고 손이 많이 가거든."

그나저나 두 사람의 발언 수준이 거의 하늘과 땅 차이다만……. 헤비 과금러와 무과금 유저에 필적하는 격차인데, 이거…….

그러나 열정의 유이가하마와 논리의 유키노시타. 두 사람의 공세에 미우라도 생각이 달라진 눈치였다.

"흐응, 그래~? ……됐고, 다음은 뭔데?"

말투는 여느 때와 다름없었지만, 태도는 평소보다 약간 공손했다. 적어도 가르침을 청하고자 하는 자세는 엿보였다. 그런 미우라의 반응에 유키노시타의 입가에 희미한 미소가 번졌다.

"일단 중탕과 템퍼링부터 해야겠지. 그 다음에는 무엇을 만드느냐에 따라 조금 더 연구해볼 필요가 있겠지만……. 사람도 많으니 가토 쇼콜라를 만들어보는 건 어떻겠니?"

"와, 가토 쇼콜라! 그거 빵집에서만 만들 수 있는 줄 알았는데!"

"그렇게까지 어려운 메뉴는 아니야……. 나는 비터 초콜릿을 쓸 생각이지만, 너희들은 각자 취향에 맞는 걸 선택하도록 하렴."

유이가하마가 반짝반짝 눈을 빛내며 존경의 시선을 보내오고, 미우라도 흐음, 제법인데? 라는 눈빛으로 바라보자 유키노시타가 쓴웃음을 지었다.

유이가하마는 약간 걱정되지만, 유키노시타가 붙어 있으니 대참사가 벌어지지는 않겠지.

그나저나 다른 녀석들은 잘하고 있으려나? 하고 생각하며 시선을 옆에 있는 조리대로 향하자, 마이페이스로 초콜릿을 만드는 잇시키의 모습이 눈에 들어왔다.

겉보기에 잇시키의 작업은 순조롭기 그지없었다.

중탕 작업은 벌써 끝났는지 녹여서 보울에 담아놓은 초콜릿에는 윤기가 자르르 흘렀고, 다른 보울에 담겨있는 풍성하게 거품을 낸 머랭은 촉촉해보였다. 그 솜씨만 봐도 경험이 많다는 게 짐작이 갔다.

이어서 잇시키가 보울에 양주로 추정되는 액체를 작은 스푼으로 쪼르륵 부어넣고, 다시 한 번 고루 섞어주었다. 그리고 스푼으로 살짝 떠서 냠냠 맛을 보았다.

한동안 그대로 스푼을 입에 물고 맛을 음미하더니, 이윽고 고개를 갸웃했다. 아무래도 뭔가 납득이 가지 않는지, 잇시키가 다시 설탕과 생크림, 코코아파우더 등을 첨가하기 시작했다.

"너 진짜 요리 잘하는구나⋯⋯."

뜻밖이라고 하기는 뭣하지만, 생각보다 성실한 모습에 놀라 저도 모르게 중얼거리고 말았다. 그러자 잇시키가 가느다란 눈으로 나를 째려보았다.

"선배님, 제 말을 의심하셨던 거예요?"

"아니, 그게 아니라⋯⋯ 그냥 뭔가 대단하다는 생각이 들어서. 제법 열심이네."

하야마가 먹어주기를 바라며 온갖 노력을 기울인다고 생각하니, 그 한결같은 순정에는 호감이 갔다. ⋯⋯물론 의리 초콜릿에 들어가는 비용을 아끼기 위해서라는 흑심이 엿보이긴 하지만, 교복에 앞치마란 차림새도 한몫해서인지 그런 타산적인 면모마저도 그저 훈훈하게만 느껴지니 신기할 따름이다. 이 연사 지금 여기서 힘차게 외치겠다. 누드 에이프런보다 교복 에이프런이 쩐다고! 하긴 가장 쩌는 건 민소매 핫팬츠에 앞치마를 한 코마치입니다만.

그런 생각을 하면서 대답하자, 그 말을 들은 잇시키는 눈을 깜빡이며 멍한 표정을 지었지만 이내 두 손을 쭉 뻗어 나와 거리를 두었다.

"뭐예요. 꼬시는 건가요? 달콤한 초콜릿이니 달콤한 말을 속삭이면 넘어올지도 모른다는 건가요? 그건 달콤한 환상에 불과하니 좀 더 곰곰이 생각해보고 재도전해주세요. 죄송합니다."

정중하게 고개 숙인 인사와 함께 딱 잘라 거절당하고 말았다. 딱히 꼬신 적도 없고 재도전도 안 할 거거든……?

정말이지 잇시키 이로하는 변함없다니까. 아니, 저 영악함과 믿음직스러움으로 봐서는 오히려 전보다 성장한 건지도 모른다. 하여튼 대단하구만. 기막힘과 감탄이 반씩 뒤섞인 한숨이 흘러나왔다. 그런 내 입가로 스푼이 불쑥 다가왔다.

"얍!"

잇시키의 목소리와 동시에 스푼이 볼을 스치고 입 안으로 쑥 들어왔다. 난데없는 공격에 쩔쩔매며 눈을 희번덕거리는데, 깜빡깜빡 점멸하는 시야 속에서 잇시키가 고혹적으로 웃었다.

"선배님, 이런 단맛은 싫어하세요?"

스푼을 살랑살랑 흔들며 고개를 비스듬히 기울이고, 눈만 빼꼼 들어 나를 올려다본다. 장난에 성공한 어린애처럼 득의양양한 미소와 여자답게 도발적으로 가슴을 펴는 모습이 언밸런스해서 더욱 매력적으로 비쳤다.

"……싫지는 않다만."

당분 함량은 그렇게까지 높을 리 없건만, 혀가 저릿할 만큼 달았다. 그나저나 그 스푼, 아까 네가 썼던 거 아니냐……?

이런 짓, 진짜로 심장에 안 좋으니까 자제해다오…….

피곤할 때는 단 게 좋다지만, 이런 심리적인 피로에는 역효과인 모양이다. 해일처럼 밀려드는 피로감에 무심코 한숨을 쉬자, 잇시키도 덩달아 한숨을 쉬었다.

"휴우, 딱히 맛에 대한 감상을 듣고 싶은 건 아니지만요……."

말투는 무관심했지만, 흘끗 곁눈질하는 그 눈동자는 대답을 기다리는 티가 역력했다.

입안에 감도는 달콤함을 음미하며, 잇시키의 의도를 가만히 곱씹었다.

"그래도 대답은 마찬가지다만……."

"……그래요?"

잇시키는 뭔가 생각하듯 품속의 보울을 내려다보며 흠흠 고개를 끄덕였다. 그러다 쓱 고개를 들었다.

"참고가 됐어요. 그럼 전 잠깐 갔다 올게요. 하야마 선배님~!"

활짝 웃으며 말한 잇시키가 곧바로 탁탁 뛰어갔다.

그 뒷모습을 바라보며 뺨에 묻은 초콜릿을 손가락으로 쓱 훔쳐 입에 넣었다. 초콜릿과 럼주 향기가 입안에 감돌았다.

"너무 달다고……."

혼잣말처럼 나직한 감상이 뒤늦게 흘러나왔지만 그것에 뒤섞여 깡깡 금속끼리 부딪치는 소리가 들려왔다.

금속이 내는 소리에는 등줄기를 오싹하게 만드는 섬뜩함이 있다. 거슬리는 소리구만. 그렇게 생각하며 뒤돌아보자, 보울을 들고 스푼으로 휘젓는 유키노시타의 모습이 보였다.

"그러고 보니 히키가야는 시식 담당이었지? 여태껏 아무짝에도 쓸모가 없었던 탓에 그만 그 사실을 까맣게 잊고 있었구나. 부디 이것도 먹어보고 감상을 들려주지 않겠니?"

그렇게 말하며 유키노시타가 스푼을 빙글 돌려 손잡이가 내 쪽을 향하게 했다. 쑥 내민 스푼에는 시커먼 초콜릿이 한가득 담겨 있었다.

"그거 카카오 함량 90퍼센트 넘잖아, 무진장 쓴 거잖아……."

굳이 먹어볼 필요도 없다. 저거 딱 봐도 설탕이나 생크림은 안 쳤고, 들어간 거라곤 기껏해야 무염 버터 정도일 거다. 반드르르 광택이 흐르는 새카만 초콜릿은 겉보기에도 냄새도 카카오 그 자체였다.

하지만 유키노시타는 싸늘한 시선을 이쪽으로 향한 채, 물러설 기미라곤 털끝만큼도 없었다. 그리고 성큼 한 발짝 더 다가와 말없이 스푼을 내밀었다. 차마 그 스푼을 받아들 수도 없는 노릇이라 묵묵히 눈싸움을 벌이는데, 그 사이로 유이가하마가 끼어들었다.

"아, 그럼 이거! 이건 어때?!"

그렇게 말하며 보울 째로 쑥 내민 것은 갈색의 찰랑거리는 액체였다. 초콜릿이라고 부르기도 민망하고 초콜릿 소스라고 하기에도 너무 묽어서, 밀크코코아라고 해도 감쪽같이 속아 넘어갈 만큼 완벽하게 액체였다.

불쑥 코앞으로 들이민 보울에서 달콤한 향기가 피어올랐다.

"힛키, 아마두 이거, 좋아할 거라구 생각하는데······."

어때? 라고 묻듯 에헤헤 웃으며 내미는 보울 안을 가만히 살펴보자, 기묘한 기시감이 들었다. 숨이 턱 막힐 듯한 달콤함 속에서 은은하게 풍겨오는 커피 향기. 흰 빛이 감도는 갈색 액체에 높은 당도를 암시하는 거품까지······. 어째 꼭 MAX 커피 같은 느낌인데······?

하지만 이걸 만든 사람은 다름 아닌 유이가하마다. 절대 겉모습에서 상상한 맛이 날 리 없단 말이지······. 쟤는 맛의 창의력 대장이니까. 그보다 초콜릿 만드는 거 아니었어?

한쪽은 먹어보지 않아도 그 쓴맛이 뼛속까지 파고드는 암흑 물질. 다른 한쪽은 어떤 맛일지 예상하기조차 힘든 암흑 물질. 달콤하고 씁쓸해서 현기증이 나려고 해요······.

양쪽에서 보울을 들이밀자 말문이 턱 막혔다.

"자, 잠깐만 기다려봐······."

어쩔 줄 모르고 쩔쩔매는데, 누군가 조리실 문을 드르륵 힘차게 열어젖혔다.

그리고 또깍또깍또깍 신경질적인 구두 굽 소리가 들려왔다. 그 발소리의 주인공은 거침없이 이쪽으로 다가와, 지옥 밑바닥에서 불어오는 바람처럼 음산한 한숨을 내쉬었다.

"쳇, 달콤한 분위기가 감도는군······."

마치 사기(邪氣)라도 감지한 것처럼 혐오감 가득한 목소리로 중얼거린 사람은 당연히 그 분, 히라츠카 시즈카 쨩(독신·서른 줄 여교사)이었습니다!

히라츠카 선생님은 눈꼴서 죽겠다는 투로 말씀하셨습니다만, 달콤한 분위기 따위 눈을 씻고 찾아봐도 없는뎁쇼……

"그런데 선생님, 여기는 무슨 일로……?"

"응? 아, 잇시키가 보고했거든. 일단 확인 차원에서 와본 거다."

당혹감이 묻어나는 유키노시타의 질문에 히라츠카 선생님이 지친 한숨소리와 함께 대답했다. 그리고는 유키노시타와 유이가하마가 들고 있는 보울을 흘끗 곁눈질하더니, 크큭 낮은 웃음소리를 냈다.

"일러두는 걸 깜빡했는데, 우리 학교는 초콜릿 반입 금지다."

"어? 그런 교칙이 있어요?"

유이가하마가 고개를 갸웃하자, 히라츠카 선생님이 씨익 사악한 미소를 지었다.

"교칙에는 없다. 없지만 금지다. 학업과는 상관없는데다 방해라고, 방해. 내가 어째서 교무실 의리 초콜릿 철폐에 찬성했다고 생각하나? 귀찮아서이기도 하지만, 학생들에게도 같은 고통을 맛보게 해주기 위해서지. 무릇 마음과 감정은 장애물이 있어야 불타오르는 법! 다 깊은 뜻이 있어서다, 깊은 뜻."

저 양반, 저렇게 근사하게 웃으면서 찌질한 소리를 늘어놓다니! 댁의 그런 점을 사랑한다니까! 그렇지만 의리 초콜릿에서 시작되는 이야기도 틀림없이 존재할 거라고 생각합니다!

초콜릿을 받아줄 사람과 선생님을 받아줄 사람, 양쪽 다 절 찬리 모집하고픈 심정이라고나 할까요!

"어차피 밸런타인데이 당일은 입학시험 때문에 휴교지만 말이다."

그렇게 말한 히라츠카 선생님이 후훗 부드러운 미소를 지으며 농담이다, 라고 덧붙였다.

그리고 유키노시타와 유이가하마가 들고 있는 보울을 차례로 살펴보더니, 흐뭇한 표정으로 두 사람의 머리를 쓰다 듬었다.

"아무튼 잘해보도록."

그러자 유이가하마는 우움~ 하고 난감해하며 겸연쩍은 표정으로 웃었고, 유키노시타는 고개를 홱 돌려버렸다. 두 사람의 반응에 쓴웃음을 지은 히라츠카 선생님이 마지막으로 다시 한 번 그 머리를 가볍게 토닥였다.

× × ×

히라츠카 선생님 덕분이라고 하기는 뭣하지만, 난입자의 존재로 인해 주변 분위기도 조금씩 바뀌어갔다. 어느덧 조리실 안에는 달콤한 향기와 더불어 평화로운 분위기가 감돌기 시작했다.

그리고 또 한 명. 그 평화로움의 상징과도 같은 인물이 등장했다.

그 아이는 어깨 길이로 단정하게 자른 푸르스름한 흑발을 양쪽으로 묶고, 사이즈가 딱 맞는 어린이용 앞치마를 하고 있었다. 장차 미인이 될 거란 확신을 심어주는 그 이목구비는 내게도 강한 인상을 심어주었다.

카와사키 케이카. 카와 어쩌고 양의 여동생이다.

어린이집에 가서 케이카를 데리고 오느라 장바구니를 들고 조금 늦게 도착한 카와사키는 척척 동생의 요리 준비를 끝마치고는 휴우 만족스런 한숨을 내쉬었다. 그리고 기념이라는 듯 찰칵찰칵 사진을 찍었다.

앞치마도 케이카 사이즈에 맞춰 수선한 거겠지. 천을 덧대 만든 아플리케 장식과 곱게 수놓인 이름이 앙증맞은 느낌을 더했다.

그렇게 한바탕 촬영을 마치고 나니, 정작 본인이 준비가 안 됐다는 걸 깨달은 모양이다.

"저, 저기, 나도 잠깐 저쪽에서 준비할 게 좀 있는데……."

까닥까닥 손짓을 해서 나를 부르더니, 눈치를 보듯 쭈뼛거리며 그렇게 말했다.

흐음. 여기서 못하는 준비가 뭔지는 모르겠지만, 원래 여자들한테는 이것저것 복잡한 사정이 있는 법이다. 이럴 때 눈치 없이 캐물었다가는 피를 보게 된다는 사실은 이미 코마치를 통해 입증된 바 있다. 게다가 낯선 사람들로 가득할 뿐만 아니라 조리 기구니 뭐니 위험한 물건도 즐비한 곳 아닌가. 혼자 놔두고 가자니 걱정되는 거겠지.

"그래, 내가 봐줄 테니 걱정 말고 가봐라."

"그, 그럼 잠시만……."

양해를 구한 카와사키가 고개를 끄덕이고는 서둘러 조리실을 나섰다.

그 뒷모습을 바라보다가 케이카 쪽으로 돌아섰다.

어린이집에서 노느라고 지친 건지 아니면 카와사키가 마구 사진을 찍어대는 바람에 피곤해진 건지, 케이카는 약간 졸린 듯 눈꺼풀이 반쯤 감긴 상태였다.

하지만 곧 나를 올려다보며 눈을 몇 번 느릿하게 깜빡이더니, 입을 헤 벌렸다.

"하아 오빠다!"

케이카도 내가 기억나는지, 짧은 팔을 힘껏 뻗어 내 얼굴을 척 가리켰다.

"어, 그래. 하아 오빠다. 정확히는 하치만이지만. 근데 사람한테 함부로 삿대질하면 못 쓴다. 잘못하면 찔릴 수도 있다고."

웃차 쪼그려 앉아 눈높이를 맞췄다. 그리고 나도 손가락을 뻗어 케이카의 볼을 쿡쿡 찔렀다. 꺄아 난 몰라 말랑말랑해…….

고속으로 쿡쿡 볼을 찌르자, 케이카가 아우아우 물개처럼 기묘한 소리를 내며 당황한 표정을 지었다. ……으음, 교육 완료로군. 이제 더 이상 버릇없이 남한테 손가락질을 하지는 않겠지.

성과에는 만족했지만, 그 부드러운 감촉에 손가락을 떼기가 싫었다. 꺄아 난 몰라 역시 말랑말랑하잖아……. 코마치도 이런 시기가 있었더랬지. 아냐, 어쩌면 지금도 말랑말랑하려나……? 추억을 되새기며 계속해서 쿡쿡 뺨을 찔러대자, 케이카는 성가서하는 기색이 역력했지만 이내 앗, 하고 뭔가 좋은 생각이 난 표정을 지었다.

"에잇!"

이윽고 가차 없는 일격이 내 볼에 푹 꽂혔다.

"아야야……. 오빠가 하지 말랬지. 눈이라도 찌르면 어떡하려고. 위험하잖아."

버릇을 고쳐놓겠다는 듯 또다시 쿡쿡 찔렀다. 그러자 내 반응을 일종의 놀이로 해석했는지, 케이카가 까르르 웃으며 반격하듯 내 뺨을 마주 찔렀다. 으, 으음…… 교육 실패인가?

이걸 어쩌면 좋담? 하고 고민하며 케이카의 볼을 찌르는데, 뒤에서 차가운 목소리가 비수처럼 내리꽂혔다.

"……지금 뭐하는 거야?"

"엇, 아니, 그냥……."

뒤돌아보니 앞치마 차림의 카와사키가 우두커니 서 있었다. 보울과 조각 초콜릿을 챙겨들고 싸늘한 눈초리로 날 내려다보다가 깊은 한숨을 쉬더니, 못내 껄끄러운 기색으로 입을 열었다.

"저기, 놀아주는 건 고맙지만, 그런 건 좀……."

"엇, 잠깐만. 그게 아니고……."

썩은 동태눈을 한 위험한 남자가 사랑스러운 소녀의 뺨을 찌른다……. 상황만 보면 그야말로 범죄 그 자체다. 여기가 야외였으면 경계경보 발령은 기본이고 동네 알림판에 요주의 인물로 기록될 정도라, 엄마가 농담 삼아 「애, 이거 혹시 너 아니니? 호호호」 하고 놀리는 바람에 「어, 어어…….」 하고 말문이 막히는 미래마저 그려졌다고……. 게다가 널 믿었는데…… 라는 듯한 카와사키의 시선에 어쩐지 양심이 찔려와, 죄책감으로 가슴이 두근거렸다.

"이건 그러니까, 그 뭐냐……."

허둥지둥 일어나서 양팔을 벌려 저항의 의사가 없음을 표시하며 적당한 변명거리를 찾았다. 그때 내 다리에 뭔가 찰싹 달라붙었다. 내려다보니 내 허리를 두 팔로 꼭 끌어안은 케이카가 보였다.

"있잖아, 하아 오빠랑 놀아줬어!"

"어, 그래……."

놀아줬다고 생각했지만, 관점을 달리하면 내가 케이카의 노리개가 됐다고도 할 수 있다. 그 사랑스러움과 말랑말랑한 뺨에 농락당했다는 의미에서는 아주 허튼소리라고 할 수도 없겠지.

머리에 피도 안 마른 나이에 벌써부터 남자를 쥐락펴락하다니, 무서운 아이……!

농담이지만, 어쨌든 장래가 촉망되는 인재란 점은 분명하다. 실제로 언니인 카와사키 사키는 보다시피 일반적인 기준에서 미인에 속하니까. 문제는 언뜻 보면 불량스러운 느낌이 든다고나 할까, 일진처럼 보인다는 점이다. 그러나 동생을 바라보는 그 눈빛에서 위압감이나 험악함은 찾아볼 수 없었다.

"······그랬구나."

케이카의 천진난만한 행동에 카와사키도 독기가 빠졌는지 피식 웃었다. 그러자 케이카도 활짝 웃더니, 내게 찰싹 달라붙은 채 깜찍하게 고개를 갸웃했다.

"사아 언니도 같이 할래?"

"돼, 됐어. 알았으니까 케이, 이쪽으로 와."

카와사키가 나한테서 케이카를 떼어내서 자기 품으로 끌어당겨 꼭 끌어안았다. 저기, 그렇게 경계하지 않으셔도 아무짓도 안 할 겁니다만. 어쨌든 이것으로 위험인물 신고와 체포는 면한 모양이다. 휴우 안도의 한숨이 흘러나왔다.

그러나 한시름 놓은 나와는 대조적으로 카와사키는 약간 불안한 표정이었다. 케이카의 머리를 쓰다듬던 카와사키가 두리번두리번 조리실 안을 살피더니 물었다.

"근데 정말 케이를 데려와도 괜찮은 거야?"

카와사키가 걱정할 만도 하다. 여기 있는 사람은 대부분 고등학생이다. 더군다나 다른 학교 학생들까지 섞여 있는 탓에 케이카의 존재가 유난히 부자연스럽게 비쳤다. 하지만 딱히 공식적인 행사도 아니고, 명확한 규정이 존재하는 것도 아니다.

흘끗 대각선 맞은편 조리대를 곁눈질했다. 그러자 메구리 선배와 즐겁게 담소 중인 하루노의 모습이 눈에 들어왔다. 저 사람이 와 있는 이상, 새삼스럽게 참가 자격을 따져봤자 부질없는 짓이다.

"뭐 어떠냐. 어차피 별의별 사람이 다 있는데."

"응⋯⋯."

내 대답에 카와사키도 납득한 기색으로 고개를 끄덕였다. 애초에 카와사키의 상담 역시 이번 이벤트를 개최한 이유 중 하나니까. 본의 아니게 불편한 분위기가 되어버린 건 미안하지만, 그 의뢰만큼은 확실하게 완수해야겠지. ⋯⋯그래봤자 내가 직접적으로 나서는 건 아니지만.

그 의뢰를 수행해줄 사람을 찾아 주위를 두리번거리는데, 뒤에서 탁탁 부산스러운 발소리가 들려왔다.

"아, 사키. 시간 맞춰 왔네!"

반갑게 말을 걸어온 사람은 바로 유이가하마였다. 뒤이어 유키노시타도 모습을 드러냈다.

"케이카도 오랜만이야~!"

그렇게 말하며 쪼그려 앉은 유이가하마가 케이카의 머리를 쓰다듬었다. 유이가하마와 유키노시타도 지난번 크리스마스 이벤트 때 케이카와 만난 터라 서로 구면이었다.

유키노시타도 케이카 옆까지 다가가긴 했지만, 보일락 말락 하게 올린 손을 뻗었다 오므렸다 할 뿐이었다. 딱 보니 쓰다듬어도 될지 망설이는 눈치였다. 하여튼 서툴다니까.

그렇게 생각했는데, 또 한 명 서툰 사람이 있었다.

"저기⋯⋯ 잘 부탁해⋯⋯."

뭐라고 인사할까 고민한 끝에 카와사키가 쑥스러운 기색으로 더듬더듬 말했다. 그런 언니의 모습에서 어떤 느낌을 받았는지, 카와사키를 멍하니 쳐다보던 케이카가 자세를 바로하고 꾸벅 고개를 숙였다.

"잘 부탁드립니다~."

어린이집에서 배웠는지 어설프고 늘어지는 말투였지만, 무뚝뚝한 언니와는 달리 붙임성 있는 그 인사에 바라보는 내 입가에도 미소가 어렸다. 그런 느낌을 받은 건 나뿐만이 아니었는지, 유이가하마는 귀여움에 못 이겨 꺄아~ 하고 몸부림쳤고, 카와사키는 여동생의 성장에 감동했는지 눈시울이 촉촉해졌다.

그리고 유키노시타 역시 후훗 따스한 미소를 지었다. 치맛자락을 손으로 누르며 조심스럽게 쪼그려 앉아 케이카와 눈높이를 맞춘 유키노시타가 가만히 물었다.

"그래, 잘 부탁해. 그러면 어떤 과자를 만들고 싶니?"

질문을 받은 케이카가 카와사키의 얼굴을 바라보았다. 그 시선에 카와사키도 고개를 끄덕이며 물었다.

"케이, 어떤 과자가 먹고 싶어?"

그 말에 한동안 멍하니 서 있던 케이카가 불쑥 입을 열었다.

"장어."

"그, 그래……. 그러냐……."

그 말밖에는 떠오르는 게 없었다. 어, 그러냐……. 장어라…….

"미안해. 얼마 전에 가족들끼리 장어를 먹었는데, 굉장히 마음에 들었나봐."

카와사키가 무안한 기색으로 고개를 수그렸다. 하지만 원래 어린애들은 뜬금없는 소리를 종종 하는 법이고, 별생각 없이 인상에 남은 음식을 댄 것뿐이겠지……. 그러니 진지하게 받아들일 필요는 없으리라.

그렇게 생각했습니다만, 유키노시타 양……. 턱을 매만지며 심각하게 고민 중이시군요…….

"그렇다면 장어 파이가 좋으려나? 파이는 구울 줄 알지만, 장어를 어떤 식으로 처리하는지는 조금 알아봐야 할 것 같은데……."

"호오……. 그 파이, 특별한 도구 없이도 만들 수 있는 거냐?"

"그래."

사뭇 당연하다는 투로 유키노시타가 대꾸했다. 진짜 뭐든지 만들 줄 아는구만, 이 녀석. 근데 그런 것치고 자기 가슴에는 이스트를 너무 적게 넣은 거 같습니다만…….

"괜찮다면 한번 시도해보겠니?"

유키노시타의 제안에 카와사키가 홍시처럼 새빨개진 얼굴로 거칠게 고개를 가로저었다.

"아, 아냐, 됐어! 저기, 그냥 케이도 만들 수 있을 만한 걸 가르쳐줬으면 해……."

"그래. 그러면 트리플 초콜릿이 좋으려나……? 가서 추가 재료를 가져올게."

그렇게 말한 유키노시타가 조리실 앞에 놓인 교탁 쪽으로 향했다.

기다리는 동안 보모 노릇이라도 해볼까 하고 케이카를 돌아보았다. 하지만 그 일거리는 이미 유이가하마에게 빼앗긴 후였다.

유이가하마는 치맛자락이 팔락거리거나 말거나 바닥에 쪼그려 앉아, 케이카하고 뭔가 열심히 이야기를 나누는 중이었다.

"장어라, 알 거 같아. 나두 왠지 그런 거 시험해보구 싶거든~."

"있잖아, 장어 진짜 맛있어. 밥에 소스 묻어 있다?"

"응, 맞아. 장어 맛있지."

"응, 밥 진짜 맛있어."

"우웅? 밥……?"

핀트가 완전히 어긋난 대화임에도 둘 다 즐거워 보였다. 그나저나 유이가하마라면 정말 시험해볼 거 같아서 무서운데.

그래도 유키노시타와 카와사키가 있으면 그 폭주도 막을 수 있겠지. 시식 담당인 나도 당분간 개점휴업 상태가 지속될 모양이다.

일거리가 생겨나기 전까지는 또 어디선가 노닥거리며 시간을 죽이자.

×　×　×

카와사키와 케이카가 유키노시타의 지도를 받으며 초콜릿 만들기에 착수하자, 보모 일거리도 완전히 끊기고 말았다. 또다시 어엿한 백수로 거듭난 셈이다. 이렇게 툭하면 실업자가 되니, 강가에서 돌이라도 주어다가 팔아먹고 싶어진다. 아참, 그건 『무능력자』[16]였지.

　　나처럼 시식 담당이란 명목으로 참가한 하야마는 여전히 미우라와 잇시키에게 단단히 붙들려 있는 상태였다. 그리고 시식 한번 해보려고 고군분투 중인 토베는 에비나 양 주변을 얼쩡대며 끊임없이 호들갑을 피워댔지만, 돌아오는 반응은 냉담하기만 했다.

　　하루노와 메구리 선배는 아까부터 히라츠카 선생님과 수다 떠느라 바빴다. 신구 학생회 임원들은 각 조리대를 돌며 부지런히 도우미 노릇을 했지만, 그런 와중에도 부회장과 서기 양은 틈틈이 웃는 낯으로 이야기를 나누곤 했다. 일해라, 부회장.

　　카이힌 종합 고등학교 측은 타마나와를 중심으로 조리대에서 디스커션에 몰두했다. 다만 실질적인 움직임이 거의 없는 걸로 봐서는 이번에도 브레인스토밍을 하느라 바쁜 눈치였다.

　　이렇게 되니 정말로 할 일이 없는 사람은 나뿐이었다.

　　바쁘신 여러분께 방해되지 않도록 구석에서 멀뚱히 구경하고 있자니, 시야 끄트머리에 위치한 조리실 문이 빠끔 열렸다.

#16 무능력자 츠게 요시하루의 만화 제목. 한물 간 만화가로 강변에서 돌을 주어다가 파는 주인공이 나옴.

손잡이를 잡은 사람이 실내의 상황을 살피는 중인지, 몇 센티미터 열린 문은 더 이상 움직일 기미가 없었다.

뭐지……? 다른 센터 이용자들한테서 시끄럽다고 클레임이 들어오기라도 했나……?

그 기묘한 문의 움직임을 눈치챈 사람은 나밖에 없는 것 같아, 별 수 없이 확인하러 가보기로 했다.

성큼성큼 문 앞까지 걸어가서 잠시 망설였다.

혹시 묘령의 아주머님이면 어떡한담……? 따발총처럼 두다다다 항의해오기라도 하면 멘탈이 너덜너덜해져버릴 것 같다. 그러나 사축이 누군가에게 깨지는 건 당연한 일. 심지어 욕먹는 게 일이라고 해도 과언이 아니다. 하긴 난 무급이지만. 봉사부는 연중 무휴(無休, 무큐), 아니 연중 무급(無給, 무큐)이야! ……무휴우.

각오를 다지고 손잡이로 손을 뻗어 드르륵 과감하게 문을 열어젖혔다.

그러자 그곳에는 내가 잘 아는 사람이 서 있었다.

동아리 활동을 마치고 왔는지, 헐렁한 바람막이에 넉넉한 핏의 트레이닝복 차림이었다. 길게 내려온 소매 탓에 손끝만 빼꼼 드러난 두 손은 불안한 듯 가슴 앞에 깍지 낀 채였다. 본인이 지닌 분위기의 힘인지, 살짝 어깨를 움츠리고 있으니 까슬까슬한 상의 소재도 왠지 부드러워 보였다.

나와 눈이 마주치자 그 얼굴이 확 밝아졌다.

"하치만!"

"토, 토츠카…… 와줬구나."

"응. 연습하느라 좀 늦었지만."

문 앞을 서성이던 사람은 나와 같은 반인 토츠카 사이카였다. 학교에서 만났을 때 잡담하면서 지나가듯 오늘 행사 이야기를 했지만, 설마 이렇게 와줄 줄은 몰랐다.

"다행이다. 잘못 온 줄 알았거든."

토츠카가 그렇게 말하며 카이힌 학생회 쪽을 돌아보았다. 아하. 하긴 살짝 열린 틈새로는 저 녀석들밖에 안 보였겠지.

그래그래. 시야가 좁아지면 끝까지 눈에 들어오지 않는 것도 있기 마련이니까.

예컨대 지금 토츠카 뒤에 떡 버티고 서 있는 놈의 존재라든가.

"하치만~!"

토츠카 뒤에서 불쑥 나타난 건 나의…… 나의 뭐지……? 에라, 모르겠다. 그냥 체육 파트너로 해두지 뭐. 체육 파트너 자이모쿠자 요시테루였다. 학교에서도 웬만해선 안 만나고, 오늘 행사 이야기는 일언반구도 한 적 없지만 나타날 거라는 예감은 들었다. 왜냐하면 자이모쿠자니까. 따지면 지는 거다.

"그래, 자이모쿠자. 넌 뭐 하러 왔냐? 이제 가려고?"

물어보자 자이모쿠자가 티 나게 헛기침을 했다.

"프흠프흠. 조금 전 토츠카 도령과 함께 있던 차에 히라츠카 교원이 심부름을 시켜서 말이네. 허니 아직은 안 감세."

"심부름? 아직 안 간다고?"

"아 거참 안 간다고 했다 안하요."

가슴 앞에서 휘휘 손사래를 치며, 정체불명의 사투리로 대답하는 자이모쿠자. 그나저나 히라츠카 선생님의 심부름이라니, 대체 뭐지……? 그렇게 생각했을 때, 토츠카가 메고 온 가방을 웃차 내려놓았다.

"그게, 선생님이 좀 찾아와 달라고 하신 게 있어서……."

그렇게 말하며 토츠카가 가방 속을 부스럭부스럭 뒤지기 시작했다.

"아, 왔군. 무사히 찾아왔나?"

그때 히라츠카 선생님이 우리를 발견하고 다가왔다. 때마침 가방 속에서 찾던 물건을 발견한 토츠카가 휴우 한숨을 쉬더니, 싱긋 웃으며 히라츠카 선생님에게 뭔가를 건네주었다.

"네, 여기요."

조심스럽게 내민 것은 백화점 지하에서 식료품을 사면 주는 테이크아웃용 보냉 가방이었다. 은색으로 빛나는 그 가방을 받아든 히라츠카 선생님이 수고했다는 말로 고마움을 표시하고는 그 내용물을 살펴보기 시작했다.

"그게 뭔데요?"

"응? 아, 마침 잘됐군. 저쪽에서 풀어보도록 하지."

궁금해져 물어보자, 히라츠카 선생님이 가방들을 챙겨들고 뚜벅뚜벅 걸어 원래 있던 조리실 창가 쪽으로 향했다. 그리고 적당한 의자를 골라 털썩 주저앉더니, 들뜬 기색으로 콧노래를 흥얼거리며 보냉 가방 속에 든 물건을 꺼내놓기 시작했다.

"여기서 만든 걸 나중에 다 함께 먹을 예정이잖나? 그래서 참고삼아 기성품을 몇 가지 사와 볼까 했는데 고르다 보니 너무 많이 사버려서 말이다. 나가려던 참에 우연히 저 두 사람을 만나서 심부름을 시킨 거지."

"아, 네에……."

이 시기에는 제과점과 백화점은 물론, 인터넷으로도 유명 메이커의 초콜릿을 입수할 수 있다. 히라츠카 선생님은 아마도 그런 식으로 사전에 주문을 넣고, 자이모쿠자와 토츠카에게 찾아와 달라고 한 거겠지.

그런데 히라츠카 선생님이 사온 초콜릿은 한두 개가 아닌지, 가게 이름이 적힌 보냉 가방을 줄줄이 열어 그 내용물을 꺼내놓기 시작했다.

차례차례 조리대를 점령해가는 각종 고급 초콜릿의 향연은 멀리서도 눈에 띄는지, 흘끔흘끔 이쪽을 기웃거리는 시선이 느껴졌다.

그중에서도 하루노의 반응은 독보적이었다. 메구리 선배를 대동하고 쪼르르 이쪽으로 다가오더니, 흥미진진한 기색으로 하나하나 유심히 체크해나갔다.

"호오, 시즈카 짱 돈 좀 썼네? 고디바야 흔하지만, 피에르 에르메에 장 폴 에벵…… 그리고 테이코쿠 호텔에 뉴 오타니……. 앗, 사다하루 아오키도 있잖아."

"훗, 뭐 그렇지."

가치를 알아봐주는 사람이 나타난 게 기쁜지, 히라츠카 선생님이 자랑스럽게 가슴을 폈다.

사실 내가 보기엔 그냥 초콜릿이잖아? 라는 느낌이지만, 아는 사람은 아는 메이커인 듯했다. 그래도 고디바 정도는 나도 들어본 적이 있지만, 그 밖에도 이것저것 유명한 브랜드가 있나 보다. 방금 하루노가 한 말은 프랑스어……? 맞나? 으음, 모르겠다.

대체 뭐라고 한 거냐. 피, 피에…… 피에르 가ㅇ뎅? 장 피에르…… 폴라레프? 어쨌거나 잘은 모르지만 유명한 초콜릿인 모양이다.

세련된 포장을 열자, 마치 주얼리 샵의 쇼윈도처럼 휘황찬란한 초콜릿이 그 자태를 드러냈다. 그러자 메구리 선배가 탄성을 질렀다.

"와, 맛있겠다……."

"아, 역시 메구리도 알아보긴 하는구나. 이거 진짜 맛있어. 강력 추천."

"잠깐, 하루노 왜 네가 나서는 거지? 고른 사람은 나다."

거만한 가슴을 내밀며 거만한 태도로 대꾸하는 하루노에게 히라츠카 선생님이 못마땅한 기색으로 퉁명스럽게 태클을 걸었다.

이야, 과연 취미생활에 스테이터스를 몰빵한 시즈카 짱다운걸……? 타고 다니는 차도 더럽게 비싸 보이더니만……. 좋아하는 것에 돈과 정열을 아낌없이 쏟아 붓는 남자다움, 멋집니다.

자고로 남자라면 한 분야에 올인하는 화끈함에 저절로 존경의 눈길을 보내게 되기 마련이다. 나뿐만 아니라 토츠카도 히라츠카 선생님을 빤히 쳐다보았다.

"선생님, 단 거 좋아하시나 봐요."

토츠카의 초롱초롱한 눈망울을 마주한 히라츠카 선생님이 움찔하며 우물우물 대답했다.

"……그, 그래. ……이, 이상한가?"

"앗, 아뇨……! 이, 이상하긴요! 잘 어울리세요!"

힘없이 어깨를 늘어뜨리는 히라츠카 선생님을 토츠카가 허둥지둥 달랬다. 그 모습을 바라보던 하루노가 유쾌한 듯 쿡쿡 웃었다.

"어차피 시즈카 짱은 술안주로 먹는 거잖아? 좋겠다~. 나도 이런 맛있는 초콜릿에 한잔 하고 싶은데."

"네 말대로 난 초콜릿을 안주 삼아 마시는 타입이지만…… 오늘은 안 된다."

히라츠카 선생님이 엄격한 눈길을 보내자, 하루노가 뾰로통하게 볼을 부풀리며 입술을 삐죽 내밀었다.

그 실랑이가 약간 뜻밖이었다.

유키노시타 하루노는 가식적인 행동을 일삼는데다 곧잘 남을 놀려먹곤 한다. 그렇지만 방금 히라츠카 선생님과 이야기할 때의 반응은 막힘없이 자연스럽게 흘러나온 것처럼 보였다. 물론 그것 역시 강화 외골격을 연상케 하는 하루노의 가면의 효과인지도 모른다.

나는 유키노시타 하루노에 대해서 아는 게 전혀 없다. 유키노시타의 언니. 하야마의 어릴 적 친구. 메구리 선배의 선배. 히라츠카 선생님의 옛 제자. 겉포장에 능한 완벽 악마 초인…… . 그런 표면적인 정보들이야 당연히 알고 있지만, 본질적인 부분은 침전물로 가득한 바닥없는 늪처럼 도무지 꿰뚫어볼 수가 없었다.

　그러고 보면 하루노가 자기보다 나이 많은 사람과 길게 이야기하는 모습을 본 것 자체가 처음 아닐까.

　얼빠진 기분으로 멍하니 하루노를 바라보는데, 그 바닥없는 늪의 수면이 또다시 꿈틀 일그러졌다.

　짐짓 어깨를 축 늘어뜨린 하루노가 조리대에 엎드려, 히라츠카 선생님에게 투정 어린 시선을 보냈다.

　“에이, 아쉬워라. 그럼 다음에 놀아줘야 돼, 알았지? 우리 그동안 쌓인 이야기도 많잖아~.”

　별 뜻 없는, 그저 상투적인 인사치레로도 해석할 수 있는 대사.

　그 말에 히라츠카 선생님은 진지한 눈빛으로 응수했다.

　초콜릿 포장을 뜯던 손을 멈추고 가만히 양손을 깍지 끼었다. 그리고 지그시 하루노의 눈을 응시하며 부드러운 음성으로 대답했다.

　“하루노. 만약 너에게…… 정말로 쌓인 이야기가 있다면, 언제든 들어주겠다.”

　그렇게 말한 순간, 하루노의 어깨가 움찔했다.

엎드린 자세 그대로 히라츠카 선생님을 올려다보는 그 눈동자는 유리 세공품처럼 투명했지만, 그 속에 한순간 푸른 불길이 일렁인 것처럼 보였다.

실제로는 1초도 채 안되었을 테지만, 두 사람의 시선이 뒤엉킨 시간은 훨씬 더 길게 느껴져 숨 쉬는 것마저 잊고 말았다.

그 침묵을 깨뜨린 것은 키득, 하고 하루노가 입꼬리만 휘어 웃는 소리였다.

"어라, 진짜~? 그럼 일정을 맞춰봐야겠는데? 아참, 히키가야도 올래? 누나들이랑 같이 한잔 할 테야~?"

장난치는 척 하루노가 일부러 이쪽으로 몸을 기울이고 눈만 빼꼼 들어 나를 올려다보았다. 그 접근을 은근슬쩍 피하며 거리를 벌렸다.

"저는 미성년자라고요. 술은 안 되니 오렌지 주스로 주시죠."

자이모쿠자가 푸흡 웃음을 터뜨렸다. 그리고 히라츠카 선생님 역시 방금 전의 진지한 표정은 온데간데없이 어깨를 부들부들 떨어댔다.

저 두 사람한테 먹혔다는 말은 다른 사람은 전혀 못 알아듣는다는 뜻이다.

토츠카는 의아한 표정으로 고개를 비스듬히 꼬았고, 메구리 선배는 아는지 모르는지 생글생글 웃기만 했다. 하루노는 아예 눈썹을 모으고 끊임없이 고개를 갸웃거렸다.

"못 마시면 재미없지. 하긴 미성년자니까 어쩔 수 없나? 그럼 메구리, 같이 갈래?"

"하루 선배, 저도 미성년자에요. 커피라면 모를까……."

"아참, 그렇지. 으음, 그럼 어쩐다~? 동급생들한테 연락해볼까?"

하루노가 휴대폰을 만지작거리는 모습을 바라보며 히라츠카 선생님이 깊은 한숨을 쉬었다.

"그래, 조만간 연락하고 오너라."

그렇게 그 화제를 매듭지은 히라츠카 선생님이 유명 쇼콜라티에의 초콜릿 상자를 내 쪽으로 쓱 내밀었다.

"히키가야, 시로메구리. 적당히 나눠서 모두에게 돌리도록."

"네. 으음, 몇 개씩 담으면 되려나……?"

대담한 메구리 선배가 갖가지 초콜릿을 근처에 있던 종이 접시에 나눠 담기 시작했다. 대충 해도 된다는 히라츠카 선생님의 말에도 한참동안 끙끙거리며 고민을 거듭하던 메구리 선배가 마침내 생긋 웃으며 고개를 들었다.

"자, 그럼 히키가야. 이것 좀 나눠줄래?"

그렇게 말하며 종이 접시 몇 개를 스슥 내밀었다. 메구리 선배 입장에서는 회심의 역작인지, 각종 쇼콜라티에의 색색가지 초콜릿이 균형 있게 담겨 있었다. 으스대듯 에헴 가슴을 내미는 메구리 선배의 모습에 그만 메구리시☆되고 말았다고……

"그러죠."

수긍하며 접시를 받아들고 일어서자, 토츠카와 자이모쿠자도 끼익 의자를 뒤로 뺐다.

"아, 도와줄게."

"이하 동문."

"응! 그럼 다 함께 출발~!"

메구리 선배도 접시를 들어 우리들에게 건네주고는 타박타박 다른 조리대로 향했다. 그래봤자 다들 뿔뿔이 흩어져 앉은 상태도 아니다. 크게 세 그룹으로 나눠졌다고 보면 되겠지.

카이힌 종합고와 학생회 쪽은 메구리 선배가, 카와사키 자매와 유키노시타, 유이가하마 쪽은 토츠카가 맡았다. 자이모쿠자는 토츠카 뒤를 그림자처럼 졸졸 따라가기만 했다.

이제 남은 곳은 미우라와 잇시키가 전면전을 벌이는 조리대뿐이다.

동태도 살필 겸 먼발치에서 관찰하니, 미우라는 잇시키에게 험악한 눈길을 보내고 잇시키는 그 시선을 여유로운 미소로 받아넘기는 중이었다. 그리고 그 둘 사이에 낀 하야마는 시종일관 서글서글한 웃음을 띤 채였다. 토베는 그런 하야마가 걱정되는지 수시로 말을 거느라 에비나 양에게 어필할 틈도 없는 눈치였다.

으음……. 거참 힘들겠구만. 그보다 저 속에 끼어들기 싫은데.

어찌어찌 조리대 옆까지는 갔지만 뭐라고 말하며 초콜릿을 줘야 하나 고민하는데, 하야마가 근처에서 서성거리는 나를 발견했다.

"아, 잠깐만."

서글서글하게 양해를 구한 하야마가 미우라와 잇시키 사이를 슬쩍 빠져나와 이쪽으로 다가왔다.

"무슨 일인데 그래?"

"엇, 어……. 그게, 히라츠카 선생님이 이거 가져다주래서 왔다만."

그렇게 말하며 종이 접시를 쓱 내밀자, 하야마의 안색이 살짝 어두워졌다.

"또 초콜릿인가……."

"맛있다더라."

"……그래?"

짤막하게 대꾸하고 종이 접시를 받아든 하야마가 서둘러 조리대 쪽으로 돌아갔다.

이것으로 무사히 미션 클리어. 초콜릿을 넘겨주는데 성공했으니 다시 제자리로 돌아가려는데, 뒤에서 딱하고 가벼운 금속음이 들려왔다.

생소한 소리에 돌아보자, 하야마가 캔 커피를 손가락으로 튕겨 보였다. 손에 든 캔 커피 두 개를 가볍게 흔들며, 웃는 얼굴로 말없이 마시겠느냐고 물어온다.

하긴 줄곧 미우라와 잇시키 사이에서 들볶였으니, 천하의 하야마도 스트레스가 쌓였을 테지. 나를 핑계로 한숨 돌리고 싶은 건지도 모른다. 나야 어차피 한가한 몸이고.

승낙의 뜻으로 고개를 끄덕여 보이자, 하야마가 미우라 일행이 작업 중인 곳에서 하나 떨어진 조리대 의자에 걸터앉더니 내게도 자리를 권했다.

시키는 대로 자리에 앉자, 눈앞에 캔 커피가 탁 놓였다. 상품명을 보니 MAX 커피가 아니라 블랙이었다. 그 캔을 물끄러미 바라보고 있자니, 옆에서 하야마가 쓴웃음을 지었다.

"단 걸로 할 걸 그랬나?"

"아니, 됐어."

아무리 나라도 지금은 단 게 당기지 않았다. 이따가 초콜릿을 먹어야 하니까. 넘겨받은 캔을 따서 한 모금 꿀꺽 들이켰다.

하야마도 한 모금 마시고는 후우 한숨을 쉬었다.

둘 다 별다른 말도 없이, 그저 캔을 내려놓는 소리와 무심결에 흘러나오는 한숨의 응수만이 대화를 대신하듯 띄엄띄엄 들려왔다.

손에 전해져오는 무게감으로 미루어보아 거의 다 마셨나 싶었을 때, 하야마가 불쑥 "그나저나……." 하고 입을 열었다.

"좋은 아이디어네."

"뭐?"

뜬금없는 말의 의미를 이해하지 못해 정색을 하며 되묻자, 하야마가 누구나 잘 아는 하야마 하야토다운 온화한 미소를 지었다.

"이렇게 하면 모두…… 모두 자연스럽게 행동할 수 있으니까."

그렇게 말하며 하야마가 조리실을 한 바퀴 둘러보았다. 그 시선을 좇아가자, 다양한 풍경들이 눈에 들어왔다.

진지한 눈빛으로 저울과 눈씨름을 벌이는 미우라와 휘파람을 불며 오븐을 조작하는 잇시키. 얼굴이 온통 가루투성이가 된 유이가하마와 그 모습을 보며 머리를 감싸 안는 유키노시타.

이윽고 하야마의 시선이 내게로 되돌아왔다. 그 표정은 내가 아는 하야마 하야토다운 착잡한 쓴웃음이었다.

하야마가 일컫는 모두.

그것이 누구를 말하는가. 누구를 가리켜 모두라는 습관적인 표현을 썼는가. 어렴풋하게나마 눈치 챘으면서도 하야마에게서 눈을 돌리고, 아릿한 쓴맛이 감도는 커피를 들이켰다.

그 혼잣말에 침묵을 지키자, 하야마가 갑자기 피식 웃었다.

"덕분에 토베도 초콜릿을 먹게 돼서 신난 모양이고."

하야마가 농담조로 말했다. 그 말에 이끌려 돌아보니, 아무래도 토베는 에비나 양이 만드는 중인 초콜릿을 시식하는데 성공한 듯 맛있다느니 달콤하다느니 죽여준다느니 호들갑을 떨어대느라 바빴다. 오옷, 해냈구만 저 녀석. ……하긴 에비나 양은 앞으로가 험난한 타입일 테지만. 저런 부류는 마음을 여는데 수많은 단계를 거쳐야 하는 법이니까. 저것과 매우 흡사한 정신 구조를 아는 탓에 저절로 쓴웃음이 새어나왔다.

그래도 지금은 일단 토베의 건투를 칭송하도록 하자. 내 나름대로의 방식으로지만.

"초콜릿이든 토베든 내 알 바 아니다만……. 특히 토베."

"하핫, 너무한걸?"

웃으면서 하야마도 씁쓸한 커피를 단숨에 들이켰다. 다 마셨음을 확인하듯 가볍게 흔들어본 하야마가 캔을 버리러 가려고 몸을 일으켰다. 그러자 그 모습이 시야에 들어왔는지, 미우라가 애교스럽게 보채는 목소리로 하야마를 불렀다.

"하야토오~."

"그래, 갈게."

대답한 하야마가 마지막으로 나를 돌아보더니, 그럼 이만, 하고 작별 인사를 건네고는 미우라 일행이 기다리는 조리대 쪽으로 걸음을 옮겼다.

그 뒷모습을 눈으로 좇다가, 이미 비어버린 캔을 다시 한 번 입으로 가져갔다.

×　×　×

초콜릿 만들기도 어느덧 절정에 다다랐다.

손이 빠른 사람들은 이미 오븐에 반죽을 굽거나 냉장고에 넣고 식히는 등, 완성을 앞둔 최종 단계에 돌입했다.

하루노도 그렇게 수다를 떨어댔으면서 어느새 일련의 작업을 끝마친 눈치였다. 그뿐만 아니라 자신이 지도한 메구리 선배와 전임 학생회 임원의 작업도 슬슬 막바지에 접어들어, 이제 틀에 넣고 토핑과 장식만 하면 끝나는 상태였다.

멀티태스킹의 귀재인 것도 정도가 있지. 변함없이 이해하기 힘든 일들을 태연하게 해치우는 사람이라니까, 여러 가지 의미로……

하지만 그만큼 남들을 챙기고 나니 아무래도 슬슬 물리기 시작했는지, 지금은 심심풀이삼아 유키노시타한테 집적거리는 중이었다.

"유키노, 뭐 만들었어? 언니도 먹어볼래~."

하루노가 집요하게 달라붙었지만, 유키노시타는 그런 언니를 철저히 무시하고 유이가하마와 미우라의 작업을 감독하는 데 집중했다.

유키노시타가 지켜보는 가운데 미우라는 진지한 표정으로 틀에 반죽을 부어넣었고, 유이가하마는 영차끙차 틀로 반죽을 찍어내는데 몰두했다.

그 노골적인 무시에 기분이 상했는지, 하루노가 이번에는 토라진 말투로 다시 유키노시타를 물고 늘어졌다.

"아이참, 유키노오~."

"……하루노 누나. 유키노시타는 지금 바쁜 거 같은데."

그 모습에 하야마가 쓴웃음을 지으며 달래듯 하루노 옆으로 다가섰다. 주변이 이토록 어수선하면 미우라도 정신 사나울 테니, 그런 배려를 담은 행동인지도 모른다.

작업에 골몰한 사람은 미우라와 유이가하마뿐만이 아니었다. 잇시키는 생크림을 짜서 예쁘게 꾸미느라 여념이 없었다. 카와사키 자매는 케이카가 얼굴에다 초콜릿 범벅을 해가며 트리플 초콜릿 비슷한 물건을 완성했고, 카와사키 사키도 찰

영하느라 분주했다. 저기요, 댁은 도대체 얼마나 방대한 기록을 남기실 작정입니까…….

하나같이 작업하느라 정신이 없었다. 시식 담당자인 나도 슬슬 출동할 때가 왔나 생각하며, 가급적 방해되지 않도록 멀거니 보고만 있었다. 그때 불쑥 나타난 오리모토가 한가해 보이는 나를 발견하고 말을 걸어왔다.

"히키가야, 초콜릿 틀 남은 거 없어?"

"엇, 그게…… 잠깐만."

보아하니 카이힌 쪽도 작업이 마무리 과정에 접어든 눈치였다. 뭘 만들지 아웅다웅한 것치고 생각보다 빨리 완성에 근접한 모양이다.

기다리라고 일러두고 유키노시타 쪽으로 다가갔다.

"저기, 미안한데 틀 남은 거 있냐?"

"그쪽에 몇 개 있으니까, 필요하면 가져다 써도 돼."

"응, 땡큐."

고마움을 표시한 사람은 내가 아니었다.

대답한 사람은 졸래졸래 나를 따라온 오리모토 카오리였다.

뜬금없는 오리모토의 등장에 유키노시타가 미심쩍은 시선을 보내며 입을 다물었다. 지시하던 목소리가 뚝 끊기자, 유이가하마도 의아한 기색으로 고개를 들었다.

소부 고등학교 학생들 속에서 카이힌 교복은 아무래도 눈에 띄었다. 덕분에 오리모토도 약간 시선을 끌었지만, 본인은 전혀 개의치 않고 틀을 하나씩 찬찬히 살펴보았다.

그러다 불쑥, 아무렇지도 않은 기색으로 입을 열었다.

"……맞다, 나 히키가야한테 준 적 있었던가?"

정말로 기억이 안 난다는 말투라 저도 모르게 쓴웃음이 새어나왔다. 기억 안 나. 하긴 그럴 테지.

오리모토는 중학교 때부터 남녀 불문하고 의리 초콜릿을 요구하면 선뜻 주는 타입이었지만, 그 외 다수에도 포함되지 못했던 나는 예외였다.

당시의 나는 그 사실을 어떻게 받아들였더라……? 가벼운 향수에 잠긴 탓에 대답이 조금 늦어지고 말았다.

그 공백의 시간에 곳곳에서 헛기침 소리와 부산스럽게 그릇 달그락거리는 소리가 났다. 흘끗 곁눈질하자 유키노시타는 턱을 매만지며 나를 주시했고, 유이가하마는 시선을 피한 채 손을 꼼지락거렸다. 잇시키는 호오~ 하고 흥미진진한 기색으로 흠흠 고개를 끄덕였다. 반면 카와사키는 어안이 벙벙한 표정으로 나를 바라보았고, 타마나와는 수시로 헛기침을 하며 훅훅 거친 숨결을 내뿜어 앞머리를 허공에 띄워댔다. 타마나와 씨, 좀 시끄럽습니다만…….

"아니…… 없었을걸."

오래된 기억은 더 이상 가슴을 후벼 파지 않았고, 그 덕분에 나치고는 제법 자연스럽게 대답했다. 그러자 오리모토도 마찬가지로 자연스럽게 대수롭지 않다는 투로 까르르 웃었다.

"그랬구나. 올해는 줄게."

"엇, 아니, 아, 그래……."

예상치 못한 말에 내 자연스러움은 순식간에 와해되어 횡설수설하고 말았다. 아니, 사실 어떤 의미에서는 오히려 이쪽이 더 자연스러운 모습인지도 모르지만……. 뭐야 그게, 나란 애 너무 찌질하잖아.

"그럼 다 되면 먹으러 와."

시원스럽게 말한 오리모토가 틀을 챙겨들고 타박타박 원래 있던 자리로 돌아갔다.

그렇게 말하면 딱 잘라 거절할 수도 없는 노릇이지만 빈말일지도 모르는데……. 그렇게 전전긍긍하며 멀어져가는 오리모토의 뒷모습을 눈으로 좇았다.

하긴 이것도 십중팔구 오리모토 카오리 특유의 털털함 조절이 약간 잘못된 언동으로, 그다지 깊은 의미는 없겠지. 억측하지도 꼬아보지도 곡해하지도 않고, 그 사실을 지극히 자연스럽게 받아들이는 내 모습에 피식 웃음기 어린 한숨이 흘러나왔다.

희미한 만족감과 함께 시선을 다시 조리대로 돌리다가, 창가의 하루노와 눈이 마주쳤다.

하루노는 빙그레 웃으며 우리를 지켜보았던 모양이다. 무척 재미있는 광경을 보았다는 듯한 표정이었다.

이윽고 하루노의 부드럽던 미소에 가학적인 빛이 어렸다. 입꼬리가 희미하게 올라가고 가늘어진 눈동자에는 예리함이 깃들었다. 하루노가 옆에 있는 하야마에게 흘끗 눈길을 주었다.

"그러고 보니 하야토는 예전에 유키노한테서 받은 적 있지?"

하야마에게 묻는 척하면서 실제로는 이 자리에 있는 전원에게 들리게끔 의도한 음성.

그 말에는 줄곧 무시로 일관해온 유키노시타도 반응하고 말았다. 깜짝 놀란 표정으로 돌아본 유키노시타가 말없이 하루노를 노려보았다.

말문이 막힌 건 유키노시타뿐만이 아니어서, 미우라는 아예 뻣뻣하게 얼어붙었다. 잇시키는 으앗, 하고 작은 비명을 질렀다.

구태여 미우라와 잇시키 앞에서 그런 소리를 할 필요는 없으련만. 그렇게 생각하자 쓴웃음이 흘러나와 뒤통수를 벅벅 긁었다. 이상하게도 그 손마디에는 어느새 힘이 잔뜩 들어가, 머리를 빗어 내리기가 쉽지 않았다.

유키노시타는 하루노의 말을 부정하는 대신, 난처한 기색으로 흘끗 나를 곁눈질했다.

그 표정은 느닷없이 들춰내진 옛 이야기에 당황해서 어쩔 줄 모르는 것처럼 보였다. 입술은 살짝 깨문 채였고 눈동자는 초조하게 흔들렸다.

아마 나도 같은 표정이었을 테지. 가래가 낀 것처럼 가슴이 답답해지며 체한 것처럼 딱딱한 무언가가 명치끝에서 꿈틀거리는 느낌이 들었다.

유키노시타가 고개를 수그렸고, 나도 말없이 시선을 돌렸다. 그러자 그 시선 끝에서 불안하고 걱정스러운 눈빛으로 우리를 바라보는 유이가하마가 보였다.

짧은 정적이 흘렀다. 그럼에도 체감 시간은 무척이나 길게 느껴져서 침묵을 깨뜨리고자 깊은 한숨을 쉬었다. 그래도 뭔가 적당한 말은 떠오르지 않았다.

"아, 받았죠. 초등학교 들어가기 전에, 하루노 누나하고 같이."

그렇게 이 자리에서 가장 올바른 해답을 내놓은 사람은 바로 하야마였다.

하야마는 더없이 산뜻하고 서글서글한 미소를 띤 채 시원스럽게 대답해 그 공격을 매끄럽게 피해냈다. 그러자 하루노가 살짝 김빠진 표정을 지었다.

그 대답에 미우라는 안심한 듯 가슴을 쓸어내렸고, 잇시키도 휴우 안도의 한숨을 내쉬었다.

하지만 유키노시타 하루노의 표정은 그와 대조적으로 차갑게 변했다. 따분하다는 듯 하야마를 흘끗 보더니, 흥미를 잃어버린 기색으로 창가를 떠났다. 그 뒷모습을 하야마가 어딘가 쓸쓸한 표정으로 바라보았다.

이윽고 하루노가 유키노시타 옆으로 쓱 다가섰다.

"있지, 유키노는 누구한테 줄 거야~?"

장난스런 음성과 쾌활한 미소. 둘 사이의 알력을 모르는 사람의 눈에는 그저 자매간의 귀여운 투닥거림으로 비칠 테지. 실제로 고개를 홱 돌려버리는 유키노시타의 몸짓은 마치

재미삼아 놀려대는 언니 때문에 삐친 동생처럼 보였다.

"……언니와는 상관없는 일이잖아."

"에이, 뭐야. 언니한테는 안 줄 거야?"

하루노가 쿡쿡 웃으며 너스레를 떨자, 유키노시타가 발끈한 기색으로 쏘아보았다.

"줄 리가 없잖아. 줄 이유도 없을뿐더러, 여태까지 언니에게 받아본 적도 없는걸."

"으음, 하긴."

하루노가 납득한 얼굴로 흠흠 고개를 끄덕였다. 그리고 피식 쓴웃음 같은 한숨을 쉬었다.

"그래, 유키노는 한번 안 준다고 하면 절대로 안 주니까. 예전부터 거짓말은 안 하는 애였고."

그 평가는 내가 예전에 유키노시타 유키노에게서 받았던 인상과 흡사했다. 그러나 유키노시타 하루노는 그때의 나보다 훨씬 더 명확하게 그 본질을 이해하고 있었다.

"그래도 진실을 말하지 않을 때는 있지."

방금 전과는 극명한 온도차가 느껴지는, 소름끼칠 만큼 오싹한 시선으로 유키노시타를 꿰뚫은 하루노가 쿡쿡 웃었다.

"아무한테도 안 준다고는 안 했지? 역시 누군가에게는 줄 생각이구나."

하루노의 말에 유키노시타가 말없이 차가운 시선을 보냈다. 그 눈빛을 대담하게 받아내면서도 하루노의 미소는 조금도 흔들리지 않았다.

"어차피 유키노가 줄 사람은 한정돼 있지만 말이야."

"유치해. 마음대로 떠들라지."

대화를 끝맺으려고 유키노시타가 바쁘게 손을 놀렸다.

눈앞에 늘어선 빈 사각통과 보울로 손을 뻗어, 달그락달그락 시끄러운 소리를 내며 뒷정리에 들어간다.

유키노시타 자매의 신경전이 일단락되자, 조리실은 다시 떠들썩함을 되찾았다. 웅성웅성 소란스러운 분위기에서는 일종의 아늑함마저 느껴졌다.

후우 숨을 돌리는데 땡그랑 시끄러운 소리가 들려왔다. 소리가 난 방향을 돌아보니, 바닥에 떨어져 이리로 데굴데굴 굴러오는 보울이 보였다. 요란한 소음이 메아리치는 가운데, 가냘픈 목소리가 끼어들었다.

"미, 미안해……."

귓바퀴까지 새빨개진 유키노시타가 잰걸음으로 보울을 주우러 왔다.

이런 실수를 하다니, 저 녀석답지 않구만. 그렇게 생각하며 발치까지 굴러온 보울을 주우려고 쪼그려 앉았다.

그러자 동시에 쪼그려 앉은 유키노시타와 눈이 딱 마주치고 말았다. 둘 다 손을 뻗어도 될지 망설이듯 엉거주춤한 자세로 뻣뻣하게 굳어버렸다.

몇 센티 거리에서 얼굴을 마주한 채, 맞닿을 뻔한 손가락을 황급히 거둬들였다.

왜 동요하는 거냐. 그런 반응을 보이면 이쪽이 더 동요하게 되잖아.

"아냐……."

슬그머니 시선을 피하며 미안, 하고 짧게 덧붙이고 유키노시타에게 자리를 양보했다.

그러자 유키노시타가 서둘러 보울을 주우려 했다.

하지만 거꾸로 뒤집어진 보울은 잡을 데가 마땅치 않아 손에서 미끄러졌는지, 또다시 요란한 소리를 내며 굴러가버렸다.

그 소리가 귓속에서 웅웅 메아리쳤다. 보울이 구르다 멈춘 후에도 귓가를 맴도는 그 소리는 그칠 줄 몰랐다.

마침내 그 소리가 잠잠해진 것은 바닥에 나뒹구는 보울을 누군가가 웃차 주워들고 난 후였다.

고개를 들자, 유이가하마가 보울을 손가락으로 빙글빙글 돌리며 에헴 가슴을 펴고 말했다.

"훗, 유키농두 아직 멀었다니까. 난 보울이랑 조리 기구는 기막히게 잘 다룬다구."

그렇게 말하며 싱긋 웃는 모습을 보니 저절로 안도의 한숨이 흘러나왔다. 줄곧 명치끝에 얹혀 있었던 무언가가 녹아내리며 얄미운 소리가 튀어나왔다. 덕분에 간신히 일어설 수 있었다.

"……근데 넌 그 밖의 다른 부분이 치명적이잖아."

"그러게. ……고마워."

유키노시타도 미소를 지으며 고마움을 표하고는 유이가하마가 든 보울을 넘겨받으려고 손을 내밀었다. 유이가하마도 응, 하고 작게 고개를 끄덕였다. 보울을 건네준 유이가하마가 어딘가 서글픈 기색으로 비어버린 손바닥을 바라보다가 주먹을 꼭 움켜쥐었다.

그 모습이 마음에 걸려 저도 모르게 시선을 빼앗기고 말았다. 유이가하마의 저런 표정은 예전에도 본 적이 있었을 터였다.

언제였더라……? 기억을 더듬으며, 벽 쪽 자리에 털썩 주저앉았다.

깊은 한숨이 새어나온 순간, 어디선가 누군가가 키득 웃은 느낌이 들었다.

× × ×

조리실 안에 달콤한 향기가 진동하기 시작했다.

오븐 앞에는 이미 몇 사람이 진을 치고 완성되기를 초조하게 기다리는 중이었다. 그중에서도 미우라의 진지함은 독보적인 수준이라, 오븐을 어찌나 뚫어지게 쳐다보는지 유리문에 구멍이 날 지경이었다.

지금 굽고 있는 것들이 완성되면 드디어 시식 타임에 들어간다. 나도 드디어 백수 타이틀을 반납하고 일자리를 얻게 된다.

그때에 대비하여 원기를 충전하고자 남몰래 사람들 틈을 빠져나와 휴식을 취하는데, 뒤에서 누군가 내 어깨를 툭툭

쳤다.

뒤돌아보니 히라츠카 선생님이 서 있었다. 아까 참가자들에게 돌리고 남은 건지, 손에는 종이 접시에 담긴 초콜릿을 든 채였다.

"좋은 이벤트였다."

그렇게 운을 뗀 히라츠카 선생님이 내 옆에 놓인 의자에 앉더니 종이 접시에 담긴 초콜릿을 쓱 밀어주며 먹으라고 권했다. 기쁜 마음으로 그중 하나를 입으로 가져가며 대꾸했다.

"글쎄요, 뭔가 알 수 없는 이벤트 같은데요."

애초에 이걸 이벤트라고 불러도 되는지부터가 의문이다. 그저 잡다한 사람들이 한데 어우러져 자기들 좋을 대로 설쳐댔을 뿐인 것처럼 느껴진다.

히라츠카 선생님도 동감인지 쿡쿡 유쾌하게 웃었다. 그리고 조리실에 모인 학생들을 따스한 눈빛으로 바라보았다.

"그걸로 충분하다. 애초에 너부터가 알 수 없는 녀석이잖나. 너와 얽힌 사람들도 마찬가지고. 그러니 이렇게 되는 것도 당연하지."

"알 수 없다니요…… 너무하신 거 아닙니까?"

"그래도 예전보다는 좀 더 알 수 있게 됐지만 말이다."

장난스럽게 씨익 웃어 보인 히라츠카 선생님도 초콜릿을 집어 들었다.

"사람의 인상은 날마다 달라져가지. 같은 시간을 살아가며 같이 성장해나가다 보면 이해하게 된단다."

"별로 성장했다는 느낌은 안 드는데요. 맨날 똑같은 일의 반복이고요."

"그래도 조금은 달라지는 법이지."

오물오물 초콜릿을 먹던 히라츠카 선생님이 꿀꺽 목을 울리더니 엄지로 쓱 입술을 훔쳤다. 그 동작이 섹시하다기보다는 소년 같아서, 저도 모르게 피식 웃고 말았다.

하긴 나만 해도 히라츠카 선생님에 대한 인상이 조금은 변했는지도 모른다. 그러니 남의 눈에 비치는 내 인상도 다소 달라졌을 테지.

다만 그 변화가 무어라 형언할 수 없는 두려움을 불러일으킨다.

"달라진 걸까요…… 그런 이야기를 들으면 어쩐지 이상한 느낌이 들어요."

"이상한 느낌?"

히라츠카 선생님이 고개를 갸웃하며 내 얼굴을 가만히 응시했다. 그 시선이 왠지 낯 뜨거워, 슬쩍 고개를 돌리고 허둥지둥 덧붙였다.

"어, 그러니까…… 위화감이라고나 할까요?"

정의를 내리자, 뜻밖에도 그 말이 가슴에 와 닿았다.

끊임없이 내 안에서 맴돌던 감정.

순간순간 의식하고 마는, 지금까지와 명확하게 다른 무언가. 누군가와 함께 있을 때마다 불쑥 가슴속에서 고개를 들고 나를 향해 물어온다. 그게 정말 옳으냐고.

"위화감이 느껴진다라……. 그 위화감을 잊지 말아줬으면 좋겠군."

어딘가 그리움이 묻어나는 목소리로 히라츠카 선생님이 먼 곳을 바라보며 말했다. 나직한 그 음성은 내게 하는 말 같기도 했지만, 또 다른 누군가에게 하는 말처럼 들리기도 했다.

하지만 역시 나에게 한 말이었는지, 금방 시선이 이쪽으로 되돌아왔다.

"그건 어엿한 성장의 징조라고 생각한다. 어른이 되면 그런 감정들을 능숙하게 흘려버릴 수 있게 되지. 그러니 지금 그 위화감을 직시해주었으면 한다. 중요한 일이란다."

"중요한 것은 눈에 보이지 않는다는 말도 있는데요."

너스레를 떨어 초점을 흐리자, 히라츠카 선생님이 회심의 미소를 지었다.

"눈이 아니다. 마음으로 보는 거지."

"생각하지 말고 느끼라는 건가요. 무슨 포스도 아니고……."

의기양양한 얼굴로 무슨 터무니없는 소리를 하는 거냐, 이 양반……. 그냥 소년 만화에 나올 법한 대사를 치고 싶었던 것뿐 아냐……? 그렇게 생각하며 냉랭한 눈길을 보내자, 아무래도 조금은 무안했는지 히라츠카 선생님이 흠흠 티 나게 헛기침을 했다.

"반대다. 느끼지 말고 생각해라."

정정해주는 표정에 아까 같은 장난기는 없었고, 눈빛에는 진지하고 따스한 기운이 가득했다. 그 입에서 흘러나오는 음성은 차분하고 조용했다.

"그 위화감에 대해 끊임없이 생각하도록."

"끊임없이요?"

다시 한 번 곱씹어보듯 그 말을 따라했다. 그러자 히라츠카 선생님이 고개를 끄덕여 보였다.

"그래, 끊임없이다. 그러다 보면 언젠가 깨닫게 될지도 모르니까. 걷느라 바쁠 때는 온 길을 되돌아보지 않는 법이다. 하긴 멈춰서버린 입장에서는 나아온 거리만큼 배신당한 것처럼 느껴지기도 하지만……."

거기서 말을 끊은 히라츠카 선생님이 조리실 안에 있는 사람들을 찬찬히 둘러보았다.

"지금, 가까운 곳에서 이 광경을 볼 수 있어서 다행이었단다."

말을 마친 히라츠카 선생님이 웃차 몸을 일으켰다.

그리고 내 등을 툭 치고는 나직하게 중얼거렸다.

"……언제까지나 지켜봐줄 수는 없으니까."

그 음성에 뒤돌아봤을 때, 히라츠카 선생님은 끄응~ 하고 뭉친 어깨를 풀듯 힘차게 기지개를 켜는 중이어서 어떤 표정이었는지는 알 수 없었다.

뚝뚝 소리 내어 목을 풀고 나를 돌아봤을 때는 이미 평소와 다름없는 히라츠카 선생님이었다.

"그럼 난 슬슬 다시 일하러 가보마."

"안 먹고 그냥 가시게요?"

"그게, 좀 밀린 일거리가 있어서 말이다……. 3월도 이제 얼마 안 남았고, 이참에 정리해두고 싶거든."

히라츠카 선생님이 쑥스러운 듯 아하하 웃으며 볼을 긁적였다. 그리고 잘 있으라며 살짝 손을 들어 보이더니, 그 손을 살랑살랑 흔들며 걸음을 옮겼다. 또깍또깍 구두굽이 바닥을 울리며, 히라츠카 선생님은 위풍당당하게 조리실을 나섰다.

그 뒷모습을 바라보며 초콜릿을 입에 던져 넣었다.

적당히 골라 먹은 초콜릿은 선생님의 말과 함께 녹아내려, 희미하게 씁쓸한 뒷맛을 남겼다.

여전히
그가 원하는 진실된
것에는 손이 닿지 않고,
진실된 것은 시행착오를
거듭한다.

오븐과 키친 타이머가 연달아 시끄럽게 울려댔다. 그때마다 조리실 안에서는 환성과 탄식이 터져 나왔고, 달콤한 향기와 고소한 냄새가 물씬 풍겨왔다.

오븐 앞에 옹기종기 모여선 사람들 쪽을 살펴보니, 미우라 의 혼신의 역작도 무사히 완성된 눈치였다.

조심조심 오븐을 연 미우라가 안에서 꺼낸 가토 쇼콜라를 냉큼 유키노시타 앞에 대령했다.

유키노시타가 완성도 확인에 들어갔다. 1초 2초 시간을 들여 꼼꼼히 살펴보는 사이, 미우라는 초조한 기색으로 안절부절못했고 유이가하마도 그 옆에서 가슴 졸이며 지켜보았다.

이윽고 유키노시타가 나직한 숨소리와 함께 고개를 들었다.

"……괜찮은 것 같구나. 잘 구워졌어."

유키노시타의 평가에 휴우 안도의 한숨을 내쉰 미우라의 어깨에서 힘이 쭉 빠져나갔다.

"유미코, 대단해!"

유이가하마가 미우라를 와락 끌어안자, 미우라의 입가에도 미소가 번졌다.

"응, 고마워 유이. ……유, 유키노시타도."

딴청을 피우면서도 흘끔흘끔 유키노시타 쪽을 곁눈질하며 기묘하기 짝이 없는 방식으로 고마움을 표시한다. 하지만 되돌아온 반응도 기묘하기는 마찬가지였다.

"아직 맛을 보기 전이니 단언할 수는 없지만, 일단은 합격이라고 봐도 좋을 거 같구나."

그냥 솔직하게 별말씀을, 이라고 대답하면 어디 덧나기라도 하냐……. 하지만 유키노시타의 지적에도 일리는 있다. 이 행사의 목적은 단순히 요리 기술을 익히는 게 아니니까.

"유미코."

용기를 북돋아주듯 유이가하마가 미우라의 어깨에 살포시 손을 얹었다. 그 격려에 힘을 얻은 미우라가 오븐 장갑을 벗는 것도 잊고 가토 쇼콜라를 조심스레 들어 날랐다. 그리고 하야마 앞에 이르러 수줍은 기색으로 몸을 꼬았다.

"하, 하야토……. 이거 말야, 맛 좀 한번…… 봐줄래?"

차마 똑바로 쳐다보지 못하고 흘끗 눈치를 살피는 시선에 하야마가 온화한 미소로 화답했다.

"그럼. 나라도 괜찮다면 얼마든지."

"음……. 응."

미우라는 뭔가 할 말을 찾으려고 애쓰는 눈치였지만, 결국 새빨갛게 달아오른 얼굴로 몇 번 힘주어 고개를 끄덕여 보이기만 했다.

고생 많으셨습니다. 마음속으로 박수를 보내는데, 옆에서 뭐라고 꿍얼대는 소리가 들려왔다.

"끄응……."

"넌 또 왜 끙끙대냐?"

흘낏 시선을 향하자, 미우라에게 원망스러운 시선을 보내는 잇시키가 보였다. 그 손에는 곱게 포장해서 카드까지 곁들인 초콜릿 쿠키 모둠이 들려 있었다. 잇시키가 그것을 콰득 움켜쥐었다.

"제법이네요, 미우라 선배……."

"그러게나 말이다. 생각보다 잘 만들었더라고, 저 가토 쇼콜라."

내 말에 잇시키가 네에? 하고 미심쩍은 눈빛으로 나를 쳐다보았다. 이 녀석 뭔 헛소리야…… 같은 표정은 자제해주지 않으련? 그렇게 생각했을 때, 잇시키가 가볍게 헛기침을 하더니 손짓발짓 섞어가며 방금 한 말의 의미를 풀이해주었다.

"아뇨, 그런 게 아니라요. 반전이잖아요, 반전. 평소에는 저렇게 성격 더러워 보이면서 이럴 때는 귀엽다니 반칙이라고요!"

"아, 그런 뜻이었냐……."

과연 여우 짓의 달인이로구만. 뭣보다 미우라는 그런 계산속 따위 털끝만큼도 없었을 테지만. 저 녀석은 그냥 소녀 감성의 엄마니까. 그 점은 잇시키도 익히 아는지, 「게다가 미우라 선배, 사실은 성격도 안 더럽단 말이에요!」라고 투덜투덜 볼멘소리를 늘어놓았다. 그러게나 말이다. 넌 성격이 꽤나 더러우니까…….

불만스럽게 툴툴대던 잇시키도 한바탕 불평을 늘어놓고 나니 직성이 풀렸는지 후훗 웃었다.

"하긴 저 정도는 돼야 붙어볼 맛이 나지만요~. 개중에는 붙어봤자 소용없는 사람들도 있으니까요."

못 말린다는 듯 한숨을 쉬고는 「아, 맞다」 하고 뭔가 생각난 표정으로 앞치마 호주머니에서 부스럭부스럭 뭔가를 꺼내더니, 내 쪽으로 휙 던져주었다.

"선배님, 기왕 만들었으니 이거 하나 받아가세요."

받아서 살펴보니 작은 비닐봉지에 든 쿠키였다. 앙증맞은 리본 말고는 특별한 장식은 없었고, 지금 잇시키가 들고 있는 호화찬란한 쿠키 세트와는 하늘과 땅만큼이나 현격한 차이가 났다.

"뭐야, 나 주는 거냐? 땡큐?"

주는 방식이 무성의함의 극치였던 탓에 고마워해야 하나 말아야 하나 헷갈렸다. 그러고 보니 의리 초콜릿을 준다느니 만다느니 남자의 자존심이 어떻다느니 했었지, 이 녀석. 뭐야, 잇시키 착한 애였잖아! 아까 성격 더럽다고 했던 거 취소.

내 말에 잇시키가 쿡쿡 웃더니 집게손가락을 살며시 입술 앞으로 가져갔다.

"……딴사람들한테는 비밀이에요?"

여우같은 미소를 지으며 찡긋 윙크를 하더니, 「알려지면 성가시니까요~」라고 말하며 총총히 걸음을 옮겼다. 하야마에게 가려는 모양이다.

나로 말할 것 같으면 잇시키의 몸짓과 표정에 얼이 빠져 장승처럼 그 자리에 못 박혀 버리고 말았다. 앙큼하다는 말로는 부족하다. 이쯤 되면 공포스러운 수준인데……. 방금 그거, 예전의 나였으면 한방에 격침당했을 거라고.

영악한 후배의 파괴력에 전율하며, 그 분투를 감상하고자 하야마 쪽을 돌아보았다.

잇시키가 깜찍☆하게 눈만 빼꼼 들고 한껏 애교를 부리며 하야마에게 쿠키 세트를 내밀었다.

"하야마 선배님, 이것도 한번 먹어봐주세요~."

"하하, 다 먹을 수 있으려나?"

미우라의 가토 쇼콜라를 먹는 중인데도 불구하고, 하야마는 서글서글한 미소를 거두지 않고 어른스러운 태도로 잇시키를 맞이했다. 또다시 미우라와 잇시키 사이에 끼어버린 셈이다.

그러자 우물우물 우적우적 체크무늬 쿠키를 먹어치우던 토베가 하야마를 향해 엄지를 척 치켜세웠다.

"하야토, 먹기 힘들면 난 언제든지 달려갈 수 있걸랑?"

"아뇨, 토베 선배님 드실 건 없거든요……?"

토베의 뜨거운 제안을 잇시키의 차가운 목소리가 꽁꽁 얼려버렸다. 지독한 푸대접에 토베가 하야마를 붙들고 징징거렸다.

"이로하스 넘한 거 아냐?! 우웃, 하야토오~."

"마음은 고맙지만, 토베 너는 그걸 먹는데 집중하는 편이 좋겠어."

하야마가 귓속말을 건네듯 나직하게 말했다. 그러자 토베가 또다시 엄지를 치켜세우며 씨익 웃었다.

아하, 그런가. 분위기로 보아 저 체크무늬 쿠키는 에비나 양이 만든 건가 보다. 의외인걸……? 그렇게 생각하며 만든 장본인을 돌아보았다.

"으음, 하야토베라……. 뭔가 확 꽂히는 게 없는데……?"

에비나 양이 못마땅한 기색으로 체크무늬 쿠키를 한 입 베어 물고는 고개를 좌우로 꼬아댔다. 저쪽도 다른 의미로 앞길이 험난하겠구만…….

어디 다른 녀석들은 잘하고 있나 싶어 미우라 일행의 반대편, 카이힌 종합고 쪽을 돌아보자 그쪽도 마무리 단계에 돌입한 눈치였다. 메구리 선배를 위시한 소부 고등학교 신구 학생회와 합세해 떠들썩한 분위기를 자아내는 중이었다.

그 중 한 사람인 오리모토 카오리가 나를 발견하고 손을 흔들었다. 아, 이럴 때 손을 흔드는 버릇은 여전하구만, 저 녀석……. 하긴 이제 와서 특별한 감흥이 있는 것도 아니니 별 상관은 없지만.

오리모토가 조리대 위에서 뭔가를 주섬주섬 챙겨들더니, 탁탁 이쪽으로 뛰어왔다.

"히키가야. 자, 이거."

그렇게 말하면서 내민 것은 종이 접시에 담긴 초콜릿 브라우니였다. 아까 준다던 게 이건가 보다. 아, 네에. 포장 따위는 없는 거군요……. 아뇨, 물론 주신 것만으로도 대단히 감사합니다만.

"그럼……."

잘 먹겠습니다, 라고 읊조리고 그 브라우니를 우물우물 씹었다. 그때 오리모토 뒤에서 누군가 불쑥 나타났다.

"그래, 이런 식의 교류도 나쁘지 않겠지. 앞으로는 학교란 틀에서 벗어나 심리스한 관계성을 중시해나가는 마음가짐도 필요할 테니까."

그 말투만으로 누구인지 바로 알아차렸다. 여러분, 카이힌 종합 고등학교 학생회장 타마나와 씨를 소개합니다.

타마나와를 본 오리모토가 이번에는 그쪽으로 접시를 내밀었다.

"아, 회장도 있었구나. 자, 회장도 먹어."

"아, 고마워. ……저기, 이건 일단 내가 주는 건데."

고마움을 표시한 타마나와가 자기도 뭔가를 쓱 내밀었다. 깔끔하게 커팅한 시폰 케이크였다. 보아하니 자기들이 만든 것인 모양이다.

오리모토가 어리둥절한 표정으로 그 시폰 케이크를 바라보았다.

"응? 왜?"

질문이 돌아오자 타마나와가 흠흠 헛기침을 하더니, 이번에도 역시 허공에서 도자기를 빚듯 손짓발짓을 섞어가며 설명을 늘어놓았다.

"밸런타인데이란 해외에서는 주로 남자가 선물을 주는 날이거든. 이번에는 그런 글로벌리제이션도 의식해보는 편이 좋을 거 같아서. 일본의 인플루언서가 된다고나 할까?"

"흐음."

하지만 오리모토의 반응은 신통치 않았고, 「그거 죽인다!」라고 말해주지도 않았다. 그 덤덤한 반응이 마음에 걸렸는지, 타마나와가 다시 해설을 덧붙이며 도자기 빚는 속도를 높였다.

"일본과 해외에는 일종의 의식 차이랄까, 컬쳐 갭이 존재하거든. 예를 들어 프랑스에서 스커트는 소중한 사람 앞에서 입는 옷인데, 바로 그런 거지."

호오……. 그러니까 토츠카가 스커트 차림이 아닌 것도 그래서로군요! 좀 더 분발해야지! 그거 죽인다!

그렇게 새로이 결의를 다지는데, 오리모토가 냉큼 그 시폰 케이크를 입에 넣었다.

"맛있다. 고마워."

"아, 응, 아냐……. 마침 저쪽에서 커피 브레이크 중이니 슬슬 돌아갈까?"

"커피 브레이크라니 뭐야, 뿜겨."

깔깔 웃은 오리모토가 나를 향해 안녕~ 하고 가볍게 손을 흔들어 보이곤 자기가 속한 카이힌 종합고 멤버들에게로 돌아갔다. 그러자 남아 있던 타마나와가 나를 쩨릿 노려보았다.

"그럼…… 이번에는 페어하게 가지 않겠어?"

수수께끼의 한마디를 끝으로 타마나와는 성큼성큼 내게서 멀어져갔다.

"가긴 어딜 가냐……."

그렇게 중얼거린 내 목소리는 과연 타마나와에게 전해졌을까. 아마 아니겠지. 영어가 아니면 안 들어줄 것 같다.

그나저나 타마나와의 저 반응……. 설마 방금 그건 타마나와 나름대로 분발한 결과물인 건가. 오리모토는 전혀 눈치 못 챈 모양이지만……. 에이, 타마나와인데 아무렴 어때!

타마나와는 제쳐두고 나도 분발하자. 주로 토츠카가 스커트를 입을 마음이 들도록.

으음, 토츠카토츠카스커토츠카……. 의욕을 불태우며 토츠카를 찾아보니, 그 모습은 금방 눈에 들어왔다. 역시 토츠카야! 이 세상 어디에 있어도 순식간에 찾아낼 수 있을 것 같다고!

터벅터벅 다가가보니 토츠카는 자이모쿠자와 함께 케이카와 놀아주는 중이었다. 자세히 보니 그 옆 조리대에서는 카와사키가 빠릿빠릿하게 뒷정리를 하고 있었다. 치우는 동안 잠시 보모 역할을 맡은 거겠지.

그렇지만 딱 봐도 어린아이를 상대하는데 익숙하지 않은지, 두 사람 다 쩔쩔매는 기색이었다. 심지어 자이모쿠자는 아예 돌부처 모드에 들어가 버렸다. 덕분에 본의 아니게 혼자 애써

야만 하는 상황에 처한 토츠카가 저기, 하고 조금 곤혹스러운 기색으로 케이카에게 말을 걸었다.

"안녕, 케이카. 오빠는 토츠카 사이카라고 해. 잘 부탁해."

"우웅, 사이카…… 사이카…… 사아? 사, 사아……?"

언니와 이름이 비슷해서인지, 케이카는 토츠카를 뭐라고 불러야 할지 혼란스러운 눈치였다. 그래그래, 그 심정 이해한다. 나도 토츠카의 지독한 사랑스러움에 혼란을 일으켰으니까(혼란).

이래봬도 어린 여자아이를 다루는 데는 일가견이 있는 몸이다. 그러니 토츠카 대신 제가 놀아드립지요.

살금살금 케이카 뒤로 다가가, 그 머리에 손을 툭 얹었다.

"아, 하치만."

"하아 오빠다!"

토츠카는 안도한 표정을 지었고, 케이카는 천진난만한 얼굴로 나를 올려다보았다. 그런 케이카의 머리를 가볍게 쓰다듬으며 토츠카 쪽을 돌아보게 했다.

"사이 오빠야. 사이 오빠라고 불러라."

"응, 사이 오빠!"

혼란 상태에서 벗어났는지, 케이카가 토츠카를 정확하게 인식했다. 토츠카도 케이카가 이름을 불러준 게 기쁜지 아하핫 웃었다.

자, 그럼 이제 나머지 한 명, 토츠카 뒤에 있는 돌부처를 처리해보실까……?

"이쪽은 자이모쿠자 요시테루. 자이 오빠라고 불러라."

자이모쿠자를 향해 턱짓을 하며 말하자, 케이카가 힘주어 고개를 끄덕이고는 손가락을 들어 자이모쿠자를 가리켰다.

"자이모쿠자."

"조, 존칭 생략?! 보, 본관만 존칭 생략?! 우리 업계에서는 포상[#17]입니까?!"

아무리 자이모쿠자라지만 어린 소녀에게 다짜고짜 이름을 불릴 줄은 몰랐던 모양이다. 경악에 사로잡힌 듯 망연자실한 기색이었다. 아냐, 희열에 젖어 무아지경에 빠진 건가? 하긴 아무렴 어때, 자이모쿠자인데.

하지만 마음씨 고운 토츠카는 위로를 잊지 않았다.

"시, 신경 쓰지 마. 아이들은 이상한 말을 금방 배우니까."

"으, 으음…… . 본관의 이름은 이상한 말이 아니거늘…… ."

뭔가 납득이 가지 않는 표정으로 자이모쿠자가 고개를 갸우뚱했다.

그러는 사이 카와사키가 앞치마에 손을 쓱쓱 닦으며 황급히 돌아왔다. 그러자 케이카도 사아 언니~! 하고 이름을 부르며 카와사키에게 답삭 안겼다.

"미안해. 동생을 맡겨서."

"아니야, 하치만도 도와줬는걸. 카와사키는 뒷정리 다 했어?"

#17 우리 업계에서는 포상 일본 TV 프로그램 「타모리 클럽」에서 나온 말로, 마조히즘 쪽에서는 냉대가 오히려 포상이라는 드립이다.

"응, 덕분에."

토츠카에게 고마움을 표한 카와사키가 나를 지그시 응시했다. 그리고 조금 껄끄러운 기색으로 입을 오물거리다 운을 뗐다.

"저기, 우린 그만 가볼게. ……저녁 차려야 해서."

"아, 그러냐."

그 말에 시계를 보니 슬슬 그럴 시간이었다. 그래서 저렇게 서둘러 뒷정리를 한 거겠지. 그냥 내버려두고 가도 됐으련만 의외로 싹싹하고 착한 아이로군요, 카와사키 양. 살림꾼이라니까.

"자, 케이. 가자."

"응. ……사아 언니."

카와사키가 케이카의 어깨를 부드럽게 쓰다듬었다. 그러자 케이카가 카와사키의 치맛자락을 잡아당기며 어리광 섞인 목소리를 냈다. 그것이 뭔가 원하는 게 있다는 신호라는 걸 언니인 카와사키는 알고 있는 모양이었다.

"……그래. 잠깐만."

그렇게 말하며 가방 안에서 초콜릿이 든 주머니를 꺼내 케이카에게 주었다. 받아든 초콜릿을 만족스럽게 바라보던 케이카가 그 주머니를 내 눈앞으로 내밀었다.

"자, 하아 오빠!"

"왠지 너한테 주고 싶대서. ……받아줘."

"오옷, 땡큐. 잘 만들었네. 제법인데, 케이."

머리를 쓰다듬어주자 케이카가 내 허리를 꼭 끌어안았다. 아유, 귀여운 것~ 하고 그 머리를 또다시 마구 헝클어뜨렸다.

"……내, 내가 만든 게 섞여 있을지도 모르지만."

카와사키가 코트를 입으며 나를 외면한 채 우물우물 말했다. 그 말에 트리플 초콜릿을 가만히 살펴보았다.

"그래? ……구분이 안 된다만. 대단한데, 네 동생."

"응, 대단하지! 그치만 사아 언니도 꽤 잘했어!"

에헴 가슴을 펴며 케이카가 윗사람이라도 된 듯 언니를 칭찬했다. 그러자 카와사키가 못 말리겠다는 듯 피식 웃었다.

"잘 전해줬으니까 케이, 이제 가야지."

그렇게 말했지만, 케이카는 내게 찰싹 달라붙어 떨어질 생각을 하지 않았다. 그런 케이카를 카와사키가 지그시 노려보았다. 그러자 케이카가 움찔 몸을 굳혔다. 얘, 그렇게 무서운 표정을 지을 것까지는 없잖니…….

"좋아, 갈까? 케이."

그렇게 말하며 케이카를 허리에 매단 채 걸음을 옮겼다.

"응, 갈래!"

케이카가 얼른 나를 쫓아왔다. 카와사키가 휴우 한숨을 쉬며 그 뒤를 따라왔다.

"잘 가, 케이. 또 보자."

"프흠, 아디다스!"

토츠카와 자이모쿠자의 배웅을 받은 케이카가 바이바이~ 하고 손을 흔들었다. 우리는 그대로 조리실 밖으로 나와 계단을 내려갔다. 그동안 카와사키는 케이카에게 코트를 입히고 머플러를 매주는 등, 동생을 챙기느라 여념이 없었다.

그러는 사이 커뮤니티 센터 현관에 이르자, 바깥은 이미 깜깜했다.

"역까지 바래다주랴?"

"됐어. 이런 일이 한두 번도 아니고. 그리고 너도 할 일이 있잖아."

가방과 장바구니를 고쳐 멘 카와사키가 웃차 쪼그려 앉아 케이카를 안아 올렸다. 그 과정에서 카와사키의 치마가 팔락 나부끼는 바람에 신경이 그쪽으로 쏠렸지만 필사적으로 눈을 돌렸다. 검은색 레이스였던 것 같은 느낌이 들지만 결단코 보지 않았다.

"그, 그럼 가볼게."

"하아 오빠, 바이바이!"

카와사키가 까닥 고개를 숙이며 작별 인사를 건네자, 그 품에 안긴 케이카가 뒤이어 손을 흔들었다.

"……조심해서 들어가라."

집을 향해 발걸음을 옮기는 두 사람을 향해 말하며, 작아져가는 그 뒷모습을 배웅했다.

바람도 잠잠하고 구름도 없는 겨울 밤하늘은 시리도록 맑았지만, 그만큼 공기도 차갑게 느껴졌다. 저 둘은 서로 딱 붙어 있으니 그렇게 춥지는 않을 테지.

코트를 벗어두고 나온 걸 살짝 후회했다.

곧바로 안으로 들어가면 되겠지만, 이상하게도 좀처럼 발이 떨어지지 않았다.

출입구로 이어지는 계단에 털썩 주저앉자, 깊은 한숨이 흘러나왔다.

별로 한 것도 없지만, 그래도 조금 지치기는 한 모양이다.

하지만 그보다 큰 충족감을 맛보았을 터였다.

미우라와 에비나 양, 카와사키 자매의 의뢰를 받아 잇시키를 비롯한 학생회 임원들과 더불어 행사를 개최했다. 오리모토와 타마나와를 위시한 카이힌 학생들에 메구리 선배와 하루노까지 발 벗고 나서 주었다. 하야마와 토베도 시식 담당으로 제몫을 다했고, 토츠카와 자이모쿠자도 와주었으며 히라츠카 선생님은 간식거리까지 챙겨주었다.

충분하고도 남을 정도다.

즐겁구나.

소리 없이 입속으로 그렇게 중얼거렸다.

콕콕 찌르는 듯한 소양감이 스멀스멀 목덜미를 타고 올라왔고, 입꼬리는 휘어진 채 딱딱하게 굳어 있었다. 추위 때문에 근육이 경직된 거겠지.

차가워진 뺨을 녹이듯 꾹꾹 마사지를 한 후, 힘겹게 몸을 일으켰다.

× × ×

조리실로 돌아오니 작업은 전부 마무리된 후였고, 모두들 삼삼오오 모여앉아 초콜릿을 먹고 차를 마시며 이야기꽃을 피우는 중이었다.

밸런타인 맞이 이벤트인 베이킹 교실도 이것으로 일단락되었다. 이제 느긋하게 시간을 보내다 해산하면 된다.

내 짐을 놓아둔 자리로 가자, 그곳에는 유키노시타가 있었다. 정갈한 손놀림으로 티 포트와 홍차를 타는 중이었다.

조리대에 설치된 가스레인지 위에서 주전자에 담긴 물이 팔팔 끓기 시작했다. 유키노시타가 그 주전자에서 끓는 물을 부어 홍차를 우리기 시작했다.

그 앞에 나란히 놓인 것은 낯익은 찻잔과 찻종지가 아닌 종이컵이었다. 역시 번거롭게 따로 챙겨오지는 않은 모양이다.

종이컵에 세 사람 몫의 홍차를 따른 유키노시타가 자리에 앉았다. 그러다 다가오는 나를 발견하고 말을 걸었다.

"왔구나. 수고했어."

"뭐 딱히 수고스러울 만한 일은 한 게 없다만."

대답하며 자리에 앉자, 유키노시타가 종이컵을 쓱 내밀었다. 그 눈동자에서 가벼운 장난기가 엿보였다.

"어머, 그러니? 그런 것치고는 쫄랑쫄랑(ちょこまか, 초코마카) 잘도 돌아다니는 것 같던데."

"쫄랑쫄랑이라니……."

초코라서 그런 걸까요, 네네. 초콜릿과 마카[18]라니 피로 해

#18 마카 「페루의 산삼」이라고도 불리는 식물로 자양강장 효과가 뛰어나다고 한다.

소 효과가 탁월할 것 같은 느낌이 든다. 어쨌거나 내가 쫄랑쫄랑 돌아다닌 건 사실이니 딱 잘라 부정하기도 힘들다.

"이제야 조금 한가해지겠구나."

그렇게 말한 유키노시타가 홍차를 입으로 가져갔다. 나도 후후 불어 식혀가며 같이 마시기로 했다.

평소에 쓰는 찻종지에 비하면 종이컵은 영 비리비리한데다 열도 직접적으로 전달되는 느낌이 들어, 자연스럽게 마시는 속도가 느려졌다. 그래도 밖에 나갔다 온 탓에 꽁꽁 얼어붙은 몸을 녹이기에는 충분했다. 한 모금 두 모금 마시자, 기분 좋은 한숨이 흘러나왔다.

흘끗 곁눈질하자, 유키노시타도 피곤한 듯 한숨을 쉬는 게 보였다.

"너도 고생 많았다."

"그래. ……힘들었어."

대답하며 유키노시타가 시선을 슬쩍 오른 쪽으로 향했다.

그 시선 끝에는 유이가하마가 있었다.

두 손에 주방용 장갑을 야무지게 끼고 오븐 팬을 든 채 부랴부랴 이쪽으로 다가온다. 아하, 그래. 유키노시타가 지도한 사람은 미우라와 카와사키만이 아니다. 유이가하마의 작업 과정도 감독했을 테지. 지칠 만도 하다.

"힛키! 이거 먹어봐!"

유이가하마가 사각형 팬에 담긴 수제 초콜릿 쿠키를 짜잔~! 하고 자랑스럽게 내놓았다. 오븐 앞에서 계속 기다렸는지,

갓 구운 쿠키 특유의 향긋한 냄새가 솔솔 풍겨왔다.

걸보기에는 그냥 평범한 쿠키. 모양은 약간 찌그러졌지만 새카맣게 타거나 눈에 띄는 이물질이 들어있지는 않았다. 여기까지는 괜찮다.

그렇다면 문제는 맛이다.

흘끗 정면에 있는 유이가하마의 눈치를 살폈다. 초롱초롱 기대감에 부푼 눈망울. 초조한 듯 불안하게 흔들리는 어깨. 자신 없는 듯 어정쩡한 미소를 머금은 입가.

저런 표정을 지으면 싫다고 할 수가 없잖아…….

꿀꺽 침이 넘어갔다. 물론 군침은 아니다. 굳이 말하자면 삼킨 것은 각오!

"……좋아, 먹어보마."

심호흡을 한 후, 소매를 척 걷어붙였다. 결연하게 손을 뻗는데, 옆에 있던 유키노시타가 피식 웃더니 태연한 얼굴로 입을 열었다.

"비장한 각오를 다졌는데 미안하지만, 그렇게 걱정할 것 없어. 일단 나도 같이 만들었으니까."

"……뭐야, 그럼 안심이네."

"뭔가 혹평 당했어?!"

어깨 힘을 빼고 가벼운 마음으로 쿠키를 입에 넣었다. 와삭와삭 우물우물 씹어 꿀꺽 삼켰다. 잠시 기다려보았지만 별다른 신체적 증상은 없는 듯했다.

"……이럴 수가, 먹어도 괜찮잖아."

"먹어두 괜찮다니, 그게 뭐야⋯⋯. 당연히 먹어두 괜찮지. 먹는 건데."

무의식중에 흘러나온 솔직한 감상에 유이가하마가 토라진 기색으로 볼을 부풀렸다. 저기요, 댁의 요리 실력을 생각하면 이건 엄청난 칭찬이거든요?

아무튼 깜짝 놀랐다. 유이가하마 무진장 분발했구만. 하긴 이것도 다 유키노시타의 지도 덕택이겠지만⋯⋯. 그렇게 생각하며 돌아보자, 유키노시타가 어깨에 내려앉은 머리카락을 쓸어 넘기며 의기양양하게 가슴을 폈다.

"그야 당연하지. 요소요소에서 철통같이 감시했으니까."

"그거 감시였어?! 난 그냥 가르쳐주는 거라구 생각했는데⋯⋯."

유이가하마는 다소 풀죽은 기색이었지만, 유키노시타어(語)에서 감시와 교육은 거의 동의어나 다름없으므로 신경 쓸 필요 없다. 실제로 유키노시타는 두 단어의 차이에 큰 관심이 없는지, 쿠키를 팬에서 종이 접시로 옮겨 담고는 재차 검사에 들어갔다.

그리고 턱을 매만지며 흠흠 고개를 끄덕였다.

"문제없는 것 같구나. 시식도 무사히 마쳤으니 나도 먹어볼까?"

"그러니까 그건 시식이 아니라 독극물 검식이라고⋯⋯. 왜 위험한 다리를 건너게 하는데?"

"독극물이라구 하기 없기. 그리구 나두 먹을 거구."

셋이서 다시 자리에 앉아 쿠키로 손을 뻗었다.

바삭한 식감과 코끝을 간질이는 버터 향기. 농후한 단 맛과 비터 초콜릿의 쌉싸름한 뒷맛이 입맛을 돋운다.

"……맛있다."

하나 먹어본 유이가하마가 무심코 중얼거린 말에 유키노시타가 고개를 끄덕였다. 둘이 얼굴을 마주하자 유이가하마는 기쁜 듯 에헤헷 웃었고, 유키노시타도 미소로 화답했다.

곧이어 유이가하마가 빙글 이쪽으로 돌아앉았다.

"맛있지? 그치?"

"그래, 말했잖아. 먹을 만하다고."

아까 말했잖아. 아닌가? 유이가하마의 기세에 떠밀려 대답하자, 두 사람의 표정이 희미하게 어두워졌다.

"먹을 만……."

"먹을 만하다……?"

유이가하마의 어깨가 살짝 처졌고, 유키노시타는 쨰릿 가볍게 흘겨보았다. 엇 잠깐 이럴 때는 뭐라고 하면 좋담……? 머릿속의 히키가야 하치만 오빠 어록을 끄집어내 코마치용으로 익혀둔 어휘를 총동원했다.

"어, 으음…… 그 뭐냐, 아주 맛있군요. ……고맙다."

더듬더듬 쭈뼛쭈뼛 소심하게 말하자 유이가하마의 얼굴이 확 밝아졌고, 유키노시타의 시선도 누그러졌다.

"응!"

유이가하마가 씩씩하게 대답했고, 유키노시타는 말없이 홍차를 한잔 더 따라주었다.

다행이다. 코마치, 아무래도 오빠가 정답을 맞혔나봐…….

그렇게 괜히 코마치 이름을 들먹이긴 했지만, 솔직히 쿠키는 정말 맛있었고, 고맙다고 생각한 것도 사실이다.

달콤한 쿠키에 따뜻한 홍차도 있어, 더없이 충만한 시간처럼 느껴졌다. 그럴 터였다. 그래서 다시 한 번 입속으로 즐겁구나, 하고 중얼거렸다.

그런데도 어디선가 위화감이 느껴진다.

그 사실을 자각했을 때, 구두굽이 또깍 바닥을 울렸다.

발소리는 다가오고 있음을 감추려고도 하지 않고, 오히려 그 존재를 과시하듯 한 걸음 또 한 걸음 다가와 마침내 실체를 이루었다.

그 소리를 들은 유키노시타의 시선이 흘끗 내 뒤를 향했다. 그리고 살짝 눈살을 찌푸렸다.

그 표정만으로도 지금 뒤에서 나타난 사람이 누구인지 짐작이 갔다. 유키노시타 하루노다.

"언니, 뭐하러 왔어?"

유키노시타의 물음에 하루노는 대답하지 않았다. 말없이 서서 그저 똑바로 나를 바라보았다. 그리고 손가락으로 입가를 가볍게 쓸더니, 그 매혹적인 입술을 천천히 열었다.

"그게 히키가야가 말하는 진실된 거야?"

그 말을 들은 순간, 등줄기가 오싹해져 반사적으로 하루노를 외면했다. 그러나 하루노는 도망치도록 내버려두지 않겠다는 듯 한 발짝 나와의 거리를 좁혔다.

"이런 시간이 네가 말하는 진실된 거야?"

"……글쎄요."

그런 무의미한 대답밖에 할 수 없었다.

하루노의 음성에는 차가움, 그리고 순수함이 있었다.

정말 모르겠다는 듯한, 전혀 이해가 가지 않는다고 고백하는 듯한 그 울림이 나를 밀쳐내는 것 같았다.

"언니, 아까부터 무슨 짓이야?"

"마, 맞아요. 저기, 그, 그만……."

참다못한 유키노시타와 유이가하마가 끼어들었지만, 잠자코 손을 뻗어 제지했다. 질문을 받은 사람은 나다.

물론 구태여 그럴 필요조차도 없이 유키노시타 하루노는 내 대답에밖에 흥미가 없는 기색으로 그저 빤히 내 눈을, 일거수일투족을, 호흡 하나하나를 지켜보고 있었지만.

"이게 그거야? ……넌 그런 애가 아닐 텐데?"

거기서 말을 끊고 등 뒤로 다가선 하루노가 어깨너머에서 내 얼굴을 들여다보았다.

"넌 그렇게 따분한 애였어?"

숨결이 닿을 만큼 근접한 거리인데도, 살짝 몸을 뒤척이면 살갗이 스칠 만큼 가까운데도, 그 말은 무서우리만큼 먼 곳에서 들려오는 것처럼 느껴졌다.

"……재미있는 녀석이었으면 반에서 인기인이 됐겠죠."

"그런 점은 마음에 들어."

얼굴을 반대편으로 돌리며 대답하자, 하루노가 우습다는 듯 쿡쿡 웃으며 겨우 한 발짝 물러나 주었다.

그대로 멀리 떨어져주었더라면 마음 편했을 테지. 하지만 유키노시타 하루노는 그렇게 하지 않는다. 그렇게 만만한 사람이 아니라는 것쯤은 진즉에 알았다.

하루노는 한 발짝 뒤에서 우리를 오만하게 바라봤다.

"……하지만 지금의 너희들은 뭔가 시시해. 나는…… 예전의 유키노가 더 좋아."

그 말에 숨이 턱 막혀왔다. 입매가 경직되는 게 느껴졌다.

고개를 수그린 유키노시타와 유이가하마의 얼굴은 보이지 않았지만, 아마도 같은 표정을 하고 있지 않을까. 멋대로 그렇게 생각했다.

자신의 말에 대답하는 사람이 없음을 깨달은 하루노가 나직이 한숨을 쉬었다. 이윽고 구두굽 소리가 바닥을 울리며 우리 곁에서 멀어져갔다.

그 발소리를 들으며, 하루노가 무엇을 말하고자 했는지 똑똑히 이해했다.

유키노시타 하루노는 암묵적으로 말한 거다. 이런 게 진실된 것일 리 없다고.

동감이다.

나는 지금 이 상황에, 이 관계에, 뚜렷한 위화감을 느끼고 있다.

그저 익숙하지 않기에, 경험해본 적이 없기에, 그래서 단순한 위화감이라고만 여겼다. 시간이 흐름에 따라 차츰 익숙해져 받아들이게 될 거라고만 여겼다.

하지만 그 위화감을 못 본 척해주지 않았다.

줄곧 가슴속에 딱딱하게 응어리져있던 것. 으슬으슬한 한기. 지금 이 순간까지 내색조차 하지 않았던 그 불쾌감.

외면하려고 애써온 문제를 유키노시타 하루노는 가차 없이 눈앞에 들이댄다.

그것은 신뢰 따위가 아니라고. 그보다 지독한, 역겨운 무언가라고……

×　×　×

축제가 끝나면 언제나 적막한 분위기가 흐른다.

오늘 이벤트도 예외는 아니어서, 잇시키의 간단한 폐회사가 있은 후 각자 작업하던 조리대를 정리하고 삼삼오오 해산했다.

한 명 두 명 떠나가자 떠들썩하던 조리실에도 정적이 내려앉았다. 남은 사람은 현직 학생회 멤버와 우리 봉사부원들뿐이었다.

학생회 임원들과 더불어 쓰레기를 치우고 시설 원상 복구 작업을 하는데 포스터를 회수하러 갔던 잇시키가 돌아왔다.

"나머지는 학생회에서 할 테니까, 그만 가보셔도 돼요."

그 말에 새삼 주위를 둘러보니 웬만한 일은 대충 끝난 상태였다. 이 정도면 뒷일은 학생회에 맡겨도 되겠지.

그러나 우리의 대답은 반대였다.

"우음······. 아니야, 그래두 끝까지 도울게."

"그래. 괜찮으니 사양하지 마렴."

유이가하마도 유키노시타도, 그리고 나도. 만장일치로 남아서 거드는 쪽을 선택했다.

그런 우리의 반응이 뜻밖이었는지, 잇시키가 확인하듯 흘끗 나를 보았다. 그 시선에 잠자코 고개를 끄덕여 보이자, 잇시키가 생긋 웃으며 말했다.

"그래요? 그럼 염치불구하고 신세 좀 질게요~."

잇시키는 그렇게 말했지만 사실 신세를 지는 쪽은 우리들일 테지. 뒷정리를 끝마치고 나면 싫어도 생각하지 않을 수 없기에 그 순간을 조금이라도 늦추려고 애쓰는 거다.

하지만 그런 저항도 오래 가지 못했다.

대강 정리하고 나자, 남은 곳은 우리가 있는 조리대 주변뿐이었다.

식어버린 홍차 종이컵을 구겨 쓰레기봉투에 쑤셔 넣은 다음, 입구를 단단히 묶고 나니 더는 할 일이 없었다.

빠뜨리고 가는 물건이 없는지 살피고 문단속을 한 후, 다 함께 커뮤니티 센터 밖으로 나왔다. 쓰레기봉투를 지정된 장소에 던져 넣고 나니, 더 이상 이곳에 머물 이유가 사라지고 말았다.

"그럼 선배님, 고생 많으셨어요."

커뮤니티 센터 입구에서 잇시키가 꾸벅 고개를 숙였다. 그러자 학생회 임원들도 함께 고개를 숙였다. 돌발적인 이벤트였던 만큼, 모두 피곤한 기색이 역력했다.

뒤풀이하러 가자고 주장할 기력이 남은 사람은 없었고 다들 뿔뿔이 흩어져 귀갓길에 올랐다.

우리 세 사람도 대세에 따르기로 했다.

유키노시타가 가방과 큼지막한 짐을 고쳐 들었다. 그 안에 든 것은 아마도 홍차와 개인적으로 챙겨온 조리 기구겠지.

"……갈까?"

"그래야지."

유키노시타를 따라 자전거를 밀며, 일단 역 쪽으로 방향을 잡았다. 그때 유이가하마가 갑자기 내 자전거 짐칸을 덥석 붙들었다.

"뭐냐……?"

물어보자 유이가하마가 난처한 듯 웃으며 말했다.

"이, 있잖아. 우리 밥 먹구 가지 않을래?"

갑작스러운 제안에 유키노시타가 나를 보았다.

"글쎄, 어떡할까? 상당히 늦은 시간인데……."

"아, 그럼 말야, 나 오늘 유키농 집에서 자구 갈 거니까 그쪽에서 먹자."

"자고 가다니…… 네 맘대로 그래도 되는 거냐?"

하긴 유이가하마는 평소에도 자주 유키노시타네 집에서 자고 갔고, 특히 이런 행사 전후에는 대개 함께 돌아가곤

했지만.

"뭐, 뭐 어때. ……안 돼?"

유이가하마가 애교스러운 목소리로 묻자, 유키노시타가 나직하게 한숨을 쉬었다.

"나는 괜찮지만……."

"만세! 그럼 가자! 힛키는…… 어떡할 거야?"

유키노시타에게 애교스럽게 조를 때와 달리, 그 물음에는 어딘가 절박한 분위기가 감돌았다. 딱히 좋게 거절할 명분도 떠오르지 않고 해서 수락하기로 했다.

"가지 뭐. 배도 고프고. 역 앞에서 만나는 걸로 하면 되겠냐?"

"응!"

그 대답에 알겠다고 고개를 끄덕여 보였다.

자전거를 빙글 돌려 진행 방향을 바꾸고, 힘차게 페달을 밟았다.

×　×　×

목적지인 역 앞에 도착하자, 때마침 두 사람이 개찰구에서 나왔다.

두 사람은 전철로 이동하고 나는 자전거를 타고 왔다. 속도야 당연히 전철이 빠르지만 대기 간격에 따라서는 소요 시간에 큰 차이가 없을 때도 있다. 아무래도 타이밍이 잘 맞아 들어간 모양이다.

합류한 후, 짐을 갖다놓기 위해 일단 유키노시타네 집에 들르기로 했다.

역에서는 엎어지면 코 닿을 거리다. 셋이서 때로는 싱거운 잡담을 주고받고, 때로는 침묵의 무게를 느끼며 걸었다.

큰 공원 옆길을 빠져나가자 낯익은 고층 맨션이 눈에 들어왔다.

횡단보도를 건너 맨션 입구로 들어선 순간, 유키노시타가 불현듯 그 자리에 멈춰 섰다.

"왜 그러냐?"

"아, 아니……."

물어보았지만 유키노시타의 반응은 어정쩡했다. 미심쩍은 기색으로 뭔가를 지그시 응시한다. 그 시선을 따라가 보니 자동차 한 대가 서 있었다. 그 새까만 광택이 흐르는 고급차가 왠지 눈에 익었다.

저건…… 하고 생각했을 때, 문이 열리며 웬 귀부인이 차에서 내렸다.

윤기 나는 검은 머리카락을 곱게 틀어 올리고 기모노 차림으로 걸어오는 그 자세에서는 화사함과 동시에 위엄마저 묻어났다. 유키노시타의 엄마다.

"엄마……. 여기는 왜……."

"하루노에게서 네 진로 이야기를 들었으니까, 그 문제로 이야기를 좀 하러 왔더니……. 유키노, 너 도대체 이 시간까지 어디서 뭘 하다가 이제야…….”

자신을 향한 걱정스러운 시선에 유키노시타가 고개를 떨구었다. 그러자 유키노시타의 엄마가 조용히 한숨을 쉬었다.

“너는 이런 아이가 아니라고 생각했는데…….”

그 말에 유키노시타가 순간적으로 고개를 들고 엄마의 눈을 똑바로 쳐다보았다. 하지만 이내 아무런 대꾸 없이 입술을 잘근 깨물며 시선을 돌려버렸다. 다정하지만 차가운 말이 유키노시타를 옭아맨다. 유키노시타라는 존재를 규정하고 또 부정하는 데는 그 한마디면 충분했다.

유키노시타를 바라보는 눈빛은 결코 날카롭지 않았다. 그 음성에 담긴 감정도 분노나 짜증이 아니라 비탄에 가까운 것처럼 느껴졌다.

“너를 믿으니까 내보냈는데……. 아니, 전부 내 책임, 내 실수로구나.”

그 누구에게도 반론의 여지를 주지 않고, 유키노시타의 엄마가 그렇게 말하며 조용히 고개를 저었다.

“그건…….”

유키노시타가 가냘픈 목소리로 뭔가 말하려 했지만, 그것도 단 한마디로 무산되었다.

“내 탓일까…….”

사죄하듯 뉘우치듯 나직하게 중얼거린 혼잣말은 애처로웠고, 자책하는 태도는 타인의 비난을 결코 용납하지 않는다. 질책당하는 당사자, 유키노시타조차도 예외는 아니었다.

유키노시타의 엄마가 상심한 듯 한숨짓는 타이밍을 노려, 유이가하마가 쭈뼛쭈뼛 끼어들었다.

"저기…… 오늘은 학생회 행사가 있어서, 그걸 돕느라구, 늦게……."

"그래, 바래다준 거니? 고맙구나. 하지만 많이 늦었고, 너희 가족 분들도 틀림없이 걱정하고 계실 거란다. ……그렇지?"

그러니 이만 가보라고. 비록 대놓고 말하지는 않았지만, 어디를 봐도 뾰족한 구석이라곤 없는 온화한 목소리와 부드러운 미소로 유키노시타의 엄마는 축객령을 내렸다.

그러는 한편으로 태도를 통해 명확하게 선을 그었다. 이건 우리 집안 문제니까 주제넘게 참견하지 말라고. 저렇게 나오면 이쪽도 물러설 수밖에 없다. 유이가하마도 나도 이 자리에서는 발언권이 없음을 직감적으로 이해했다.

우리가 말문이 막혀버린 사이, 조용히 다가온 유키노시타의 엄마가 딸의 어깨에 살포시 손을 얹었다.

"너는 너답게, 자유로이 살아가길 바란단다……. 하지만 혹여 잘못된 길로 빠지지는 않을까 걱정돼서……. 이제부터 너는 어떻게 할 생각이니?"

그 물음에 과연 얼마나 알고자 하는 의지가 있는 걸까. 그 것조차도 파악할 수 없었다.

"……나중에 제대로 설명할게. 그러니까 오늘은 그만 가줘."

"그래……? 네가 그렇게 말한다면야……."

유키노시타가 고개를 수그린 채 한 말에 유키노시타의 엄마가 난감한 표정을 지었다. 그리고 흘끗 나와 유이가하마를 곁눈질했다.

"……그럼 무사히 바래다줬으니, 우리는 그만 가보마."

그렇게 말한 후, 유키노시타의 엄마를 향해 꾸벅 고개를 숙여 보이고 발걸음을 돌렸다. 혼자 사는 딸자식 옆에 웬 시커먼 사내자식이 어슬렁대면 마음이 영 편치 않을 테지. 계속 여기서 꾸물거리다간 유키노시타의 입장이 곤란해질지도 모른다.

"나, 나두 갈게. ……잘 있어!"

유이가하마도 얼른 작별 인사를 건네고는 후다닥 나를 쫓아왔다. 아무리 그래도 이 상황에서 자고 가겠다고는 못 하겠지.

몇 미터쯤 가다가 슬그머니 뒤돌아보자, 유키노시타는 엄마와 이야기 중이었다. 몇 마디 짧은 대화가 끝나자, 유키노시타의 엄마는 다시 차에 올라탔다. 혼자 덩그러니 남은 유키노시타도 이내 아파트 현관으로 모습을 감추었다.

건널목 앞에서 신호가 바뀌기를 기다리는데, 유키노시타네 차가 우리 앞을 천천히 지나갔다. 뒷좌석에는 선팅을 해놓아 안을 들여다볼 수 없었지만, 안에서는 우리를 보고 있는 것만 같아 왠지 마음이 불편했다.

잠시 후 파란 불이 들어왔고, 유이가하마가 타닥 뛰어 나를 몇 발짝 앞질렀다. 그리고 빙글 이쪽을 돌아보았다.

"그럼 난 가볼게."

"어…… 바래다주마."

그러자 유이가하마가 고개를 가로저었다.

"됐어. 어차피 바로 저 앞이 역인데 뭐. 그리구, 뭔가……
치사한 느낌이 드니까."

차마 뭐가? 라고 물어보지는 못했다.

"……그러냐."

힘없는 목소리로 그렇게만 대꾸하고 멀어져가는 유이가하
마의 뒷모습을 바라보았다.

역에 들렀다 가도 집으로 돌아가는 거리는 크게 달라지지
않는다. 그런데도 뒤쫓아 갈 수가 없었다.

가로등 불빛에 비친 유이가하마의 모습이 사라진 후에야
비로소 자전거에 올라탔다.

바람은 잔잔했지만 시린 겨울 공기가 훤히 드러난 얼굴을
아프게 찔러왔다.

미친 듯이 페달을 밟아대자, 후끈 달아오르는 몸과 달리
머릿속은 싸늘하게 식어갔다.

나답다. 그녀답다. 자신답다.

분명 모든 사람에게는 누군가가 규정한 자신의 이미지가 존
재하고, 그 사이에는 항상 모종의 간극이 있다. 그것은 나도
그녀도 마찬가지다. 우리다움은 항상 어딘가에서 엇갈린다.

구태여 누군가에게 확인해보지 않아도 알 수 있는 일이다.

왜냐하면 과거의 내가 말하니까. 예전의 히키가야 하치만

이 끊임없이 부르짖으니까.

그걸로 만족하느냐고. 그게 네 바람이냐고. 그런 게 정말 히키가야 하치만이냐고.

그 질타를, 일갈을, 포효를 묵살하고자 귀를 틀어막고 눈을 질끈 감고. 말 대신 뜨겁게 응고된 숨결을 토해냈다.

나 자신조차도 그것이 나답다고 말할 수 없다면. 그렇다면 진실된 것은. 진정한 우리는 과연 어디에 있는 걸까. 그런 인간이 어떻게 관계를 규정할 수 있을까.

위화감이라고 명명해버리면 그렇게밖에는 생각할 수 없게 된다.

틀림없이 이 감정도, 이 관계도 정의해서는 안 되었던 거다. 이름 붙여서는 안 되었다. 의미를 발견해서는 안 되었다. 의미를 부여하면 다른 기능을 잃어버리고 마니까.

틀에 끼워 맞춰버리면 편했으련만, 그렇게 하지 않았던 까닭은 알고 있었기 때문이다. 일단 형태를 갖추어버리고 나면, 부수지 않고서는 그 형태를 바꿀 방법이 없다는 사실을…….

부서지지 않는 것을 원했기에, 이름 붙이기를 피해왔다.

나도 그녀도 그저 형태가 없는 말에 매달려왔던 게 아닐까. 그런 생각을 떨쳐낼 수가 없었다.

최소한 눈이라도 펑펑 내려주었더라면 많은 것들을 덮어버려 쓸데없는 생각 따위 할 필요가 없었을 테지.

하지만 이곳에는 좀처럼 눈이 내리지 않고, 오늘밤에도 하늘은 구름 한 점 없이 맑기만 했다.

별들은 찬란하게 빛나며 지금의 내 모습을 선명하게 비출 따름이었다.

7

어찌할 수 없을 만큼 유키노시타 유키노의 눈동자는 맑다.

이른바 밸런타인 맞이 베이킹 교실이 열린 지도 며칠이 흘렀다.

그때는 화창하기만 했던 하늘도 오늘은 우중충했고, 당분간은 불안정한 날씨가 이어질 전망이었다. 일교차는 심하지 않다지만 그것도 어디까지나 오차 범위일 뿐, 치바의 겨울은 변함없이 혹독했다.

방과 후에는 해가 저무는 만큼 한층 더 춥게 느껴진다.

냉기 가득한 특별관 복도에서 도망치듯 부실로 들어와, 난방의 온기에 힘입어 정신을 차리고 문고본을 펼쳤다.

해질녘의 일상적인 부실 풍경.

긴 책상 위에는 찻잔과 머그컵, 그리고 뭔가 생뚱맞은 찻종지가 나란히 놓여 있었다.

시야 끄트머리에서 유키노시타가 각각의 잔에 홍차를 따르는 모습이 보였다. 이윽고 훈김이 피어오르는 머그컵과 찻종지가 나와 유이가하마 앞에 놓였다.

찻종지 쪽으로 손을 뻗으며 문고본에서 고개를 들자, 맞은편 자리에 앉아 있던 유키노시타와 눈이 마주쳤다.

　그러자 유키노시타가 살짝 시선을 떨구더니, 다시 쓱 고개를 들었다가 도로 눈을 내리깔았다. 그 초조한 모습에서는 뭔가 평소와 다른 분위기가 느껴졌다. 유이가하마도 그 사실을 깨달은 모양이었다.

　"유키농?"

　이름을 불리자 유키노시타가 조심스럽게 유이가하마를 보았고, 뒤이어 내게도 시선을 향했다. 그리고 껄끄러운 기색으로 입을 열었다.

　"지난번 일은 미안해……. 그, 엄마가…….."

　조용히 고개를 숙여 보인다. 말수는 적었지만, 그 제스처와 몇 마디 말만으로도 유키노시타가 사과한 이유를 금방 알 수 있었다. 그날 일은 구태여 상기할 필요조차 없었다. 잊으려 애써도 줄곧 머릿속을 빙글빙글 맴돌았으니까. 유키노시타의 엄마뿐만 아니라 하루노에게 들은 말과 헤어질 때 유이가하마가 한 말, 그리고 내 안의 부르짖음도 잦아들 줄 모르고 생생하게 남아 있었다. 다만 그런 개인적인 심경을 토로해봤자 의미가 없고, 누군가를 탓할 수 있는 문제도 아니다.

　그래서 별 거 아니란 뜻을 담아 가볍게 고개를 젓는 것으로 대답을 대신했다. 그러자 대각선 맞은편에 앉은 유이가하마도 신경 쓰지 말라는 듯 휘휘 손사래를 쳤다.

　"에이, 뭘 그런 걸 가지구. 나두 툭하면 늦게 들어온다구 엄마한테 잔소리 듣는데 뭐."

"엄마들이란 원래 다 그렇잖냐. 이것저것 참견하고 싶어 한다니까. 게다가 방도 멋대로 치워놓질 않나, 학교는 재미있느냐고 물어보질 않나……."

어째서 세상 엄마들은 아들의 주거 공간과 교우 관계, 더 나아가서는 독서 취향에까지 관심을 가지는 걸까요……. 뭐냐고. 내 팬이냐고. 땡큐, 엄마. 하지만 부디 제 책상 서랍에는 손대지 말아주세요.

우리의 대답에 유키노시타의 표정이 풀렸다. 살짝 미소 짓고는 여느 때처럼 어깨에 내려앉은 머리카락을 사락 쓸어 넘기며 말했다.

"……그래. 히키가야 네 어머니께서는 특히나 고생이 많으실 것 같구나."

"힛키 엄마라……. 어떤 분이셔?"

"어떠냐니……. 그냥 평범한데. 코마치가 한 명 더 있는 느낌이랄까? 요즘에는 입시 때문에 둘이 자주 투닥댄다만."

기본적으로는 사이좋은 모녀라도 가끔은 충돌할 때가 있다. 하긴 아웅다웅하는 주된 원인은 아버지의 처우지만……. 코마치를 아끼는 나머지 낄 데 안 낄 데 구분을 못하는 아버지에게 엄마가 발끈하고 코마치도 발끈해서 집안 분위기가 살벌해진다. ……어라, 이건 모녀 싸움이 아니잖아. 그냥 아버지가 미운털이 박힌 것뿐이었군. 아무튼 입시나 진로 문제로 집안이 소란스러워지는 일은 흔하다.

그런 이야기를 하자, 유이가하마가 흠흠 고개를 끄덕였다.

"글쿠나. 하긴 코마치, 내일 시험 치니까. 우리두 그것 땜에 휴교구."

"코마치는 워낙 야무지니까, 괜찮을 거라고 생각하지만……."

"그래……."

유키노시타의 말투에서는 희미한 불안이 엿보였다. 고개를 끄덕여 보인 내 목소리에도 비슷한 기운이 어른거렸을 테지.

내일은 대망의 고교 입시, 즉 입학 시험일이다. 참고로 밸런타인데이이기도 해서, 요컨대 코마초코는 보류다. 안됐군요 유감입니다 내년에 또 만나요! 하고 내년을 기약하고픈 심정이지만 내년에도 어떻게 될지 모른다. 앞일을 생각하면 우울한 마음을 가눌 수 없었다.

그런 내 심경이 표정에 드러났는지, 유이가하마가 안쓰러운 기색으로 미소 지었다.

"오빠 입장에서는 걱정되지……?"

"그렇지……."

그 다정한 음성에 그만 침통하게 고개를 끄덕이고 말았다.

땅이 꺼지라 한숨을 쉬자 그동안 애써 외면해왔던 문제들이, 그리고 앞날에 대한 한탄이 입 밖으로 줄줄 새어나왔다.

"코마치는 무진장 귀여우니까 틀림없이 인기 만점일 거 아냐? 그럼 남자들을 경계해야 되고, 뭣보다 나처럼 글러먹은 오빠가 있다는 걸 들키지 않도록 해야 된다고. 코마치의 평판에 해가 되니까."

"걱정된다는 게 그거였어?! 심지어 합격 전제야?!"

"긍정적인 건지 부정적인 건지 헷갈리는구나……."

유이가하마는 경악으로, 유키노시타는 황당함으로 각자 한숨을 쉬고는 둘이 얼굴을 마주보며 쿡쿡 웃었다.

오늘은 의뢰인이 올 기미도 없었고, 부실에는 여느 때처럼 어딘가 느슨한 분위기가 흘렀다.

그 사실에 희미한 안도감을 느끼며 문고본 페이지를 넘겼다. 유이가하마는 구부정한 자세로 휴대폰을 만지작거렸고, 유키노시타는 티 포트에 씌워놓은 보온 커버를 벗기고 빈 잔에 정갈하게 홍차를 따랐다.

그리고 가방을 책상에 탁 올려놓더니, 안에서 작고 수수한 종이로 된 쇼핑백을 꺼냈다. 입구를 벌리자, 바삭거리는 소리와 함께 달콤한 향기가 물씬 풍겨왔다. 다과용으로 가져온 쿠키인가 보다.

유키노시타가 신중한 손놀림으로 쿠키를 천천히 나무 그릇에 옮겨 담았다. 슬쩍 보니 초코 칩과 잼, 체크무늬 등등, 각양각색의 쿠키들이 즐비했다. 종류의 다양함과 가져온 종이백으로 미루어볼 때, 제과점에서 파는 물건은 아닌 듯했다.

"앗, 그거 유키농이 만든 거야?"

유이가하마가 반짝반짝 기대에 부푼 눈으로 바라보았다.

유키노시타의 요리 실력은 이미 검증된 바 있다. 지난번 요리 이벤트를 비롯해 여태까지 그 솜씨를 선보일 기회는 여러 번 있었고, 그때마다 유이가하마가 맛있게 먹곤 했었다.

그러니 딱히 특별한 일도 아니다.

하지만 어찌된 영문인지, 유이가하마의 해맑은 물음에 유키노시타가 말을 더듬었다.

"……그, 그래. 어젯밤에 만든 김에, 조금."

그렇게 말하며 유키노시타가 살며시 시선을 떨구었다. 손장난이라도 치듯 나무그릇 테두리를 손끝으로 쓸며 나직하게 숨을 골랐다. 그리고 흘끗 내 반응을 살피는 듯한 시선을 보내왔다.

고개를 수그린 채 목도 어깨도 거의 움직이지 않고 앞머리 사이로 훔쳐보는, 마치 직시하기를 꺼리는 듯한 조심스러운 눈빛. 그 몸짓은 보는 이의 마음을 술렁이게 했다.

말할까 말까 고민하듯, 유키노시타의 입술이 살며시 열렸다가 도로 닫혔다. 그 앳된 입술이 자꾸만 신경 쓰여 반사적으로 시선을 돌리고 말았다.

그러자 불현듯 부실이 조용해졌다.

"글쿠나……. 나두 그 후로 몇 번 도전해봤는데, 잘 안되더라구."

순간적으로 싹튼 침묵을 꺼리듯, 유이가하마가 애매하게 웃으며 말했다. 그리고 당고머리를 만지작거리며 고개를 좌우로 꼬았다.

"우리 집 오븐 레인지 말야, 아무래두 고장 났나 봐. 뭔가 지글지글 소리는 나는데, 바삭하게 구워지질 않더라구."

"그거 그냥 전자레인지 아니냐……?"

대꾸하는데 피식 나직한 숨결이 새어나왔다. 어쩌면 달라진 게 없다는 사실에 안심한 건지도 모른다.

유키노시타도 입가를 손으로 가리고 소리 죽여 웃었다. 그리고 옆에 놓아둔 가방을 끌어당겨 무릎에 올려놓더니, 그 안에서 작은 종이백을 하나 더 꺼냈다.

처음부터 유이가하마한테는 따로 챙겨줄 작정이었을 테지. 이쪽 종이백에는 앙증맞은 핑크색 리본과 고양이 발자국이 찍혀 있었다.

"이거, 괜찮다면 받아주겠니?"

"진짜루?! 와아, 고마워!"

"내용물은 거의 똑같지만."

환호하며 받아드는 유이가하마를 향해 유키노시타가 면목 없다는 듯 덧붙였다.

"괜찮아, 진짜 기뻐! 유키농이 만든 과자, 엄청 맛있구!"

유이가하마가 그 종이백을 가슴에 꼭 껴안았다. 그리고 기쁨을 음미하듯 종이백을 두 손으로 받쳐 들고는 따스한 눈빛으로 지그시 바라보았다. 그러다 두세 번 눈을 깜빡이더니, 머뭇머뭇 그 시선을 유키노시타에게로 향했다.

"……저기, 내 것뿐이야?"

그 질문의 의도를 이해하고 저도 모르게 고개를 돌려버리고 말았다. 펼쳐놓은 문고본을 읽으려고 애써 시선을 책장에 고정했지만, 단 한 문장도 머리에 들어오지 않았다.

난 왜 눈을 돌려버린 거지……?

보울이 데굴데굴 요란하게 굴러가는 소리가 귓가에 울려 퍼지는 듯한 착각이 일었다. 시선은 피할 수 있어도 몸속에서 끓어오르는 소리는 막을 방도가 없다. 할 수 있는 일이라곤 오로지 마음속을 생각으로 채워 넣어 억누르는 것뿐……

멋대로 넘겨짚고 멋대로 의식하고 멋대로 기대한다. 내 몫이 있든 말든, 그런 데에서 의미를 찾으려드는 게 오히려 이상하다. 고작 세 사람뿐인 동아리 아닌가. 없는 게 당연하고 있다면 배려일 테지. 그 이상의 의미를 유추하려드는 시점에서 이미 심각한 자의식 과잉이다. 이런 생각을 하는 것부터가 추잡하거니와, 그 사실을 필사적으로 되뇌며 진정하려 애쓰는 것 역시 추잡하다. 이런 역겹고 추잡한 행동은 잘못된 게 틀림없다.

머릿속을 말로 빼곡히 채워 넣어도 가슴의 술렁임은 가라앉지 않았다. 머리칼을 쓸어 올리는 시늉을 하며 돌려버린 시선은 한곳에 머물지 못하고 사방을 배회했다.

그 바람에 입을 굳게 다문 유이가하마의 모습이 시야 한구석에 잡혔다. 희고 가는 목이 꿀꺽 오르내렸다.

"……힛키 건?"

야야, 뭘 그런 걸 물어보고 그러냐. 딱히 받고 싶은 것도 아니고. 아니, 진짜라니까 그러네.

그 말은 끝내 입 밖으로 나와 주지 않았다.

음성도 시선도 평소의 유이가하마와 다를 바 없었고, 마음이 쓰여 쭈뼛쭈뼛 물어보는 느낌이었다. 단지 그 손이, 무릎

위에 올려놓은 왼손만이 치맛자락을 꼭 움켜쥔 채였다. 그 모습을 보고 나니 말문이 막혀 좀처럼 입이 떨어지지 않았다.

"엇, 아니, 난 별로……."

꼴사납게 횡설수설하며 간신히 대꾸하는데, 그에 오버랩 되듯 유키노시타의 한숨소리가 들려왔다.

유키노시타가 무릎에 올려놓은 가방을 꼭 움켜쥐더니 그것을 옆에 내려놓고는 조용히 의자를 뒤로 빼며 자리에서 일어섰다.

그리고 긴 책상에 몸을 기대더니 쿠키가 담긴 그릇을 내 앞으로 쓱 밀어주었다.

"……먹어보렴."

"어, 그, 그래……."

대답했지만 유키노시타는 여전히 나를 외면한 채 시선을 마주치려 하지 않았다. 그 옆얼굴을 석양이 은은하게 비추었다. 날이 흐려서인지 석양은 평소보다 한결 농밀한 붉은 빛을 띠었고, 그 기운이 부실 안까지 스며들었다.

붉게 물든 귓가와 목덜미, 거북한 듯 살며시 깨문 입술. 빠르게 깜빡이는 긴 속눈썹. 그것을 직시하기가 껄끄러워, 문고본을 탁 거칠게 덮고는 쿠키로 손을 뻗었다.

"……맛있네."

"그치?!"

무심결에 흘러나온 중얼거림에 유이가하마가 몸을 불쑥 내밀며 맞장구를 쳤다. 그리고 쿠키를 하나 더 입으로 가져가

오독 베어 물고는 행복한 표정으로 턱을 괴었다.

"……그, 그래? 평소처럼 만든 것뿐인데."

우리의 반응에 유키노시타가 어깨 힘을 풀며 그렇게 말하고는 비로소 자기 자리로 돌아갔다.

정확하게 배치된 의자와 한가운데 놓인 쿠키. 컵과 찻종지에서 훈김이 모락모락 피어오른다.

오늘의 홍차와 다과에 대한 감상을 나누고, 때로는 말없이 책을 읽거나 휴대폰을 들여다본다. 그러다 간간이 대화가 오가고 웃음꽃이 피어난다.

아무도 찾는 이 없는 부실의 분위기는 아늑했다.

천천히 시간이 흘러 태양이 수평선과 맞닿아간다.

겨울철 저녁 햇살에는 열기가 없어서 투명하게 비춰주기는 해도 따스하게 녹여주지는 않는다. 내버려뒀다가는 그대로 꽁꽁 얼어붙어버리고 말 테지.

그래서 억지로라도 움직여서 온기를 불어넣으려고 애쓰는 거다.

설령 그 속에서 위화감이 느껴진다 할지라도.

×　×　×

결국 그 후에도 부실을 찾아온 사람은 없었고, 하교 시각을 기해 오늘의 봉사부 활동도 끝이 났다.

문단속을 마친 후, 유키노시타가 열쇠를 반납하고 돌아오기를 기다려 함께 특별관을 나섰다. 자연스럽게 부실에서 못다한 잡담을 주고받다 보니 어느새 자전거 주차장까지 와버려서, 그 답례라기에는 뭣하지만 나도 자전거를 끌고 두 사람을 교문까지 바래다주기로 했다.

내가 주로 이용하는 쪽문이 아니라, 전철역 쪽 대로변에 있는 정문으로 돌아갔다. 올려다본 하늘은 어두컴컴했다. 구름이 낮게 깔린 모양새가 곧 한바탕 퍼부을 것 같았다.

"아우, 추워!"

"머플러를 단단히 매렴."

교문 밖으로 한 발짝 내디딘 유이가하마가 부르르 몸을 떨자, 나란히 걸어가던 유키노시타가 바지런히 유이가하마의 머플러를 고쳐 매주었다. 그 광경을 보니 마음이 훈훈해졌지만 몸은 사정이 달랐다. 해가 진 뒤의 추위는 극심해서 우두커니 서 있으려니 아릿한 냉기가 발치를 타고 올라오는 느낌이 들었다.

"무진장 춥겠구만……."

가야할 길을 생각하니 마음이 어두워졌다. 이제부터 쌩쌩 휘몰아치는 칼바람을 뚫고 자전거를 몰아야 한다고 생각하니 끔찍하구만……. 머플러를 칭칭 동여맨 후, 장갑을 깊숙이 당겨 끼고 그 손을 가볍게 들어 보였다.

"잘 가라."

"응, 내일 봐."

유이가하마가 가슴 앞에서 살랑살랑 손을 흔들었다. 그 인사에 마주 고개를 끄덕여 보이고 자전거에 올라타려고 했다.

그때 실낱같은, 숨결 섞인 목소리가 귓가를 스쳤다.

"……앗."

뒤돌아보자 나를 불러 세우려고 한 건지, 유키노시타가 아까보다 반 발짝 정도 앞으로 나와 있었다.

왜 그러냐고 시선으로 물었지만, 유키노시타의 태도는 달라지지 않았다. 뭔가 할 말이 있어 보이는 입은 열릴 줄 몰랐고, 그저 왼쪽 어깨에 멘 가방 입구를 양손으로 꼭 움켜쥐고 가만히 서 있었다.

불안하게 흔들리는 눈동자를 보니 섣불리 무슨 일이냐고 캐물을 수도 없어 잠자코 말을 꺼내기만을 기다렸다. 소리 없는 실랑이가 이어지면서 발밑에서 모래가 버스럭 소리를 냈다.

"아, 우움…… 난 먼저 갈게."

유이가하마가 난감한 미소를 지으며 말했지만, 그 발은 한 걸음 물러서는 데 그쳤다. 장갑을 낀 손으로 당고머리를 만지작거리며 반응을 살피듯 유키노시타를 바라본다.

그러자 유키노시타가 마치 싫다고 도리질을 치듯 보일락 말락 고개를 젓고는 유이가하마에게 매달리는 듯한 시선을 보냈다. 그러자 유이가하마는 순간적으로 눈을 내리깔았지만, 곧 다시 고개를 들고 따스한 눈빛으로 다시 물었다.

"우움…… 그럼 어떡할까?"

그 음성에 더 이상 난처해하는 기색은 없었고 단지 부드럽게 확인하는 듯한 뉘앙스였다.

"저기……."

힘겹게 꺼낸 말은 불어오는 바람에 휩쓸려 사라졌다. 좀처럼 적당한 말이 떠오르지 않는지, 유키노시타가 괴로운 표정으로 볼을 붉히며 발치로 시선을 떨구었다. 불필요한 힘이 들어간 듯 어깨를 움찔 떨더니 가방을 아까보다 세게 움켜쥐었다.

이어질 말을 기다리며 우리는 서로에게 다가서지 못하고 제자리를 지켰다. 그 속에 누군가의 목소리가 울려 퍼지는 일은 없었고, 그 대신 무기질적인 소리가 끼어들었다.

또깍.

구두굽이 아스팔트를 울린 느낌이 들었다.

한 발짝 또 한 발짝 다가오는 그 발소리가 꼭 내 심장 고동처럼 느껴졌다. 어쩌면 내 귀에만 들리는 환청인지도 모른다. 줄곧 가슴속을 맴돌던 위화감이 실체화되어 나타난 것은 아닐까 하는 생각마저 들었다.

하지만 그 소리는 나한테만 들리는 게 아니었던 모양이다. 유이가하마도 발소리가 다가오는 쪽을 돌아보았다. 그리고 놀란 목소리를 냈다.

"아……."

이윽고 발소리가 뚝 그쳤다. 유이가하마의 시선을 좇아간 나와 유키노시타의 눈도 휘둥그렇게 변했다.

"유키노, 마중 나왔어."

"언니……."

그 사람을 본 유키노시타가 중얼거렸다.

유키노시타 하루노는 또다시 부츠 굽을 또깍 울리며 우리 앞에 섰다. 코트 호주머니에 손을 찔러 넣고 도발적인 미소를 띤 채, 유키노시타의 얼굴을 들여다보듯 고개를 비스듬히 틀었다.

"언니가 마중 나올 이유는 없다고 생각하는데……."

"엄마가 시켰거든. 한동안 같이 살라고. 아참, 남는 방 있지? 짐은 내일 올 건데 괜찮으려나? 오전에는 내가 있을 거니까 상관없는데 오후에는 나가봐야 하거든. 좀 부탁해도 돼?"

나와 유이가하마가 끼어들 여지를 주지 않으려는 생각에서인지, 하루노가 속사포처럼 쉴 새 없이 말을 이어갔다. 그 기세에 눌려 주도권을 빼앗겨버리면 제삼자인 우리는 더 이상 아무 말도 할 수 없게 된다.

뭣보다 하루노의 말투에서는 성가신 기색이 묻어났지만, 그 태도가 너무나 자연스러워 어디까지나 지극히 당연한 결정 사항을 통보하는 것임을, 반론 따위 용납할 마음이 없음을 여실히 보여주었다.

"자, 잠깐만. 난데없이 왜……."

거부감과 당혹감이 뒤섞인 표정으로 유키노시타가 항의하자, 하루노가 어깨를 들썩이며 조금 과장스럽게 웃었다.

그리고 몸을 살짝 내민 채, 눈만 들어 올려다보며 장난스럽게 물었다.

"에이, 알면서. 짚이는 데가 있을 거 아냐?"

그 말에 유키노시타의 어깨가 움찔했다.

"……그건 내가 알아서 할 일이야. 언니와는 상관없어."

하루노를 매섭게 쏘아보며, 유키노시타가 단호하게 선을 긋 듯 가시 돋친 목소리로 대꾸했다.

유키노시타가 알아서 할 일. 그건 아마도 지난번에 엄마가 찾아와서 한 이야기와 관련이 있을 테지.

그때 유키노시타의 엄마가 던진 질문에 유키노시타 본인이 자기 입으로 나중에 설명하겠다고, 그렇게 약속했을 터였다.

하지만 그럼에도 불구하고 유키노시타 하루노는 이곳에 모 습을 드러냈다.

그 엄마에게는 유키노시타가 이야기할 때까지 기다릴 마음 이 없는 걸까, 아니면 그저 밤늦게 돌아온 딸의 안위를 걱정 해서 언니를 붙여두기로 한 걸까. 어느 쪽인지는 모른다. 유키 노시타 엄마의 속내를 아는 사람은 하루노뿐일 테지.

하루노는 유키노시타의 말을 잠자코 듣기만 했다.

방금 전까지 그 얼굴에 감돌던 유쾌한 미소는 자취를 감추 었고, 가늘고 예리한 시선은 유키노시타를 사로잡고 놓아주 지 않았다. 유키노시타의 표정과 몸짓을 전부 비추어내고 그 마음속까지도 낱낱이 꿰뚫어보겠다는 듯, 지그시 차가운 시 선을 보낼 따름이었다.

이윽고 그 입꼬리가 희미하게 휘어졌다.

"……유키노 네가 알아서 할 수 있는 일이 있기는 해?"

"뭐?"

뜬금없는 말에 유키노시타가 당황한 표정을 지었다. 무슨 소리냐고 되물으려는 그 목소리를 가로막듯 하루노가 말을 이었다.

"그동안 전부 내가 어떻게 하는지 보고 결정했으면서, 자기 생각을 말할 수 있느냐고?"

그 입가에는 미소가 감돌았지만 음성은 평소보다 훨씬 싸늘했고, 유키노시타를 꿰뚫는 듯한 시선은 얼음장처럼 차디찼다.

반론도 부인도 하지 못하고, 유키노시타는 그저 멍하니 하루노를 바라보기만 했다. 그 모습에 어깨를 으쓱해 보인 하루노가 어이없다는 듯 한숨을 쉬었다.

"유키노에게는 항상 자유가 주어졌으니까. 하지만 스스로 결정해온 건 아니야."

다정한, 듣기에 따라서는 측은하게 여기는 듯한 음성이었다.

유키노시타를 응시하던 연민의 눈길이 쓱 방향을 틀었다. 그 시선이 옆에 있던 유이가하마를, 그리고 앞에 있던 나를 훑고 지나갔다.

나와 눈이 마주치자, 하루노가 키득 웃었다.

"……지금도 어떻게 해야 좋을지 모르겠지?"

그 물음은 과연 누구를 향한 것이었을까.

유키노시타뿐만 아니라 나도 그 자리에 얼어붙었다. 하루노의 말을 가로막고 싶었지만 목이 잠겨 말이 나오지 않았다. 어떻게 하는 게 옳았던 걸까. 그 물음의 답을 알지 못하기는 나도 마찬가지다.

"유키노, 넌 대체 어떻게 하고 싶은 건데?"

"……자매 싸움은 다른 데서 해주시죠."

하루노의 추궁을 제지하고자 가까스로 입을 열었다.

유키노시타 하루노는 분명 결정적인 한마디를 내뱉고 만다. 진실을 들이대고 만다. 그러니 더 이상 말하도록 내버려둬서는 안 된다. 유키노시타를 위해서가 아니라, 나를 위해서…….

김이 샜는지, 하루노가 따분한 눈빛으로 나를 보았다. 고작 그딴 말밖에 못하느냐고 경멸하는 듯한 눈초리였다.

"싸움? 이런 건 싸움 축에도 못 껴. 옛날부터 싸움 따위 해본 적도 없는걸."

"어쨌거나 이런 데서 할 이야기는 아닐 텐데요."

그렇게 말하며 냉랭한 시선을 교환했다. 눈을 돌리고픈 충동을 힘겹게 억누르며…….

"저, 저기…… 열심히, 열심히 생각하구 있어요. ……유키농두, 저두."

유이가하마가 옹호하듯 끼어들며 말했다. 유키노시타 옆에 의연하게 서서 힘 있는 목소리로 한 말. 하지만 그 목소리도 하루노의 시선에 노출되자 서서히 기어들어갔다. 이윽고 고개를 숙여버린 유이가하마에게, 하루노는 어딘가 슬프게도 보이는 다정한 눈빛을 보냈다.

"……그래? 그럼 돌아온 후에 듣도록 할게. 어차피 유키노가 돌아올 곳은 하나뿐이니까……."

덧붙이듯 말한 하루노가 빙글 발길을 돌렸다. 구두굽이 다시 또깍또깍 바닥을 울렸고, 그 소리가 멀어져감에 따라 어깨 힘이 스르륵 빠져나가는 게 느껴졌다.

두꺼운 구름을 물들인, 소름 끼치게 붉은 저녁노을. 그 속으로 사라져가는 하루노의 뒷모습을 바라보다 마침내 깊은 한숨이 흘러나오자, 오랜만에 숨통이 트인 느낌이 들었다.

덩그러니 남겨진 우리는 서로를 마주볼 수조차 없었다. 유키노시타는 고개를 수그리고 입술을 꼭 깨문 채 우두커니 서 있었고, 유이가하마는 그 모습을 슬픈 눈빛으로 바라보았다. 나는 이 상황에서 저런 이야기가 오간 후에 뭐라고 말하며 헤어져야 할지 그것만을 생각하며 하늘을 바라보았다.

"우, 우움……. 아, 맞다. 우리 집으루 갈래?"

그래서 유이가하마가 얼버무리듯 웃으며 건넨 제안을 거절할 구실도 찾지 못했다.

×　×　×

학교에서 역을 향해 난 큰길을 쭉 따라가자, 가지런히 늘어선 아파트 몇 채가 눈에 들어왔다.

유이가하마네 집은 그 아파트 단지 안에 있었다.

때마침 하루 일과를 마치고 돌아오는 학생들과 회사원이 많은 시간대여서인지, 가는 길에는 온통 떠들썩한 기운이 넘쳐흘렀다. 묵묵히 걸어가는 우리들에게는 그 소란스러움이 고맙게만 느껴졌다.

나와 유키노시타가 입을 연 건 집으로 들어갈 때 실례합니다, 라고 말할 때 정도였다. 그래도 유이가하마의 방으로 들어가 조금 시간이 흐르자, 그제야 한숨 이외의 말이 나오기 시작했다.

"미안, 방이 좀 지저분하지?"

그렇게 말하며 좌탁 앞에 앉은 유이가하마가 나와 유키노시타에게 쿠션을 떠안겼다.

"……고마워."

짤막하게 감사 인사를 한 유키노시타가 그 쿠션을 끌어안고 유이가하마 옆에 조용히 앉았다. 나도 덩달아 바닥에 양반다리를 하고 앉았다. 두 사람과는 좌탁을 끼고 마주보는 위치였다. 털이 짧은 핑크색 러그가 깔려 있어 바닥은 따뜻했다.

흐물흐물한 감촉의 비즈 쿠션을 끌어안은 채 무심코 방안을 두리번거렸다.

장식장을 가득 채운 아기자기한 소품과 정체불명의 동양풍 잡화들. 난잡하게 쌓여 있는 패션 잡지. 선반 대용인지 본래 용도로는 사용된 흔적이 없는 책상…….

유이가하마 본인이 말했듯 깨끗하게 정돈된 인상은 아니었지만, 그래도 충분히 깔끔한 축에 속했다. 적어도 내 방보다는 훨씬 나았다.

그런데도 도저히 진정되질 않았다. 방 안에는 좋은 향기가 감돌아, 그것만으로도 왠지 마음이 뒤숭숭해졌다. 그 향기가 침대 쪽에서 풍겨오는 것 같아서 저도 모르게 시선이 그쪽을 향했다. 흘끗 곁눈질하자 침대 협탁에 놓여 있는 조그만 유리병이 보였다. 그 안에는 가느다란 스틱이 몇 개 꽂혀 있었는데, 아무래도 그게 이 향기의 원천인 듯했다.

저건 뭘꼬……? 궁금해져서 빤히 쳐다보는데, 흠흠 헛기침 소리가 들려왔다. 시선을 돌리자, 유이가하마가 부끄러운 기색으로 몸을 꼬며 말했다.

"너, 너무 그렇게 뚫어지게 쳐다보진 말아줬음 좋겠는데……."

"엇, 어, 아니, 뭔가 튀긴 파스타 같은 게 있길래, 그만."

상기된 음색으로 더듬더듬 대답하자, 유이가하마가 어이없다는 듯 웃었다.

"저건 룸 프레그런스라구……."

흐음, 방향제 같은 건가……. 저 튀긴 파스타 같은 게 향수를 빨아들여 사방으로 확산시키는 건가 보군. 아니면 말고. 거참 여자애들 방에는 별게 다 있구만. 감탄하고 있는데, 시야 한구석에서 누군가 어깨를 격렬하게 들썩이는 게 보였다.

"튀긴 파스타……."

고개를 돌리자 유키노시타가 쿠션에 얼굴을 파묻고 부들부들 떨고 있었다. 야야, 뭐가 그렇게 웃기냐……. 역시 개그 코드가 좀 이상한 애라니까…….

그렇게 생각하자 저절로 미소가 새어나왔다. 유이가하마도 안도의 한숨을 내쉬었다.

마침내 차분하게 이야기를 나눌 만한 분위기가 조성되자, 유키노시타가 쿠션에서 고개를 들고 자세를 바로 했다.

그리고 조용히 고개를 숙였다.

"미안해……. 폐를 끼쳐서……."

"에이, 아냐! 신경 쓸 거 없어."

유이가하마가 가슴 앞에서 휘휘 손사래를 치며 일부러 밝은 목소리로 대꾸하자, 그보다 한층 밝은 목소리가 불쑥 끼어들었다.

"그럼~! 전혀 신경 안 써도 된단다."

따로 노크도 없이 방문이 벌컥 열리며 쟁반에 녹차를 받쳐 든 아주머니가 안으로 들어왔다. 두꺼운 니트에 롱스커트라는 점잖은 복장과 달리, 약간 동안이라는 점도 한몫해서 생기 어린 느낌을 주었다. 쾌활하게 웃을 때마다 뒤에 달린 당고머리가 생동감 있게 흔들렸다.

"엄마! 불쑥 쳐들어오지 말랬잖아!"

유이가하마가 버럭 화를 냈지만, 그 엄마라는 사람은 「응~?」 하고 생글생글 웃으며 태연하게 받아넘겼다. 굳이 설명하지 않아도 유이가하마의 엄마임을 한눈에 알아볼 수 있었다. 살가운 미소와 여성스러운 몸매가 딸인 유이가하마와 비슷한 느낌을 풍겼다.

……잘하면 언니라고 해도 믿어버릴 것 같지만, 엄마라고 했으니 엄마 맞겠지? 유이가하마의 마마, 줄여서 유이가하마 마로군. 별로 줄어들지도 않았고, 괜히 혀만 꼬이잖아.

유이가하마의 엄마가 좌탁 옆에 쪼그려 앉았다. 그리고 녹차가 담긴 컵을 자, 하고 내 앞으로 내밀었다.

"아, 네. 죄송합니다……."

이럴 때는 감사합니다나, 잘 먹겠습니다나, 성은이 망극하옵니다, 라고 하는 게 매너인 건가. 워낙 남의 집을 방문해본 경험이 없는 터라 좀처럼 감이 잡히지 않았다. 게다가 유이가하마의 엄마란 사실을 의식하자 긴장까지 더해져 그만 횡설수설하고 말았다.

어쩐지 얼굴을 마주하기가 쑥스러워 꾸벅 고개를 숙인 채 아래만 보고 있는데, 어머나, 하고 어딘가 기뻐하는 듯한 목소리가 들려왔다. 뭔가 싶어 슬쩍 고개를 들자, 유이가하마의 엄마가 나를 빤히 쳐다보고 있었다.

그리고 수시로 흐음 호오 탄성을 곁들이며 한참동안 나를 관찰했다.

어쩔 줄 모르고 쩔쩔매는데, 유이가하마의 엄마가 우후훗 기분 좋게 웃었다.

"네가 힛키…… 맞지? 우리 유이한테서 이야기 많이 들었단다."

"아, 네. 네에……."

뭐야 그거 쪽팔려. 쪽팔림으로 사망하겠다고.

"엄마! 쓸데없는 소리 하지 말라니까!"

당황한 기색으로 유이가하마가 엄마에게 달려들었다. 그리고 간식이 담긴 쟁반을 뺏어들더니 얼른 나가라고 성화를 부렸다.

"너무해……. 엄마도 힛키랑 이야기하고 싶단 말야~."

"됐으니까 나가라구!"

칭얼거리듯 볼멘소리를 늘어놓는 엄마의 등을 유이가하마가 퍽퍽 떠밀어 문 밖으로 내쫓았다.

모녀가 티격태격하는 모습을 유키노시타가 미소 띤 얼굴로 지켜보는데, 유이가하마의 엄마가 그쪽을 돌아보는 바람에 둘의 시선이 딱 마주쳤다.

"아참, 내 정신 좀 봐. 유키농 맞지?"

"……네, 네에."

당황한 기색으로 대답하는 유키노시타에게 유이가하마의 엄마가 활짝 웃어 보였다.

"오늘 자고 갈 거지? 이불 깔아줄……."

"그것두 내가 할 거니까 됐다구!"

마지막으로 힘차게 퍽 떠밀어낸 유이가하마가 찰칵 문을 잠가버렸다. 밖에서 계속 불평하는 소리가 들려왔지만, 유이가하마는 그것을 깨끗이 무시하고 휴우 한숨을 쉬었다.

"아하하…… 미안. 울 엄마, 유키농이 온 게 기쁜지 잔뜩 들떴거든. 창피해……."

무안해하는 유이가하마에게 유키노시타가 신경 쓰지 말라는 의미로 살짝 고개를 저어 보였다. 그리고 힘없이 웃었다.

"사이가 좋구나. ……조금 부러워."

유키노시타의 표정에서는 희미한 쓸쓸함과 착잡함이 엿보

였다. 그 엄마에 그 언니다. 유키노시타가 아니어도 사이좋게 지내기는 힘들 테지. 유이가하마와 나는 그만 말문이 막혀버렸다.

침묵이 흐르자, 그 사실을 깨달은 유키노시타가 허둥지둥 수습에 나섰다.

"미안해, 거북한 이야기를 해버렸구나. ⋯⋯나는 이제 가볼게."

그렇게 말하며 엉거주춤 몸을 일으키는 유키노시타를 유이가하마가 제지했다. 다시 앉으라고 탁탁 바닥을 때리며 밝은 표정으로 입을 열었다.

"있지, 유키농. 오늘 자구 가면 어때? 나두 자주 유키농네 집에서 자구 갔으니까. ⋯⋯때론 집에 들어가기 껄끄러울 때두 있잖아?"

"아, 하지만⋯⋯."

갑작스러운 제안에 당황했는지, 유키노시타가 한동안 망설였다. 갈등하듯 사방을 배회하던 그 시선이 흘끗 내 쪽을 향했다. 야야, 왜 날 보냐⋯⋯.

하지만 아까 하루노와 나눈 대화로 미루어볼 때, 지금 유키노시타가 집에 돌아가 봤자 같은 상황이 되풀이될 게 뻔하다. 게다가 만류하던 말투로 봐서는 유이가하마한테도 뭔가 복안이 있는 거겠지. 그렇게 생각하며 흘끗 곁눈질하자, 유이가하마가 나만 알아볼 수 있도록 작게 고개를 끄덕였다.

하긴 얼굴을 마주하기 껄끄러울 때는 회피하는 것도 원활한 커뮤니케이션의 한 방편이겠지. 그럴 경우 결론을 내릴 기한을 정해두지 않으면 끝없이 도망만 다니게 되어버리지만, 어쨌든 시간을 두는 것 자체가 잘못이라고 단언할 수는 없다.

"……뭐 지금은 둘 다 냉정한 상태가 아닐 테니, 하룻밤 생각해보는 걸로 해도 되지 않겠냐? 일단 연락 정도는 해두고."

"응, 그게 좋을지두."

유이가하마도 내 말에 동조하자 유키노시타는 무릎을 끌어안고 잠시 고민했지만, 이내 살짝 고개를 끄덕였다.

"……그래, 네 말이 맞아."

유키노시타가 가방에서 휴대폰을 꺼내 전화를 걸었다. 상대는 아마 하루노겠지. 몇 번 신호가 간 후 상대방이 전화를 받았는지, 유키노시타가 숙였던 고개를 들며 입을 열었다.

"……여보세요. 지금은 둘 다 냉정한 상태가 아닐 테니, 하룻밤 생각해보고 다시 이야기하러 갈게. 일단 연락 정도는……."

유키노시타가 일방적으로 통보하다시피 말하자, 수화기 너머의 상대방에게서는 대답이 없는지 침묵이 흘렀다. 당혹스러워하는 유키노시타의 숨소리에 뒤섞여 「방금 그거……」라는 나직한 중얼거림이 들려왔다.

그 소리가 들려온 방향을 돌아보자, 놀란 얼굴로 유키노시타와 나를 번갈아보는 유이가하마의 모습이 눈에 들어왔다. 왜 그러냐고 물으려 했을 때, 통화 상대가 시시하다는 듯 피식 웃는 소리가 전화기 밖으로 새어나왔다.

『흐음, 알았어. 어차피 히키가야도 거기 있지? 바꿔줘.』

⑦ 어찌할 수 없을 만큼 유키노시타 유키노의 눈동자는 맑다. 259

방이 워낙 조용한 탓에 전화기 너머에서도 그 도발적인 음성이 귓가를 파고들었다. 하루노의 말에 유키노시타는 잠시 머뭇거렸다. 그러나 전화기 너머에서『어서』라고 차갑게 재촉하는 목소리가 들려오자 조용히 한숨을 쉬며 내게 휴대폰을 내밀었다.

　"……언니가 할 말이 있다는구나."

　말없이 전화기를 받아들고 귓가로 가져가 천천히 입을 열었다.

　"……왜요?"

　『……히키가야는 참 착하다니까.』

　쿡쿡 비웃음 서린 음성은 아름답고 매혹적이었다. 모습이 보이지 않는 탓에 마치 여우에게 홀린 듯한 느낌마저 들었다.

　전화기 너머의 웃는 얼굴에는 틀림없이 지독하게 일그러진 아름다움이 깃들어 있을 테지. 그 표정이 생생하게 눈앞에 그려졌다. 그 이목구비는 유키노시타와 흡사하련만, 아무리 보아도 닮은 구석이라곤 없었다.

　꿀꺽 마른침을 삼키며 무의식적으로 유키노시타를 돌아보았다.

　유키노시타는 두 팔을 감싸 안고 오도카니 창가에 서 있었다. 벽에 기대선 자세로 몸을 틀어 창밖으로 시선을 피한다.

　점점이 빛나는 가로등과 저 먼 빌딩 숲의 적색등도 쏟아져 내릴 듯한 어둠을 밝히기에는 역부족이었고, 유리창은 새카만 거울이나 다름없었다.

그곳에 비친 눈동자는 한없이 맑았고, 그럼에도 지독하게 공허하게 느껴졌다.

×　×　×

하루노는 그 한마디만 남기고 다짜고짜 전화를 끊어버렸고, 그것으로 대화는 끝나고 말았다.

유키노시타의 휴대폰 화면을 손수건으로 쓱쓱 닦아 돌려주자, 피로가 한꺼번에 밀려들었다. 깨닫고 보니 제법 늦은 시간이었다.

"그럼 난 이만 가보마."

"응……."

가방을 집어 들고 일어나자, 유이가하마도 함께 일어섰다. 그러자 한 박자 늦게 유키노시타도 몸을 일으켰다. 아무래도 배웅해주려는 모양이다.

"굳이 안 나와도 된다만."

"그치만 여기서 헤어지는 것두 이상하잖아."

그렇게 말한 유이가하마가 앞장서서 방문을 열었다. 바로 그때, 복도 저편에서 웬 털 뭉치가 쏜살같이 달려왔다.

유이가하마의 애견 사브레였다. 거침없이 달려온 사브레가 그대로 나를 들이받았다.

"우엇……."

"그럼 못써, 사브레."

유이가하마가 따끔하게 야단치며 내 발치에 발랑 드러누운 사브레를 안아들었다. 그 모습을 본 유키노시타가 움찔했다. 아, 맞다. 저 녀석 개 무서워하지.

현관까지 이동하는 동안에도 유키노시타는 유이가하마와 세 발짝 떨어져 뒤따라오며 가급적 사브레와 접촉하지 않으려 애썼다. 반면 사브레는 유이가하마의 품속에서도 멍멍 왈왈 짖으며 마구 몸을 뒤틀어댔다. 으음…… 이거 괜찮으려나……? 만일을 대비해 유이가하마한테 주의하라고 일러두는 편이 나을지도 모르겠다.

신발을 신고 현관을 나서며 유이가하마에게 말했다.

"야, 유이가하마. 오늘 유키노시타가 자고 갈 거면 사브레는……."

"히키가야."

유키노시타가 매서운 목소리로 내 말을 가로막았다. 그리고 입술을 삐죽 내밀고 팔짱을 낀 채 나를 째릿 노려본다. 그러십니까. 개를 무서워한다는 걸 인정하기가 그리도 싫으십니까……. 하긴 친구가 사랑해 마지않는 존재를 무섭다고 말하기 껄끄럽다는 이유도 작용했을지 모른다. 신세지는 마당에 공연히 신경 쓰게 하기도 미안하겠지. 그렇다면 그 의사는 존중해 마땅하다.

하지만 한번 내뱉은 말은 주워 담을 수 없다는 것 또한 세상의 이치.

유이가하마가 어리둥절한 표정으로 고개를 갸웃했다.

"우움, 사브레가 뭐?"

진지하게 물어오는 바람에 그만 말문이 막혔다.

"아, 그게…… 그 뭐냐, 사브레가 외로워할 테지만, 가끔은 참는 법을 가르치는 것도 교육의 일환 아니겠냐? 그 녀석한테는 특히나 더 그렇고."

"응, 그건 염려 마!"

생각나는 대로 주워섬기자, 유이가하마가 힘차게 고개를 끄덕였다. 호오, 설마 교육에 자신이 있었을 줄이야…… 그런 것치고는 그 녀석, 네 말을 전혀 안 듣는 느낌이 든다만…… 그렇게 생각했을 때, 유이가하마가 힘없이 어깨를 늘어뜨렸다.

"……사브레, 집에선 엄마만 졸졸 따라다니니까."

"아하……."

개는 서열 의식이 강한 동물이니, 유이가하마는 사브레한테 한껏 얕잡아보였을 테지. 어쨌든 그렇다면 유키노시타한테 접근하는 일은 별로 없겠군. 게다가 어쩌면 이번 일을 계기로 개와 조금은 친숙해질지도 모른다.

"그럼 잘 있어라."

그렇게 말하며 유이가하마에게 안긴 사브레의 머리를 가볍게 쓰다듬어주었다.

"응, 잘 가."

"잘 가렴."

두 사람의 배웅을 받으며 현관을 나섰다. 복도로 나온 후에도 한동안 사브레가 가지 말라는 듯 애처롭게 끙끙대는 소리가 들려와, 차마 떨어지지 않는 발걸음을 돌려 유이가하마네 집을 뒤로했다.

$$\times \quad \times \quad \times$$

집에 돌아와 저녁을 먹은 후, 고타츠로 기어들어가 하염없이 노닥거리며 책을 읽었다.

웬일인지 일찍 귀가한 부모님은 벌써 잠자리에 든 터라, 지금 거실에는 나하고 카마쿠라밖에 없었다. 그런데다 카마쿠라는 아까부터 계속 고타츠 이불 위에 몸을 말고 조는 중이라, 깨어 있는 건 나뿐이었다.

그때 거실 문이 찰칵 열리더니, 잠옷에 나이트캡을 쓴 코마치가 나타났다.

"아직 안 잤냐?"

"응. 이제 잘 건데, 그 전에 잠깐."

말을 걸자, 코마치가 곧장 부엌으로 들어가며 대꾸했다.

"알았으니까 얼른 자라."

"응~."

내일이 시험인데 이 시간까지 안 자도 괜찮은 거니? 내심 가슴을 졸이며 물었지만, 당사자인 코마치의 대답은 느긋하기 그지없었다. 이윽고 띠띠띠 가스레인지를 켜는 소리가 들려왔다.

뭔가 만들어 먹으려는 건가 했을 때, 이번에는 찬장을 뒤지는 소리가 났다. 배고파서 잠이 안 오나? 그렇게 생각하는데, 코마치가 고타츠 쪽으로 다가왔다.

"자, 이거."

"엉? 엇, 땡큐."

코마치가 내민 것은 다름 아닌 MAX 커피였다. 받아들자 따끈따끈 HOT했다. 보아하니 집에 쟁여둔 맥캔을 중탕해서 데운 모양이다. 센스 있는걸? 이 녀석……

"오빠 발, 거치적거려."

그렇게 말하며 내 발을 툭 걷어찬 코마치가 꼬물꼬물 고타츠 안으로 들어왔다. 그리고 둘이서 따뜻한 MAX 커피를 홀짝홀짝 마셨다.

코마치가 휴우 만족스러운 한숨을 내쉬었다.

"……드디어 내일이네."

"그러게나 말이다. 이거 다 마시거든 얼른 자라. 시험 전날이니까."

하긴 자기 전에 따끈한 MAX 커피를 마시면 잠이 솔솔 오니까. 맥캔이 과연 언제 의약품으로 인정받을까 두근두근 조마조마하다고. 헤헷, 약발 죽이는데……? 라고 뇌까리면서 마시면, 이 부자연스러운 달달함이 뭔가 금단의 맛처럼 느껴지니 강력 추천.

하지만 코마치는 그런 이야기를 하려던 게 아니었나 보다.

"……그게 아니라 밸런타인데이 말이야. 남자라면 모름지기 두근두근 콩닥콩닥해야 되는 거 아니야?"

못 말리겠다는 듯 에휴 한숨 섞인 목소리로 핀잔을 준다.

시험 전날에 그런 말이 나오냐……. 하여튼 우리 프린세스는 배짱 한번 두둑하시다니까. 굳이 각오는 되셨나요? 라고 확인할 필요도 없겠구만.

"딱히 두근두근 콩닥콩닥하지는 않다만. 그보다 지금 내 머릿속은 코마치 네 생각으로 가득하다고."

"하긴 오빠는 코마치한테 약하니까(甘い, 아마이). 소름 끼친다니까. 자기 자신한테도 그만큼 너그러우면 좋을 텐데."

"난 내 자신에게 더없이 너그럽다만."

"그런 뜻이 아니잖아. 그야 확실히 너그럽긴 하지만……."

맥캔을 가볍게 흔들며 말한 코마치가 피식 코웃음을 쳤다. 잠깐, 그보다 너 방금 은근슬쩍 날 욕한 거 아니냐?

오빠더러 소름 끼친다니, 자꾸 그러면 진짜 소름 끼치는 짓을 해버릴 테다. 그 시작으로 고타츠를 탁탁 두들기며 어리광을 피워보기로 했다. 우와, 소름 끼쳐.

"맞다. 달다(甘い, 아마이)니까 생각났는데 초콜릿 줘, 초콜릿!"

"비슷한 거 줬잖아."

코마치가 턱짓으로 맥캔을 가리켰다. 뭐야 전혀 안 비슷하잖아. 심지어 저거, 커피하고도 별로 안 닮았다고. 사랑이 안 느껴지잖아, 사랑이.

"……코마치, 너 오빠 좋아하냐?"

"딱히, 전혀."

코마치가 천연덕스럽게 웃으며 서슴없이 대답했다. 그 말에 크흑 오열이 새어나왔다.

너무해……. 하긴 대놓고 말할 수 있다는 것 자체가 친하다는 증거일 테지.

농담 따먹기든 반 장난식이든 좋으니 싫으니 투닥댈 수 있고, 그 대답 여하에 상관없이 자기 속내를 거리낌 없이 내보일 수 있다.

나와 코마치가 쌓아올린 15년이란 세월은 헛것이 아니다.

그렇다면 그 자매는, 그 모녀는 어떨까.

15년보다 긴 시간을 함께하며 같은 공간에서 생활하고, 기억과 추억을 공유하고, 유사한 가치관을 가지고 살아왔다. 그럼에도 엇갈리고 서로를 이해하지 못한다면 어떻게 남들과 친밀한 관계를 유지할 수 있겠는가.

우리 남매의 관계는 코마치 덕분에 성립되는 거나 다름없다. 나는 코마치에게 고마워해야 할 것이 너무나 많다.

……하지만 그건 그거고 이건 이거. 초콜릿은 초콜릿이다.

"초콜릿 달라고, 초콜릿……."

흑흑 흐느끼며 땅 파는 시늉을 하자, 코마치가 귀찮은 얼굴로 에휴 한숨을 쉬더니 고타츠에서 나와 어디론가 사라졌다

마침내 정이 떨어져버렸구나……. 절망에 빠져 고타츠 위에 털썩 널브러져 있자니, 코마치가 다시 잰걸음으로 돌아왔다.

"자."

그리고 엎드려 있는 내 등을 쿡쿡 찌르더니, 뭔가를 쓱 내

밀었다.

돌아보니 예쁘게 포장된 초콜릿이었다.

"……뭐야, 나 주는 거냐?"

"뭐 그렇게 대단한 건 아니지만. 달라고 했으니까……."

퉁명스럽게, 어째서인지 못마땅한 표정으로 코마치가 말했다. 그 초콜릿을 꼭 끌어안고 그렁그렁한 눈으로 「고마워라, 고마워라……」 하고 중얼거렸다. 일부러 챙겨뒀구나. 이렇게 착한 여동생이라니…….

감동으로 목이 메어오는데, 코마치가 못 말리겠다는 듯 쓴 웃음을 지었다.

"코마치 말고 다른 사람한테도 그렇게 징징댈 줄 알면 좋을 텐데."

"이런 쪽팔리는 소리를 너 말고 딴 사람한테 어떻게 하냐. ……뭣보다 엎드려 절 받기 식으로 받아봤자 가치가 없잖아."

그러자 코마치가 새치름한 눈으로 나를 흘겨보았다.

"그렇게 말하면 코마치가 준 초콜릿에 가치가 없는 것 같잖아……."

"……엇, 어, 아니…… 오해라니까? 코마치, 네 초콜릿은 별개야. 특별하다니까. 코마치 최고 무진장 귀여워."

"진짜 무성의하다니까, 이 오레기."

코마치가 으아~ 하고 질렸다는 표정으로 깊은 한숨을 쉬었다.

"……그래도 그런 자신을 속이지 않는 사람이 받아준다면,

조금은 기쁘지 않을까?"

그렇게 말한 코마치가 평소보다 훨씬 어른스러운 표정으로 미소 지었다. 고타츠에 턱을 괴고 고개를 비스듬히 꼰 채 나를 올려다보는 그 눈빛은 올곧고 따스했다.

그 다정한 시선이 낯간지러워, 거친 콧김을 뿜어내며 시선을 돌렸다. 그러자 코마치도 조금 쑥스러워졌는지, 여봐란 듯 배시시 웃으며 말했다.

"어때? 코마치, 방금 그 말로 포인트 좀 땄어?"

"거참 그런 점이 포인트를 깎아먹는다니까 그러네……."

식어버린 달큰한 커피를 씁쓸한 표정으로 들이켰다. 지독한 달콤함에 그만 입매가 부드럽게 휘어지고 말았다.

단숨에 꿀꺽꿀꺽 캔을 비운 코마치가 끙차 몸을 일으켰다.

"그럼 슬슬 자러 갈까나?"

"어, 그래라."

빈 깡통을 가볍게 흔들며 걸어간 코마치가 그 캔을 부엌 쓰레기통에 버렸다. 문 앞까지 가자, 움찔하며 깨어난 카마쿠라가 졸래졸래 코마치를 뒤따라갔다.

"아, 카 군. 같이 잘래?"

그러자 카마쿠라는 야옹 울어서 대답하는 대신, 코마치의 다리에 뺨을 비볐다. 그러자 후훗 만족스럽게 웃은 코마치가 카마쿠라를 안아들고 문고리로 손을 뻗었다.

그 뒷모습을 향해 말했다.

"코마치."

"응?"

문고리를 잡은 채, 코마치가 비스듬히 몸을 돌려 나를 보았다.

"응원하마. 잘 자라."

"응, 고마워. 힘낼게. 잘 자."

대답은 짧았지만 그 미소는 평온했다. 웃차 소리 내어 카마쿠라를 고쳐 안은 코마치가 자기 방으로 돌아갔다.

그 뒷모습을 눈으로 좇다가 머리 뒤에 손깍지를 끼고 그대로 벌러덩 드러누웠다.

"속이지 않는다라……."

코마치는 그렇게 말해주었지만 지금의 나는 그 말에 자신 있게 동의할 수가 없었다.

적극적으로 다가가지는 않지만 먼저 물러서지도 않고.

의식해서 명확히 선을 긋고 단단히 봉인하고, 평소보다 감각을 둔화시켜 깊은 생각에 빠지지 않도록, 영리한 관찰자로 남을 수 있도록 뚜렷한 자각 하에서 비겁한 위치를 고수해왔다.

싹터버린 위화감을 위화감이라 인식하지 않고자 거리를 두려고 노력해왔다.

그것은 다만 틀리지 않도록 하기 위한 행위일 뿐, 유일한 정답이 아니라는 것쯤은 잘 안다. 그럼에도 그 사실을 외면하려 애쓴다.

그래서 그 사람에게는 들키고 만 거겠지.

또다시 내 안에서 나를 꾸짖는 목소리가 들려온다.

그런 게 히키가야 하치만이냐고. 그런 게 네가 바랐던 거냐고.

　시끄러, 멍청아. 네가 나에 대해 뭘 안다고 함부로 지껄여? 닥쳐, 닥치라고.

　결국 그 후로 나는 계속 침묵을 지켜야 했다.

「난 말야, 하구 싶은 게 있어. 확실하게 정했어」

「나는……」

「유키농은 말야, 어떻게 하구 싶어?」

「……그래」

「유키농…… 아직 안 자?」

Y

Yukino
Yukinoshita

Interlude
@ 유이의 방

Yukino
「……뭐?」

Yui
「내일 말야, 데이트 안 할래?」

어디까지나
유이가하마 유이의
눈빛은 다정하고
따스하다.

그날은 웬일인지 눈이 내렸다.

치바에는 좀처럼 눈이 오지 않는다. 서쪽 바다에서 유입된 습기 찬 구름은 일본 본토를 척추처럼 내달리는 수많은 산줄기에 가로막혀 그곳에서 눈을 흩뿌리고, 태평양 연안, 그중에서도 평지인 치바에는 메마른 바람만을 싣고 오는 게 보통이다.

하지만 이따금 이렇게 생뚱맞은 타이밍에 눈이 오기도 한다. 지난 17년간의 내 경험에 비추어 봐도 설날이나 성년의 날[#19]은 물론 3월 말에 느닷없이 눈보라가 휘몰아친 적도 있었다.

그 타이밍이 하필이면 바로 오늘, 코마치의 시험일과 딱 겹치고 말았다.

다행히도 바람은 세지 않아서 눈송이가 그야말로 꽃잎처럼 하늘하늘 떨어져 내렸다.

교복에 코트와 머플러, 장갑을 착용하고 레인 부츠까지 신어서 만반의 준비를 마친 코마치가 현관을 나섰다. 예정했던

#19 성년의 날 일본 성년의 날은 1월 둘째 주 월요일.

시각보다는 훨씬 이르지만, 교통 체증을 감안하면 지금쯤 나가는 게 낫겠지.

"수험표는 챙겼냐? 지우개하고 손수건, 오각 연필은?"

오각 연필이란 아버지가 코마치의 합격을 기원하러 신사에 갔을 때 사온 물건으로, 단면이 오각형인 연필이다. 그 점만 빼면 그냥 평범한 연필이다. 솔직히 그냥 평범한 연필이 더 쓰기 쉬울 거 같다. 대부분의 수험생은 이 오각 연필 옆면에 A~E나 1~5, Ⅰ~Ⅴ 같은 기호를 적어두고, 객관식에서 모르는 문제가 나올 때마다 기도하는 심정으로 이 연필을 데구루루 굴리곤 한다. 그야말로 찍기 위해 태어난 연필이라 해도 과언이 아니다.

코마치가 마지막으로 가방 안을 점검하고는 힘차게 고개를 끄덕였다. 그리고 우산을 비스듬히 기울이더니, 절도 있게 척 경례를 붙였다.

"이상 무! 그럼 오빠…… 다녀오겠습니다!"

"그래, 잘 다녀와라. 미끄러지지 않게 조심하고."

"네에~. 우웃, 추워. 사인 코사인 탄젠트……. 아참, 이거 안 나온댔지?"

부르르 몸을 떨고는 콧노래라도 부르듯 뭔가 중얼거리며 타박타박 걸음을 옮기는 코마치. 그 뒷모습을 눈으로 좇는데 희미한 불안이 엄습해왔다. 괜찮은 거냐, 저 녀석……. 너무 열심히 공부한 나머지 살짝 맛이 가버린 거면 어쩐담……?

아무튼 마침내 D-Day를 맞이하고 말았다.

이제 와서 안달복달해도 소용없다. 세기말은 당분간 오지 않겠지만, 무슨 짓을 하던 시험일도 마감도 끝내 찾아오고야 마는 게 세상의 이치니까.

내가 할 수 있는 일이라곤 기도하는 것뿐이어서, 무심코 하늘을 우러러보았다.

낮게 깔린 짙은 구름은 걷힐 기미가 없었고, 그저 조용히 하얀 눈송이를 지상으로 떨굴 뿐이었다. 아무래도 오늘은 하루 종일 눈이 오려는 모양이다.

사무치는 추위에 부르르 몸을 떨며 집으로 들어가려고 한 발짝 내디뎠다. 그때 또다시 부르르 몸이 떨려왔다.

그 떨림의 진원지인 호주머니에 손을 넣자, 휴대폰이 진동하고 있었다. 알림창을 확인하니 『★☆유이☆★』라는 글자가 눈에 들어왔다. 유이가하마다. 예전에 입력한 뒤로 수정하지 않고 그대로 내버려둔 탓이다.

받을까 말까 몇 초간 고민했다. 하지만 신호는 그치지 않았고, 휴대폰도 계속해서 진동했다. 결국 포기하고 통화 버튼을 누른 후, 가만히 귓가로 가져갔다.

"……여보세요."

그렇게 말한 순간, 전화기 너머에서 티 없이 밝은 목소리가 들려왔다.

『힛키, 데이트하자!』

"……엥?"

인사고 뭐고 건너뛰고 대뜸 꺼낸 그 말이 너무나 뜻밖이어서, 내가 냈지만 지독하게 얼빠진 새된 목소리가 입꼬리를 비집고 푸시식 새어나갔다.

$$\times \quad \times \quad \times$$

통화를 마친 후, 꾸물꾸물 외출 준비를 했다.

집을 나서면서 스마트폰으로 슬쩍 교통 정보를 확인해보니, 내가 타려는 노선은 정체도 다소 완화된 모양이었다. 덕분에 약속 장소에 도착하지 못할 염려는 사라졌다.

실제로 수도권의 교통망은 눈에 극도로 취약하다.

특히나 치바는 에도 강과 토네 강이 그 경계에 자리한 탓에, 다리가 끊기면 육지의 외딴섬은커녕 진짜 외딴섬이 되어버려, 『독립국가 치바』의 건국이 선언될 우려가 있다.

바깥으로 나와도 날씨는 여전히 궂어서, 서리가 내린 것처럼 아스팔트 위에 얇게 눈이 쌓이기 시작했다.

발이 푹푹 빠질 정도의 적설량은 아니지만 셔벗처럼 살얼음이 언 상태라 미끄럽기는 했다. 차바퀴와 발자국으로 만들어진 길을 더듬어가며 버스 정류장까지 천천히 걸었다.

버스에서 전철로 갈아타고 창문 너머로 펼쳐진 바다를 바라보았다.

유리창 밖에서 흩날리는 눈발이 오른쪽에서 왼쪽으로 빗금을 그리며 흘러갔다. 어느덧 제법 높이 떠오른 태양이 회색 먹장구름을 희뿌옇게 비추었다.

바닷가를 달리는 열차 안은 다소 혼잡했다. 단지 날씨 탓만은 아니다. 이 노선은 행사가 있을 때면 항상 붐비니까. 예를 들어 마쿠하리 메세에서 게임쇼나 모터쇼가 열리거나 빅사이트에서 코믹 마켓이 열리거나 신키바에서 라이브 이벤트가 열릴 때는 그야말로 미어터진다.

뭣보다 이 노선에는 국내 최대급 유원지인 도쿄 디스티니 리조트, 줄여서 TDR이 있다.

하물며 오늘은 밸런타인데이다.

눈이 내려도 장사는 잘 되는 모양이다. 같은 전철에 탄 커플들의 대화를 슬쩍 엿들어보니, 하나같이 로맨틱하다며 이 눈을 반기는 기색이기까지 했다.

하긴 밸런타인데이 데이트에는 최상의 조건이겠지.

이윽고 열차 진행 방향에서 순백의 성과 연기를 피워 올리는 화산이 모습을 드러냈다. 정차를 알리는 안내 방송이 흘러나오며, 차량이 서서히 감속에 들어갔다.

둔탁한 흔들림에 이어 전철이 완전히 멈춰 서자, 푸식 소리를 내며 문이 열렸다.

찬바람과 눈보라가 들이치며, 그와 교대하듯 타고 있던 커플들이 우르르 내렸다.

곧이어 문이 닫힘을 알리는 벨소리가 울려 퍼졌다. 디스티니 송을 편곡한, 이 정거장 특유의 발차 벨이다.

그 멜로디를 들으며 부쩍 한산해진 열차 안에서 문에 기대섰다. 순백의 성과 활화산이 시야 왼편으로 빠르게 사라져갔다.

오늘 내릴 역은 여기가 아니다.

언제였던가. 조만간 이곳에 함께 오게 될 거라고 막연히 생각했었지만, 그렇게 되지는 않았다.

약속이라고도 할 수 없는 약속은 처음 나누었던 그 형태가 아닌, 조금 달라진 모습으로 이행되었다.

새롭게 나눈 약속 장소는 한 정거장 더 가야 했다.

커다란 다리를 건너 치바 경계에 위치한 강을 지나자, 거대한 관람차가 시야에 들어왔다. 내 기억대로라면 일본 최대 규모라고 명성이 자자했을 터였다.

오늘 아침에 받았던 전화를 떠올렸다. 뜬금없는 제안을 거절하지 못한 까닭은 단지 망설임과 놀라움 때문은 아니다. 따지고 보면 먼저 말을 꺼낸 사람은 나다. 다만 그 시기를 줄곧 뒤로 미뤄왔을 뿐이다.

특별히 거절할 이유도 없다.

하지만 정말 그걸로 된 걸까. 문득 그런 의문이 들었다.

그 의문의 해답을 찾는 사이, 내 의사와는 상관없이 속도를 떨어뜨리기 시작한 전철이 한번 덜컹 흔들리고는 그 자리에 멈춰 섰다.

× × ×

개찰구를 빠져나오자 대관람차가 확 시야에 들어왔다.

역 앞 분수 광장으로 나오자, 지근거리에서 보는 관람차는 일본 최대 규모란 수식어에 걸맞게 박력이 넘쳐흘렀다. 눈발이 휘날리는 와중에도 느긋하게 돌아간다.

그 대관람차를 곁눈질하며 터벅터벅 걸음을 옮겼다.

여기는 어릴 때 가족들과 와본 적이 있어서 길을 찾기도 수월했다. 당시의 기억과 안내판의 정보를 대조해가며 목적지로 걸음을 서둘렀다.

바닷가로 이어지는 큰길을 따라가자, 왼쪽에 돔 형태의 건물이 나타났다. 그 아래에 수족관 로비가 있었다.

만나기로 한 장소는 거기였다.

지붕 밑으로 들어가서 우산을 접고 주위를 한 바퀴 둘러보았다. 평일이라는 점도 작용했는지, 이쪽은 사람이 적었다. 덕분에 파란 코트를 입은 유이가하마의 모습은 금방 눈에 들어왔다.

"힛키!"

아마 바로 앞 전철을 타고 온 거겠지. 다가오는 나를 발견한 유이가하마가 내 이름을 부르며 연분홍색 비닐우산을 살랑살랑 흔들었다.

고개를 끄덕여 보이고 서둘러 그쪽으로 향했다.

하지만 얼마 못가, 그 발걸음이 우뚝 멎었다.

"⋯⋯아."

유이가하마 뒤에서 회색 코트 자락이 팔락 나부꼈다.

유이가하마에게 가려지는 위치에 서 있던 소녀가 내 쪽을 돌아보더니 놀라움으로 눈을 크게 떴다.

"히키가야……."

그렇게 중얼거린 사람은 바로 유키노시타 유키노였다. 어째서 유키노시타가 여기 있는 걸까. 의아해하며 두 사람 앞에 섰다.

"유키노시타도 같이 있었냐……."

그냥 보기만 해도 알 수 있는 걸 물어보고 말았다. 이 상황이 얼른 이해되지 않았다. 그 점은 유키노시타도 마찬가지인 눈치였다.

유키노시타가 거북한 듯 몸을 뒤틀더니, 유이가하마를 흘끗 곁눈질했다. 그리고 조심스럽게 입을 열었다.

"저, 저기……. 혹시 그런 거라면 나는 돌아갈게."

"아냐! 셋이 놀자구!"

그렇게 말한 유이가하마가 당장이라도 돌아갈 기세인 유키노시타의 팔을 붙들었다. 그러면서 동시에 내 소매를 잡아끌었다.

가슴에 끌어안듯 우리의 손을 꼭 맞잡고, 유이가하마가 고개를 떨구었다.

"셋이 같이, 가구 싶어……."

꺼져 들어갈 듯한 목소리로 그렇게 중얼거린다.

눈을 내리깐 채라 표정은 살필 수 없었다. 하지만 간절한 목소리만으로도 그 마음은 충분히 전해져왔다.

나와 유키노시타는 할 말을 잃고 얼굴을 마주보았다.

유키노시타의 시선은 여전히 불안정했고, 그 입에서는 곧

혹스러운 숨결이 새어나왔다. 하지만 그 사실을 깨달은 유이가하마가 고개를 들고 부드러운 눈빛을 보내자, 유키노시타도 나직한 한숨과 함께 고개를 끄덕였다.

그리고 유이가하마가 나를 돌아보았다.

두 사람에게 이견이 없다면 내게도 거부할 이유는 없다.

다만 한 가지 확인해두고 싶은 것이 있었다. 그 이야기를 하면서 유이가하마의 얼굴을 똑바로 쳐다보기가 껄끄러워 살짝 시선을 피했다. 이제 와서 이런 소리를 하는 게 너무도 꼴사납게 느껴져, 좀처럼 매끄럽게 말이 나와 주지 않았다. 그래도 가까스로 목소리를 쥐어짜내다시피 해서 입을 열었다.

"……여기면 되냐?"

"여기가 좋아."

유이가하마가 서슴없이 대답했다. 눈을 돌리지 않고, 똑바로. 어찌 보면 절박함마저 느껴지는 표정으로…….

그 질문의 의미는 하나가 아니었고, 아마 유이가하의 대답도 한 가지 의미는 아니었으리라. 아니, 정말 그럴까. 어쩌면 의외로 그냥 그 말 그대로의 의미였을지도 모른다.

어느 쪽이든 상관없다. 유이가하마가 그러기를 원하는데 내가 반대할 이유는 하나도 없으니까.

"그러냐……."

"응! 여기면 눈 와두 괜찮잖아! 다 같이 놀기엔 여기가 좋을 거 같아서."

자랑스럽게 대답한 유이가하마가 에헴 가슴을 폈다. 하긴

다 같이 놀기에는 여기가 낫겠지. 그곳은 셋이서 가기에는 약간 불편할 것 같다. 그러니 어쩌면 언젠가 다시, 그 약속을 지키게 되는 날이 올지도 모른다.

"그럼 가자고."

오늘은 다 함께—.

×　×　×

저 멀리 보이던 유리 돔 안으로 들어가자, 햇살이 얼마나 눈부신지 실감이 났다. 유리를 여러 장 이어 붙여서 만든 돔은 흐린 날씨에도 빛을 한곳으로 모으나 보다. 거기다 높은 천장까지 더해져 무척 밝게 느껴졌다.

반면에 수족관으로 이어지는 긴 에스컬레이터는 아래로 내려감에 따라 차츰 어두워져갔다.

지상의 빛이 서서히 멀어져가는 그 광경이 시작 전의 영화관을 연상시켜서 기대감으로 가슴이 두근거렸다. 마침내 긴 에스컬레이터에서 내리자, 그 앞에는 마치 스크린처럼 커다란 수조가 있었다.

호오, 굉장한걸? 하고 수조를 가만히 바라보는데, 유이가하마가 그 앞으로 쪼르르 뛰어가며 외쳤다.

"상어!"

유이가하마 말대로 수조 안에는 상어가 있었다. 흑기흉상어(ツマグロ, 츠마구로)라는 종류인 모양이다. 그런데 이 흑기

흉상어, 이름과는 달리 참치(マグロ, 마구로) 같은 구석이라곤 전혀 없다. 상어다. 대놓고 상어다.

그 밖에도 주례는 문어박사, 피아노는 오징어가 아닐지언정, 수조 안에서는 가오리와 정어리가 춤추듯 노닐고 있었다. 눈을 빛내며 수조를 들여다보던 유이가하마가 찰칵 사진을 찍었다.

그리고 옆으로 돌아서서 에헤헷 웃더니 다시 한 번, 이번에는 수조를 가리키며 말했다.

"상어!"

"……그래, 상어구나."

뒤따라온 유키노시타가 난처한 표정으로 유이가하마를 보았다. 그 목소리에서는 약간 어이없어하는 기색이 묻어났다.

그러자 유이가하마도 아하하 난감한 듯 웃고는 당고머리를 매만지더니, 유키노시타에게 슬쩍 몸을 기댔다.

"유키농, 말 안한 건 미안하대두. 기왕 왔으니까 신나게 놀자, 응?"

"아무리 그래도……."

두 사람의 대화를 흘려들으며 수조 앞에 섰다.

유이가하마가 굳이 말해주지 않아도 척 보면 안다. 완전 상어구만. 멋진데, 상어……. 그렇게 멍하니 바라보는데, 그런 내 시야를 뭔가가 유유히 그리고 우아하게 가로질렀다.

귀상어다. 독특한 생김새 덕분에 따로 안내판을 보지 않고도 어떤 종류인지 알아차렸다.

남자라면 누구나 유소년기에 한번쯤 상어에 빠져들기 마련이다.

　한마디로 공룡 도감이나 해양 도감에 사족을 못 쓰는 시기가 있다고나 할까. 히키가야 하치만 세 살입니다. 좋아하는 공룡은 트리케라톱스 좋아하는 심해어는 데메니기스입니다, 라고 줄줄 읊어대는 시절이 남자들한테는 꼭 있다니까.

　수조를 뚫어지게 쳐다보다 무심코 우와! 하고 탄성을 지르고 말았다. 그야말로 트럼펫 진열장 앞의 소년[20] 상태다. 투티! 란 느낌. 홀랑 마음을 빼앗겼다고.

　"오옷, 귀상어잖아…… 엇, 뭐야 이거 사진 찍어도 되는 거냐?"

　상어를 손가락으로 가리키며 묻자, 옆에 있던 유이가하마가 누나 같은 표정으로 고개를 끄덕였다. 우와, 사진 찍어도 되는구나…….

　찰칵찰칵 셔터를 누르는데, 유이가하마가 쪼르르 유키노시타에게 다가갔다. 그리고 소곤소곤 귓속말을 건넸다.

　"봐, 힛키두 신나 보이잖아."

　"휴우……."

　유키노시타가 체념한 기색으로 한숨을 쉬었다. 그것을 끝으로 옆에서 들려오던 나직한 속삭임이 끊겼다. 그 기묘한 침묵이 마음에 걸려 흘끗 곁눈질하자, 관자놀이에 손을 얹고

#20 트럼펫 진열장 앞의 소년 일본 신용카드 CF의 한 장면. 진열장 안을 뚫어지게 쳐다보는 소년의 눈빛이 인상적.

이쪽을 빤히 쳐다보던 유키노시타와 시선이 마주쳤다.

"……뭐, 뭐냐?"

어찌나 빤히 쳐다보는지 무안해져 물어보자, 유키노시타가 어깨에 내려앉은 머리카락을 사락 쓸어 넘겼다. 그리고 장난기 어린 미소를 지었다.

"아무것도 아니야. 조금 의외였을 뿐. ……사진, 상어랑 같이 찍어줄게."

그렇게 말하며 이쪽으로 손을 내밀었다. 여기서 휴대폰을 넘겨주면 귀상어와 기념 촬영을 할 수 있겠지.

"진짜냐. 코마치한테 자랑해야지."

그 제안을 고맙게 받아들여 휴대폰을 가만히, 화면에 손가락이 닿지 않도록 조심스럽게 건네주었다.

"귀상어, 귀상어가 이쪽으로 왔을 때 셔터를 눌러주라. 가급적 귀가 옆으로 누워서 잘 보일 때 찍어줬으면 한다만."

"의외로 요구사항이 많구나……."

눈살을 찌푸리면서도 유키노시타는 몇 번인가 촬영을 시도했다. 그 옆에서는 뭐가 그리 즐거운지, 유이가하마가 생글생글 웃으며 우리의 모습을 지켜보았다.

"이 정도면 어떠니?"

돌려받은 휴대폰을 확인하자, 요구한 대로 귀상어가 나를 막 덮치려는 듯한 베스트 타이밍에 찍힌 사진이 보였다.

"오옷…… 이거 끝내주는데?"

"그래? 그렇다니 다행이구나."

유키노시타의 입에서 조금 지친 기색이 느껴지는 안도의 한숨과도 같은 숨결이 새어나왔다. 그런 유키노시타에게 다가간 유이가하마가 덥석 팔짱을 끼더니 그 팔을 힘차게 잡아끌었다.

"그럼 다음 거 보러 가자!"

"……그래."

미소로 화답한 유키노시타가 유이가하마를 따라 걸음을 옮겼다. 처음에는 내키지 않는 기색이 역력하던 유키노시타도 어느새 이 수족관 구경에 동참할 마음이 든 모양이다.

아쉽지만 귀상어에게 작별을 고하고, 두 사람을 따라나섰다.

×　×　×

평일이라서 그런지, 수족관 안은 한산했다.

관람객 역시 노부부와 차분한 분위기의 커플, 아기를 데리고 온 부부, 그리고 젊은 여자들 등 비교적 조용한 타입이 많았다.

만약 주말이나 공휴일이었으면 어린아이와 가족 단위 행락객으로 붐볐을 테지.

어둑어둑한 실내에는 조명이 켜진 수조가 즐비했다. 이렇게 극장이 줄줄이 늘어선 듯한 풍경 속에서는 누구나 저절로 목소리를 낮추게 되는 모양이다.

말수가 줄어든 건 우리도 마찬가지였다. 거대한 참치 수조의 위용에 그저 탄성을 연발했고, 『세계의 바다』라는 타이틀 하에 각 지역별로 나누어진 수조 중 하나, 열대어를 모아놓은 곳에서는 그 현란함에 눈길을 빼앗겼다.

자연의 웅장함과 강력함, 아름다움. 그런 것들을 눈앞에 두었을 때, 우리 입에서 흘러나오는 말이라곤 굉장하다, 예쁘다, 맛있겠다 정도가 고작이었다. 야야, 맛있겠다는 또 뭐냐……

하지만 물론 그중에도 예외는 있었다.

어느 수조 앞을 지나치는데, 유이가하마가 문득 걸음을 멈추었다. 나와 유키노시타도 덩달아 멈추어 섰다.

언뜻 보기에 그 수조는 어두컴컴하고 투박해서 주위의 다른 수조들에 비하면 영 초라해보였다. 빛도 들지 않았고 켜켜이 쌓인 진흙 위에는 앙상한 나무가 덩그러니 서 있었다.

그 속을 어딘가 맹해 보이는 물고기가 심드렁하게 헤엄쳐갔다. 아니, 헤엄친다는 표현은 정확하지 않은지도 모른다. 그 물고기는 별다른 움직임 없이 부유하듯 흐느적거리며 물속을 둥둥 떠다닐 따름이었다.

"으아, 징그러……."

유이가하마가 별 생각 없이 불쑥 중얼거렸다. 그리고 안내 판에 시선을 주었다.

"너서리 피쉬래."

"진흙으로 탁해진 강에서 큰 움직임 없이 생활한다……라고 하는구나."

유키노시타도 안내문을 읽더니 흘끗 나를 곁눈질했다. 왜

날 보는데? 하고 안내판으로 시선을 향하자, 설명은 그것으로 끝이 아니었다. 호오…… . 새우처럼 작은 먹잇감이 눈앞을 지나가면 한 입에 먹어 치운다고……?

"이상적인 삶이로군…… ."

"공감했어?!"

무심코 새어나온 감상에 유이가하마가 기겁했다. 그러자 유키노시타가 피식 웃었다.

"그러고 보니 이 물고기, 누군가와 비슷하구나. 안 그러니? 물고기야."

"하나도 안 비슷하고, 이름도 안 비슷하다만…… ."

애도 참, 왜 웃는 얼굴로 그런 말을 하는 거람……? 그나저나 너서리 피쉬는 일본에서 코모리 생선이라고도 하는 모양이다. 아마 아이를 돌본다는(子守り, 코모리) 뜻일 테지만, 저게 만약 히키코모리 물고기라면 비슷한 점이 없는 건 아니구만. ……어라, 그러고 보니 저 애보기에도 제법 소질이 있습니다만. 어린아이 정말 좋아해!

그렇게 시답잖은 이야기가 오가는 사이, 유이가하마는 어느새 대화는 뒷전이고 몸을 앞으로 내민 채 수조를 빠히 들여다보는 중이었다. 그러다 흐뭇한 표정으로 후훗 웃더니, 기분 좋은 목소리로 말했다.

"으아, 징그러."

"징그럽다고 하지 마. 제 딴에는 열심히 살고 있구만."

같은 우주선 지구호 승객이잖아. 그보다 저 녀석, 어째 좀 기뻐하는 것처럼 보인다만…….

유이가하마가 다시 뚫어져라 너서리 피쉬를 바라보자, 유키노시타도 그 옆에 쪼그려 앉았다. 둘 사이에서 징그럽다느니 못생겼다느니 하는 이야기가 오갔다.

그러다 갑자기 유이가하마가 미소를 지었다.

"그치만…… 좀 귀여울지두."

"귀여운지는 제쳐두더라도, 나름대로 애교가 있기는 하구나."

그렇게 말한 유키노시타와 유이가하마가 얼굴을 마주보고 쿡쿡 웃었다.

"야야, 징그럽다는 소리를 들은 시점에서 귀엽니 뭐니 해봤자……."

뭣보다 너서리 피쉬는 딱 봐도 못생겼다. 저런 게 귀엽다는 소리를 들어도 되는 거냐고…….

여자들의 감성은 알다가도 모르겠다니까. 이거 그거지? 행동거지가 귀엽다든가 헤어스타일이 귀엽다든가 목소리가 귀엽다든가 하는 식으로 미팅이나 친구 소개팅을 시켜줄 때 남자한테 하는 대사지? 얼굴은 귀엽지 않다고 돌려 말하는 거지? 인터넷에서 봤다고.

여자들 입에서 나오는 『귀엽다』란 말을 믿으면 안 된다는 건 역시 진리다.

×　　×　　×

가시복어, 흰동가리, 해마, 나뭇잎 해룡. 좌 넙치에 우 가자미. 그리고 갈치, 바다나리……

세계 각지의 바다에서 심해에 이르기까지 다채로운 물고기를 구경하며 걸어가는데, 바깥으로 이어지는 통로가 나왔다.

오랫동안 어두운 곳에 있다 나온 탓에 우중충한 날씨에도 불구하고 햇살이 눈부셨다. 자동문밖으로 나와 외부 통로로 접어들자, 바다에서 불어오는 찬바람이 뺨을 스쳐갔다. 그리고 바다 내음이 코를 찔렀다.

이곳은 갯벌을 재현한 장소인 모양이었다. 게와 따개비, 불가사리 등, 해안가에 서식하는 각종 생물들이 전시되어 있었다.

계속 앞으로 나아가자, 지붕이 끝나며 하늘이 보였다.

눈은 소강상태로 접어들었는지, 지금은 눈발이 잦아들어 싸락눈이 흩날리는 정도였다. 하지만 요새는 한파의 영향으로 날씨가 불안정하다고 들었으니 앞으로 어떻게 될지는 모른다. 그래도 정오가 조금 지난 시간대인 지금은 아직 날씨 걱정을 하지 않아도 괜찮을 것 같았다.

"아, 저기 뭔가 사람들이 많이 모여 있어."

날씨 생각에 빠져 있는데, 앞장서서 걸어가던 유이가하마가 뒤를 돌아보며 앞쪽을 가리켰다. 그쪽을 보니 저 앞에 사람들 몇 명이 옹기종기 모여 있었고, 우와 꺄아 즐거운 비명 소리가 들려왔다.

"뭐 한번 가보자고."

그렇게 말하며 인기 스팟으로 탈바꿈한 곳으로 가보니, 외부 통로를 따라 옆으로 길게 뻗은 작은 풀장 같은 수조가 있었다. 다른 수조와는 다르게 뚜껑이 없어서 수면이 밖으로 고스란히 노출되어 있었다.

벽에 걸린 안내판을 흘끗 보니, 『손가락 두 개로 살살 만져 봐요』라는 문구가 눈에 들어왔다. 아무래도 체험 학습을 위해 마련된 공간인가 보다.

과연 어떤 해양 생물과 교감할 수 있는지 궁금해져 수조를 들여다보았다.

상어.

눈에 들어온 것은 이번에도 상어였다.

물속에서 작은 상어와 가오리가 유유히 헤엄치는 모습이 보였다. 안내판을 보니 개상어, 괭이상어, 노랑가오리, 흑가오리라고 적혀 있었다.

"이거 봐, 힛키. 개상어래!"

유이가하마가 흥분한 기색으로 내 팔을 탁탁 치며 개상어란 물고기를 뚫어지라 응시했다. 그리고 손가락으로 조심조심 건드려보았다.

개상어는 특별한 반응 없이 순순히 만지도록 내버려두었다. 그러자 유이가하마가 뭔가 납득한 기색으로 고개를 끄덕였다.

"⋯⋯사브레랑 좀 비슷할지두!"

어디가? 갈색이란 점이? 이 상어, 개하고는 전혀 안 닮았는데 괜찮냐? 이놈하고 비슷하다니, 너희 집 강아지 진짜 개 맞아? 혹시 상어 아냐?

그나저나 저거, 왜 개상어라고 부르는 거지……? 그렇게 생각하며 고개를 갸우뚱하는데, 같은 의문을 느낀 사람이 있었나 보다.

바로 옆에서 유키노시타가 턱을 매만지며 괭이상어를 꼼꼼하게 관찰하기 시작했다.

괭이상어는 개상어보다 한결 몸집이 작고 몸통에 특징적인 줄무늬가 있어 식별하기 쉬웠다.

"괭이상어……."

나직이 중얼거린 유키노시타가 헤엄치는 괭이상어에게 시선을 집중했다.

"이해할 수 없구나……. 어디가 고양이라는 거지……? 이름이 붙은 이상, 뭔가 비슷한 부분이 있을 텐데……."

호오, 고양이란 이름이 붙으면 반응하지 않고는 못 배기시나 보군요. 고양이 사랑 나라 사랑.

유키노시타가 결심을 굳힌 표정으로 소매를 걷어 올리더니, 괭이상어 쪽으로 손을 뻗어 쓱쓱 쓰다듬었다. 그리고 만족스러운 기색으로 후훗 웃었다.

"……감촉은 고양이 혀와 비슷할지도 모르겠구나."

"상어 피부는 다 그렇다만."

이의를 제기했지만 유키노시타는 들은 척도 하지 않았다. 그저 괭이상어를 쓰다듬느라 여념이 없었다.

"괭이, 괭이상어, 고양이……. 야옹…… 아니, 샤옹이려나……?"

"저기, 상어 울음소리는 샤옹이 아닐 거 같은데……."

뭣보다 상어는 안 운다고……. 확실하진 않지만. 그렇게 생각하는데, 유이가하마가 개상어에서 뭔가 새로운 타깃을 찾아 나선 모양이다. 그 손이 물속을 배회했다.

"아, 가오리(エイ, 에이)도 있어."

그렇게 말하며 유이가하마아 에잇, 하고 손을 뻗었다. 에이라서 그런 걸까요, 에이. 말이 헛나왔다, 예이.

"꺅!"

하지만 금세 비명을 지르며 부리나케 손을 거둬들였다.

"방금 미끄덩했어! 미끄덩!"

울상을 지으며 호소하자, 괭이상어에게 정신이 팔려 있던 유키노시타가 얼른 유이가하마에게 다가가 걱정스러운 기색으로 말했다.

"뭘 만졌니? 히키가야를 만진 거야? 빨리 손을 씻는 편이 좋겠구나."

저기요, 사람을 가오리 취급하지 말아주시겠습니까? 난 점액은 안 나온다고. 하지만 여자와 닿기라도 했다간 거의 백퍼센트 손이 축축해질 테니 어쩌면 가오리 과에 속할지도 모른다. 숙녀 여러분은 저를 만진 후에는 꼭 손을 씻으세요!

어쨌거나 상어나 가오리를 만져볼 기회가 그렇게 흔한 것도 아니다. 나도 소매를 걷어붙이고 개상어와 괭이상어, 가오리를 실컷 쓰다듬었다.

까끌까끌 미끌미끌한 감촉을 즐기는데, 옆에 있는 유이가하마가 물에서 손을 뺐다. 그리고는 그저 사랑스럽다는 눈길로 상어들을 바라보기만 했다.

"뭐야, 이제 됐냐?"

"응. 너무 집요하게 만짐 얘들두 피곤할 테구."

"그러냐. 너답네."

그 대답에 저절로 미소가 새어나왔다. 하긴 동물 입장에서는 자꾸만 만지작대면 스트레스가 쌓이겠지. 우리 집 고양이만 해도 내가 쓰다듬으면 고양이 펀치를 날리기도 하니까. 그렇게 배려할 줄 아는 마음씨에는 솔직히 호감이 갔다.

그렇게 별 생각 없이 입에 담은 말이었다. 하지만 유이가하마는 움찔 어깨를 떨더니 고개를 수그리듯 눈길을 피했다.

"……나답다는 게 뭘까?"

유이가하마가 지그시 바라보는 방향을 나도 눈으로 좇았다. 하늘하늘 떨어져 내린 눈송이가 수면에 파문을 일으켰다. 유이가하마가 내 반응을 살피듯 천천히 고개를 들었다.

"……난 힛키가 생각하는 것만큼 착하지 않은데."

그 눈동자는 마치 이별을 고하듯 덧없는 미소를 머금은 채였고, 속삭이듯 덧붙인 중얼거림은 마치 혼잣말 같았다.

그 말에 숨이 턱 막혔다.

나는 대체 무엇을 일컬어 그녀답다고, 유이가하마 유이답다고 말했던 걸까.

또다시 몸속에서 위화감이 스멀스멀 피어오르며 가슴 언저

리가 답답해졌다. 뭔가 중대한 것을 간과해버린 게 아닌가 하는 초조감이 치밀어 주먹을 꽉 움켜쥐었다.

그래도 무슨 말이든 해야 할 것 같아 입을 열어봤지만 정답은 나오지 않았다. 그저 허무하게 달싹이는 입술을 보고, 유이가하마가 서글픈 미소를 지으며 눈을 내리깔았다.

침묵이 흐르자, 주위의 소음이 한층 커다랗게 들려왔다.

그때 뀨우~! 하고 새된 울음소리가 울려 퍼졌다.

그 소리에 홱 고개를 든 유이가하마가 벌떡 몸을 일으켰다.

"앗, 펭귄이다! 힛키, 유키농, 저쪽으루 가보자!"

유이가하마가 쾌활한 목소리로 외쳤다. 그 말에 유키노시타를 돌아보자, 멍하니 이쪽을 바라보던 유키노시타가 퍼뜩 정신을 차렸다. 하지만 그 시선은 나와 유이가하마를 염려하듯 우리 사이를 이리저리 방황했다.

"가자, 유키농."

"으, 으응. ……그래."

유이가하마의 밝은 눈빛에 유키노시타가 힘없는 미소를 지어 보였다. 아까 나눈 대화를 들은 걸까. 어쩌면 유이가하마의 그 표정을 엿보고 만 건지도 모른다.

유이가하마가 유키노시타의 팔을 잡아끌며 성큼성큼 바위산 쪽으로 향했다. 그 발걸음은 무척 경쾌했다.

그 뒷모습이, 유난히 쾌활한 태도가, 아까 그 이야기는 더 이상 하지 말라고 선언하는 것처럼 느껴졌다. 지금은 셋이서 신나게 놀자고, 그렇게 말하는 것만 같았다.

찜찜한 기분을 털어내고자 가볍게 심호흡을 하고, 나도 그 뒤를 따랐다.

× × ×

뚜벅뚜벅 걸어가다 보니 눈앞에 황량한 바위산이 나타났다.

수많은 펭귄이 이곳저곳에서 뀨뀨 울다가 풀장으로 첨벙 뛰어들거나, 바위 그늘에서 체온을 나누듯 딱 달라붙어 있는 모습이 보였다.

"와아, 귀여워!"

"……그렇구나."

환호성을 지르며 쉴 새 없이 사진을 찍어대는 유이가하마. 그리고 그 옆에서 미소 띤 얼굴로 한 번씩 조심스럽게 셔터를 누르는 유키노시타. 역시 펭귄 여러분은 여자들한테 인기 만점이로군요.

그러는 나 역시 유선형이지만 동글동글한 느낌을 주는 바디 라인과 커다란 눈망울, 뒤뚱뒤뚱 걸어가는 모습에 그만 홀딱 빠져버리고 말았다.

"꺄아 몰라 뭐야 이거 무진장 귀엽잖습니까. ……맞다, 코마치한테 사진 보내줘야지."

철책 바로 앞까지 다가가 찰칵찰칵 사진을 찍었다.

그러다 문득 기막힌 아이디어가 떠올랐다.

시험이 끝난 코마치한테 이 사진을 보여주면 분명 「코마치도

갈래!」란 반응이 돌아올 테고, 그때 「그럼 같이 갈까?」라고 물어보면 홀라당 넘어올 게 분명하니까 여동생하고 합법적으로 데이트가 가능해진단 말씀! 누루후후후후후후.

그렇게 사심 어린 계획을 세우는데, 유이가하마와 유키노시타는 이미 다음 구역으로 이동하는 중이었다. 앗, 안 돼. 버림받아버렷!

사진 촬영을 접고 얼른 유이가하마와 유키노시타를 뒤쫓았다. 두 사람은 그대로 통로를 따라 반지하로 이어지는 계단을 내려갔다.

펭귄 존에는 일반적인 관람 코스와 더불어 대형 풀장을 옆에서 구경할 수 있는 공간을 마련해서 펭귄들이 물속에서 헤엄치는 모습을 관찰할 수 있었다.

그곳에서 본 펭귄들의 모습은 육지에서의 느리고 둔한 움직임과는 딴판이었다.

물속에서 펭귄들은 기민하게 방향을 틀며 씽씽 놀라우리만큼 빠른 스피드로 마치 날갯짓하듯 물살을 갈랐다.

그 모습을 지켜보던 유이가하마가 탄성을 지르며 유키노시타의 소맷자락을 마구 잡아당겼다.

"우와, 굉장하다! 막 헤엄쳐! 펭귄 말야, 저러구 있으니까 꼭 새 같아!"

"……펭귄은 새가 맞아."

유키노시타가 어처구니없다는 투로 대꾸했다. 그리고 두통이 이는지, 붙잡히지 않은 손으로 관자놀이를 지그시 눌렀다. 그 말에 입을 헤 벌렸던 유이가하마가 퍼뜩 정신을 차렸다.

"……응, 아, 알아, 나두."

허둥지둥 덧붙이는 유이가하마를 보며 유키노시타는 부드러운 미소를 지었고, 나도 쓴웃음을 머금었다. 아니 뭐 그 심정은 이해가 간다만.

현란하게 물속을 노니는 펭귄들의 모습을 원 없이 감상한 후, 반지하에서 지상으로 올라가는 계단으로 향했다.

그곳에서는 훔볼트 펭귄이 바위산 위에 옹기종기 모여 있는 모습이 잘 보였다.

그중에서도 어느 펭귄 두 마리가 유독 눈에 띄었다. 금슬 좋게 찰싹 달라붙어 털을 골라주고 틈날 때마다 번갈아가며 울음소리를 낸다.

그 모습을 흐뭇하게 바라보는데 손맡에 있는 안내판이 얼핏 시야에 들어왔다. 흠흠 고개를 주억거리며 읽어 내려가자, 유키노시타와 유이가하마도 뭔데뭔데? 하고 옆에서 불쑥 고개를 디밀었다. 두 사람에게 자리를 터주려고 반 발짝 물러나 안내판에 적힌 문장을 눈으로 훑어 내려갔다.

안내문에 따르면 둘이 붙어 있는 펭귄은 부부인 모양이다. 사육 환경 하에서의 훔볼트 펭귄은 대부분 어느 한 쪽이 먼저 죽지 않는 이상, 같은 파트너와 평생을 해로한다는 내용이었다.

설명을 읽고 다시 그 두 마리의 펭귄을 바라보는데, 눈앞에서 유키노시타의 어깨가 움찔하며 숨을 헉 들이마시는 게 느껴졌다. 그리고 잰걸음으로 그 자리를 벗어났다.

"왜 그래?"

발길을 서두르는 듯한 그 태도가 마음에 걸려 묻자, 유키노시타가 비스듬히 돌아서며 말했다.

"……안에서 기다릴게."

짤막한 대꾸를 끝으로 더 이상 눈길조차 주지 않고 그대로 총총히 수족관 안으로 사라졌다.

펭귄 존은 야외다. 날씨를 감안하면 슬슬 안으로 들어가는 편이 낫겠지.

우리도 그만 가자고 부르려고 돌아보자, 유이가하마는 여전히 한 쌍의 훔볼트 펭귄을 가만히 바라보고 있었다. 눈꼬리를 부드럽게 휜 채 따스한 눈빛을 보낸다.

"……그만 들어가자."

"아, 응……. 조금만 더 보다가. ……저, 저기 있는 쪼끄만 애 사진두 찍어야 되구! ……금방 갈게."

그렇게 말하고 페어리 펭귄 쪽을 가리키며 휴대폰을 들어보이더니 다시 훔볼트 펭귄 쪽으로 돌아섰다. 들고 있는 휴대폰은 사용될 기미 없이 그저 손에 꼭 쥐어진 채였다.

"……그러냐."

그런 모습을 보고 나자, 더 이상 참견하기가 꺼려졌다. 짤막하게 대꾸하고는 한 발 앞서 건물 쪽으로 걸음을 옮겼다.

뒤에서 뀨뀨 우짖는 한 쌍의 울음소리가 왠지 서글프게 들려왔다.

×　×　×

　오랫동안 바깥에 있었던 탓인지, 실내로 들어오자 그 온기에 저절로 한숨이 새어나왔다.

　펭귄 존에서 통로를 따라 이동하니 아래층 플로어로 이어졌다.

　그곳에는 더 커다란 수조가 있었다. 안내판에는 『해초 숲』이라고 적혀 있었고, 거대한 해조류, 자이언트 켈프라고 하는 모양인데, 그 자이언트 켈프가 가지를 한껏 위로 뻗은 채 하늘하늘 흔들리는 모습이 먼발치에서도 선명하게 보였다.

　칠흑처럼 어두운 전시관 안에서는 연갈색의 켈프 외에도 녹색과 붉은색의 말미장과 산호 등이 조명을 받아 화사한 빛깔을 뽐내고 있었다.

　수조 앞에는 따로 벤치까지 가져다놓아, 마치 작은 영화관을 보는 것 같았다. 하지만 지금 그 벤치에는 아무도 앉아 있지 않았고, 주위는 한산했다.

　오로지 수조 저편에서 새어나오는 빛만이 유리벽 앞에 서 있는 사람의 모습을 어렴풋이 비추었다.

　그 모습. 그것을 다른 사람으로 착각할 리 없다.

　유키노시타 유키노다.

　수조에서 흘러나오는 어슴푸레한 조명에 비친 유키노시타의 모습은 마치 그림 같아서 함부로 말을 걸 수가 없었다. 흘러나와야 할 숨결이 가슴을 꽉 틀어막았다. 그 바람에 그만 발걸음을 멈춰버리고 말았다.

그러자 발소리가 끊겼음을 깨달았는지, 유키노시타가 이쪽을 돌아보았다. 살짝 고개를 끄덕여 허락의 신호를 보내주고 나서야, 가까스로 발을 떼놓을 수 있었다.

"유이가하마는?"

나란히 선 나를 돌아보는 대신, 수조에 시선을 고정한 채 유키노시타가 물었다.

"페어리 펭귄 사진을 찍는 중. 금방 온댔으니 여기서 기다리자고."

"그래……?"

그 말을 끝으로 더 이상 대화를 나누지 않고, 눈앞의 수조를 가만히 응시했다. 은은한 조명에 비친 거대한 해초 주위를 알록달록한 물고기들이 헤엄쳐 다닌다.

하늘하늘 흔들리는 자이언트 켈프 사이를 무수한 물고기들이 분주히 누빈다. 비늘에 푸른빛이 감도는 작은 물고기는 해초 그늘에 몸을 숨기고, 붉은빛을 띤 한층 화려한 물고기는 누구의 눈치도 보지 않고 유유히 물살을 헤쳤다.

그 모습을 눈으로 좇던 유키노시타가 불현듯 입을 열었다.

"……자유로운 물고기도 있구나."

"그래. 저건 크니까."

유키노시타의 조용한 목소리는 누군가를 향해 하는 말이라기보다 혼잣말에 가까웠다. 하지만 아마도 같은 물고기를 보며 한 말이었을 테지. 그래서 자연스럽게 대꾸하고 말았다.

그러자 나직한 숨소리가 흘러나왔다.

"기댈 곳 없이는 자신이 있을 곳조차 찾지 못해……. 숨어서 물살에 휩쓸리며 무언가를 따라가다가…… 보이지 않는 벽에 부딪치고 말아."

유키노시타가 유리벽 쪽으로 가만히 손을 뻗었다. 하지만 그 손은 수조에 닿지 못하고 힘없이 아래로 늘어졌다. 그 모습을 흘끗 곁눈질했다. 하지만 유키노시타의 눈동자는 무언가 특정한 대상을 담아내는 대신, 그저 정면을 향한 채였다.

"……어느 물고기 이야기냐?"

무엇을 보고 있는지도 모르는 채, 그렇게 물었다.

그러자 유키노시타는 바로 대답하는 대신, 편안해진 기색으로 한숨을 쉬었다.

"……내 이야기."

그렇게 말하며 살짝 고개를 기울여 쓸쓸하게 웃고는 수조에 가만히 손을 댔다.

손을 뻗는 유키노시타의 모습은 그대로 물속으로 빨려 들어갈 것만 같았지만, 벽에 가로막혀 돌아가야 할 곳으로 돌아가지 못하는 것처럼 보였다.

그대로 물거품이 되어 사라져버리기라도 할 것처럼 덧없는 모습.

조용한 전시관에는 소리가 없었다. 수조 안에서 보글보글 피어오르는 공기방울 소리도 유리에 가로막혀 여기까지 전해지지 않았다.

단절된 세계를 마음속에 그리듯 수조를 응시하는 유키노시타를 가만히 바라보는데, 전시관 안에서 탁, 하고 가벼운 발소리가 났다.

고개를 돌리자, 잔잔한 눈빛으로 유키노시타를 지켜보는 유이가하마의 모습이 눈에 들어왔다. 그 표정은 한없이 다정해서 마치 울 것처럼 보이기도 했다.

"얘들아, 많이 기다렸지?!"

내 시선을 느낀 유이가하마가 힘차게 손을 흔들며 평소처럼 웃는 얼굴로 말했다.

×　×　×

자이언트 켈프가 전시된 공간을 벗어나자, 건물 안은 급격히 밝아졌다.

벽 위쪽은 채광을 위해서인지 통유리로 되어 있었고 천장도 높았다. 바닥에도 여태까지 봐온 까만 천 대신 크림색 판자를 깔아놓았다.

덕분에 타박타박 활기차게 걸어가는 유이가하마의 발소리가 더욱 경쾌하게 들려왔다.

그 발소리가 갑자기 뚝 끊겼다. 뭔가 발견한 모양이다.

"아, 잠깐 이리 좀 와봐!"

그렇게 말하며 나와 유키노시타를 향해 까닥까닥 손짓을

했다.

그쪽으로 가보니 원통형 수조들이 눈에 들어왔다.

핑크색과 보라색, 마린 블루 등. 갖가지 빛깔의 조명으로 물든 수조 속을 해파리가 유영하듯 둥둥 떠다니고 있었다.

유키노시타에게 다가간 유이가하마가 냉큼 팔짱을 끼더니 둘이서 나란히 수조를 바라보았다. 동그란 창문 같은 수조 앞은 셋이 일렬로 서기에는 약간 비좁을 것 같았기 때문에 나는 한 발짝 뒤로 물러나서 구경하기로 했다.

"뭔가 불꽃놀이 같아……."

하늘하늘 춤추는 해파리를 바라보며, 유이가하마가 추억에 잠긴 말투로 중얼거렸다.

"……그러냐?"

그래봤자 해파리는 해파리다. 어디가 불꽃놀이하고 비슷하단 거지? 그렇게 생각하며 곰곰이 살펴보는데, 유이가하마가 나를 돌아보더니 수조의 한 지점을 가리켰다.

"모르겠어? 봐, 저거라든가. 슈웅, 펑, 하고……."

유이가하마가 가리킨 쪽에 있는 해파리는 별 모양의 몸을 오므렸다 펴고, 또 오므렸다 펴기를 반복했다. 듣고 보니 확실히 불꽃처럼 보이기도 했다.

"아, 하긴. 둥그런 게 몸을 쭉 펴면 그렇게 보일지도 모르겠다만."

내 대답에 유이가하마가 고개를 가로저었다. 그리고 또다시, 이번에는 유리를 손가락으로 탁 짚었다.

"그거 말구, 이거……."

그렇게 말하며 유이가하마가 가리킨 것은 안쪽에 있는 팔이 긴 해파리였다.

긴 촉수를 바짝 오므렸다가 단숨에 쫙 펼친다. 그 팔이 화려한 조명 속에서 반짝반짝 꼬리를 끌다가 축 늘어지며 골든 샤워처럼 물속으로 퍼져나간다.

예전에도 저런 형태의 불꽃을 본 적이 있었다.

지난여름이었다. 인파로 북적거리던 공원에서 초대형 불꽃이 잇달아 솟아오르며 타워의 매직미러에 잔상을 남겼다. 그때 피날레로 쏘아올린 것이 바로 골든 샤워였다. 반짝반짝 빛나며 밤하늘을 오래오래 빛무리로 수놓았더랬지.

그 광경을 떠올리며 수조를 바라보는데, 앞에 있던 유이가하마가 유키노시타의 어깨에 몸을 기댔다.

"……불편해."

"에헤헷……."

당황한 듯 유키노시타가 몸을 뒤챘지만, 유이가하마는 아랑곳하지 않았다. 유키노시타의 팔을 마구 잡아끌어 수조 바로 앞에 자리 잡는다. 그리고 유리벽에 비친 내 모습을 보며, 내가 이 자리에 있다는 사실을 확인한다.

이윽고 유이가하마가 한순간 눈을 감았다.

"셋이서 볼 수 있어서, 다행이야……."

안도의 한숨과도 같은 중얼거림.

그 말은 신기하게도 납득이 갔다. 유키노시타도 살짝 턱을 당겨 고개를 끄덕였다.

　말로 표현하지는 않았지만, 그때 우리의 가슴에 깃들었던 감정에 그리 큰 차이는 없었던 게 아닐까. 그런 환상을 품어 보았다.

×　×　×

　밝은 회랑을 빠져나가자, 레스토랑과 기념품 가게가 위치한 구역으로 들어섰다. 거기서 왼쪽으로 꺾자 바깥으로 이어지는 길이 나왔다. 아무래도 전시는 이것으로 끝인가 보다. 여기서 계단을 올라가면 출구가 나온다.

　안쪽을 슬쩍 들여다보니, 방금 온 길에서 오른쪽으로 꺾으면 처음에 본 귀상어 수조가 나오는 모양이다. 그러니 이것으로 정확히 한 바퀴 돈 셈이다.

　"골인!"

　유이가하마가 폴짝 힘차게 뛰어오르며 우리 쪽을 돌아보았다.

　"있지, 우리 한 바퀴 더 돌까?!"

　"싫거든……? 같은 데를 또 돌아서 뭐하게."

　"그, 그래……. 조금 피곤하기도 하고……."

　유이가하마와는 대조적으로 유키노시타는 약간 몸이 무거워 보였다. 제법 긴 거리를 돌아다닌 탓인지, 기본적으로 체력이 달리는 유키노시타는 고단한 기색이 역력했다.

그런 유키노시타의 상태를 좀 보라는 듯 유이가하마 쪽을 돌아보았다. 그러자 유이가하마가 당고머리를 만지작거리며 지금까지 온 길을 아쉬운 눈빛으로 바라보았다.

"그런가……? 재미있을 거 같은데……. 게다가 아직 집에 가긴 이르구……."

그렇게 말하며 유이가하마가 시간을 확인했다. 그러다 그 시야에 뭔가가 들어온 모양이다.

"앗!"

탄성을 지르며, 저 멀리 우뚝 서 있는 대관람차를 가리켰다.

×　×　×

일본 최대 규모의 관람차는 그 위명에 걸맞게 거대했다.

가슴 포켓에서 팔랑 관람차 탑승권을 꺼내 살펴보니, 직경 111미터, 높이 117미터라고 나와 있었다. 그게 실제로 어느 정도의 높이인지 적절한 비유가 떠오르지 않아 설명하긴 힘들지만, 굳이 한마디로 말하자면 높다. 그리고 무섭다. 무심코 두 마디로 설명해버릴 정도로 무섭다.

유이가하마의 즉흥적인 아이디어로 타게 된 관람차는 별로 오래 기다릴 필요도 없이 티켓을 사자마자 금방 우리 차례가 돌아왔다.

그리고 곧바로 공포가 엄습해왔다.

따지고 보면 마지막으로 관람차에 탔던 게 언젠 10년 전이

다. 이렇게 위태로운 느낌이었던가. 쭈뼛 소름이 돋으며 발이
오그라들었다.

서서히(徐々に, 죠죠니) 고도가 높아지자 그야말로 기묘한
모험을 하는 기분이 들었다. 바람이 불어올 때마다 관람차가
기우뚱거려서 목숨이 걸려있단 사실을 뼛속 깊이 실감할 수
있었다.

"으아, 무서……"

무심코 나직하게 신음하고 말았다.

그나마 신음하는데 그친 것도 여자들 앞에서 추태를 보일
수 없다는 신사다운 마음가짐에서 비롯된 행동이었다. 혼자
탔더라면 틀림없이 머리를 감싸 안고 오들오들 떨기에 바빴
을 테지.

그럼 바로 그 여자들은 어떤가 하면, 내 앞에 나란히 앉아
있었다.

"우와! 높아! 무서워! 그리구 엄청 흔들려!"

유이가하마는 당장이라도 몸을 일으킬 듯한 분위기로 창
문에 찰싹 달라붙은 채, 흥분한 기색으로 떠들어댔다. 덕분
에 내가 공포에 질려서 낸 신음소리는 깨끗이 묻혀버렸다.

반면에 유키노시타는 새파랗게 질린 얼굴로 바깥 풍경에는
눈길조차 주지 않고, 그저 바닥만 뚫어지게 쳐다보고 있었다.

"그러니까 아까 말했잖아. 힘들 거 같으면 그만두라고."

그 반응에 쓴웃음이 흘러나와, 무심코 한마디 하고 말았
다. 그러자 유키노시타가 나를 째릿 가볍게 노려보았다.

"괘, 괜찮아. ……모두 함께니까."

그렇게 말하고 홱 고개를 돌려버린다. 그 순간 본의 아니게 바깥 풍경이 시야에 들어왔는지 웃, 하고 숨을 죽였다. 그리고는 도움을 청하듯 일어서 있는 유이가하마에게로 손을 뻗더니, 그 팔을 덥석 붙잡아 억지로 자리에 앉혔다.

"유이가하마, 관람차 안에서는 소란을 피우지 말라고 주의 사항에 나와 있지 않니?"

"유키농, 눈이 무서워! 미, 미안. 신나서 나두 모르게……."

"즐기는 건 상관없지만, 절도는 지키렴."

유이가하마가 아하하 멋쩍게 웃으면서 사과하자, 유키노시타가 차가운 표정으로 쏘아붙였다. 하지만 붙잡은 손은 좀처럼 떨어질 기미가 없었다.

유이가하마도 그 사실을 깨달았는지 그 손을 꼭 마주잡고는 유키노시타 쪽으로 다가앉으며 미소 지었다. 그리고 두 사람 기준에서 오른쪽을 가리켰다.

"아, 저기 봐, 저기! 유키농네 집, 아마두 저 근처일 거야. 아, 좀 더 그쪽으루 붙는 게 보기 편할지두."

"……됐어. 여기서도 충분히 잘 보이는걸."

그 말에도 유키노시타는 완강하게 움직이기를 거부했다. 하지만 이윽고 쭈뼛쭈뼛 조심스럽게 창밖을 내다보았다.

그리고 후아, 하고 만족감 어린 숨결을 흘렸다.

그 반응에 이끌려 나도 턱을 괴고 바깥 경치를 감상했다.

발밑으로 펼쳐지는 눈 덮인 치바의 저녁 풍경. 구름 사이로

비쳐드는 햇살에 결정(結晶)이 반짝반짝 빛나고, 하얀 베일로 뒤덮인 거리가 저 멀리까지 한눈에 들어왔다.

"예쁘다⋯⋯."

유이가하마의 말에 나도 고개를 끄덕였다. 전적으로 동감이었다.

"그래, 역시 나의 치바로군⋯⋯. "

"언제부터 힛키 소유가 됐어?"

"여기, 행정구역상으로는 도쿄일 텐데⋯⋯."

"카사이면 거의 치바나 마찬가지잖아. 에도가와 구는 도쿄 23구로 쳐주지도 않을걸, 아마."

너스레를 떨자 유이가하마가 쿡쿡 웃었고, 유키노시타도 어이없다는 듯 미소 지었다. 그리고 창밖으로 펼쳐진 풍경을 질리지도 않고 바라보았다.

평소와 다름없는 대화와 일상적인 분위기. 우리답다고, 그렇게 말할 수 있을 테지. 그럼에도 발밑은 불안정하고 어지럽게 흔들린다.

관람차가 서서히 고도를 낮추어간다.

불안정함을 감추며 천천히 회전을 계속한다. 앞으로 나아가는 일 없이, 그저 같은 곳을 언제까지나. 빙글빙글.

그래도, 결국은⋯⋯.

"⋯⋯좀 있음, 끝이구나."

유이가하마가 중얼거렸다.

9

봄은
쌓여가는 눈 밑에서
이어져 움트기 시작한다.

　관람차에서 내린 후에도 싸락눈은 그칠 줄 모르고 흩날렸다.

　우산을 써야 할 정도는 아니었고, 이따금 바람에 너울너울 춤을 추며 햇빛을 반사했다. 공원 잔디밭에는 엷게 하얀 층이 생겨나, 소리 없는 시간의 경과를 알려주었다.

　자연스러운 침묵 속에서 공원 안의 오솔길을 따라 걸었다.

　유이가하마가 앞장서듯 걸음을 옮겼고, 나와 유키노시타가 그 뒤를 따랐다.

　오솔길은 이윽고 역으로 이어지는 큰길과 마주쳤다. 여기서 왼쪽으로 쭉 가면 역이 나오고, 오른쪽으로 꺾으면 바닷가가 나온다.

　유이가하마는 거리낌 없이 오른쪽으로 방향을 틀었다.

　"야……."

　어디 들를 데라도 있는 거냐고 물어보려고 입을 열자, 유이가하마가 빙글 돌아서서 말없이 저 앞쪽을 가리켰다.

　그곳에는 사방이 유리로 된 건물이 있었다. 표지판에 따르면 크리스털 뷰라는 시설인 듯했다. 아마 도쿄만을 조망하는 전망대겠지.

흘끗 시계를 보니 아직 집에 가기에는 이른 시간대였다.

"가자."

멈추어선 나를 향해 그렇게 말한 유키노시타가 앞에서 기다리는 유이가하마를 따라잡으려고 걸음을 옮겼다.

한동안 잠자코 두 사람을 따라 걸었다.

전망대 자체는 벌써 영업이 끝난 후였지만 테라스처럼 된 부분은 개방되어 있었다. 거기서도 도쿄만이 내다보였다.

고요히 일렁이는 바다 위로 눈송이가 내려앉는다. 구름 사이로 저녁 햇살이 새어든다.

은은한 붉은색과 깊은 푸른색에 투명한 흰색이 반짝인다.

"우와~."

눈앞에 펼쳐진 장관에 유이가하마가 탄성을 질렀다. 그 몇 걸음 뒤에서 유키노시타도 바람에 휘날리는 머리카락을 누르며, 먼 바다 저편으로 시선을 향했다.

우리 말고는 아무도 없었다. 눈앞에는 바다가 펼쳐지고 멀리서는 점점이 켜진 거리의 불빛이 시야를 수놓았다.

아마도 지금 이 순간이 아니면 볼 수 없는 풍경일 테지.

느긋하고 평화로운 시간이었다.

그렇기에 그 시간은 오래가지 않았다.

유이가하마가 기대섰던 난간에서 몸을 떼고 우리를 돌아보았다.

"이제 어떡할까?"

"집에 가야지."

"그게 아니라……."

장난삼아 대꾸하자, 유이가하마가 조용히 고개를 가로저었다. 그 음성에서는 진지한 무게감이 느껴졌다. 나와 유키노시타 앞으로 한 발짝 다가선 유이가하마가 우리를 똑바로 응시했다.

"유키농에 대해서. 그리구, 나에 대해서. ……우리에 대해서."

흘러나온 말에 가슴이 철렁했다. 줄곧 몸속을 맴돌던 위화감이 급속히 형태를 갖추며 고개를 들었다.

"……그게, 무슨 뜻이니?"

주저하듯 뜸을 들이던 유키노시타가 그 의도를 파악하고자 물었다. 그러자 유이가하마는 그 물음에는 대답하는 대신, 그저 진지한 눈빛을 보내왔다.

"힛키. 이거, 그때의 답례."

그렇게 말하며 유이가하마가 가방에서 뭔가를 꺼냈다. 양손으로 받쳐 든 것은 예쁘게 포장된 쿠키였다.

그것을 본 순간, 숨을 헉 들이키는 소리가 들려왔다. 시야 끄트머리에서 유키노시타가 가방을 꼭 움켜쥐고 살짝 도리질을 친 것처럼 보였다. 그리고 고개를 숙이고 발치로 시선을 떨군다.

그런 유키노시타 옆을 지나쳐, 유이가하마가 내 앞으로 다가왔다.

"내가 했던 의뢰, 기억나?"

"……그래."

거의 들리지도 않을 만큼 낮게 잠긴 목소리로 대답했다.

잊어버릴 리 없다. 내가, 봉사부가 처음으로 받은 의뢰니까. 결국 그때도 시답잖은 궤변이나 늘어놓으며 얼렁뚱땅 넘겨버린 데 불과한, 해결과도 해소와도 동떨어진 미봉책이었지만.

그런데도 유이가하마는 자기 힘으로 확실하게 해결하고자 노력해온 거다. 명확한 형태로 보여주고자 하는 거다.

유이가하마가 당혹감으로 뻣뻣하게 굳어버린 내 손을 잡고 쿠키를 꼭 쥐어주었다. 손아귀에 뚜렷한 무게감이 느껴졌다.

셀로판 포장지 안으로 보이는 쿠키는 찌그러졌고 군데군데 탄 흔적이 있거나 특이한 색을 띤 것도 있어서 빈말로도 잘 만들었다고는 할 수 없었다. 하지만 그렇기에 직접 구운 쿠키라는 걸 한눈에 알아볼 수 있었다.

그 완성도에서 요리가 서툰 유이가하마의 노력과 진지함이 전해져왔다.

내 손에 들린 쿠키를 멍하니 바라보던 유키노시타가 나직한 숨결과 함께 입을 열었다.

"수제 쿠키……. 이걸, 혼자?"

"좀 망치긴 했지만."

쑥스러움에 얼버무리듯 웃는 유이가하마에게, 그런 건 중요하지 않다고 말하듯 유키노시타가 살짝 고개를 가로저었다.

"유이가하마. 너는…… 대단하구나."

따스한 그 음성은 동경하는 듯했고, 어쩌면 선망과도 닮아 있었는지도 모른다. 유키노시타가 눈부신 표정으로 유이가하마를 바라보았다. 그 눈빛에 유이가하마가 뿌듯한 미소로 화답했다.

"……내가 내 힘으로 해보겠다구 했잖아. 내 나름대로의 방식으루 해보겠다구 했잖아. 그게 이거야."

그리고 유이가하마 유이는 그녀 나름의 답을 내놓았다.

"……그니까 단순한 답례."

그렇게 말한 유이가하마가 가슴을 펴며 밝게 웃어 보였다.

그때의 답례라면 그건 이미 끝난 일일 터였다. 과거의 문제는 이미 청산이 끝났고, 이제 와서 새삼스레 들춰낼 마음은 없다. 보답이라면 여태까지 함께해온 나날들 속에서 차고도 넘치도록 받아왔다. 그러니 이걸 답례로 받는 건 이치에 맞지 않는다.

잘못되었던 시작은 제대로 매듭짓고 다시 새롭게 시작했을 터였다. 그렇다면 그 속에 담겨 있던 마음과 답이 바뀌는 경우도 있을지 모른다.

가령, 만약, 그 마음이 무언가 특별한 것이었다고 한다면.

유이가하마에게 시선을 고정한 채 힘겹게 목소리를 쥐어짜냈다.

"답례라면 이미 받았어."

정말로 답례인지를 확인하고 싶어서가 아니다. 그래도 이것을 단순한 답례로서 아무런 생각 없이 날름 받아 챙길 수는 없었다.

하지만 말을 꺼낸 순간, 후회에 사로잡혔다. 정면에 선 유이가하마의 울 것 같은 표정을 보고 말았으니까.

"그래두…… 단순한 답례인걸?"

억눌린 목소리로 그렇게 말한 유이가하마가 입술을 꼭 깨물고 표정을 일그러뜨렸다. 그리고 눈가의 반짝임을 감추듯, 빙글 등을 돌렸다.

"난 다 갖구 싶어. 지금두, 앞으로두. 난 치사하거든. 비겁한 애거든."

어딘가 토라진 듯한 말투로 하늘을 바라보며 말을 이어나간다. 그것은 대답도 반론도 원치 않는 독백처럼 느껴졌다. 그래서 그저 그 뒷모습을 바라보며 최소한 한마디도 빼놓지 않고 들으려고 귀를 기울이는 게 고작이었다.

말을 마치자, 하얗게 피어오른 입김이 허공으로 녹아들었다.

그리고 유이가하마가 몸을 돌려 우리를 똑바로 응시했다.

"난 이제 확실하게 정했어."

유이가하마의 눈에는 더 이상 물기가 없었고, 그 눈빛에서는 결연한 의지가 엿보였다.

"그래……?"

유키노시타는 체념처럼 나직한 중얼거림을 흘렸고, 나는 부질없는 말조차도 하지 못했다. 그런 우리의 모습에 유이가하마가 조금 서글픈 기색으로 미소 지었다.

"만약 서로의 속마음을 알게 되면 이대로 있지두 못할 거라 구 생각해······. 그니까 아마두 이게 마지막 상담. 우리의 마지 막 의뢰는 우리에 대해서야."

무엇 하나 구체적인 설명은 없었다. 입 밖에 내면 정해지고 마니까. 그것을 피해왔던 거다.

어렴풋이, 막연하게. 명확히 규정하지 않고 유이가하마는 말했다. 그러니 나와 유이가하마와 유키노시타의 마음속에 자리한 것이 완벽하게 일치한다는 보장은 어디에도 없다.

하지만 이대로는 안 된다는 그 말만큼은 진실처럼 느껴졌다.

그것은 나 자신이 줄곧 마음속 한구석에 품어왔던 의구심 이고, 유이가하마 역시 강하게 인식해온 감정이다.

그리고 또 한 사람―.

유키노시타는 눈을 지그시 감고 고개를 숙인 채였다. 표정 은 알 수 없었지만, 반론도 추궁도 하지 않고 그저 잠자코 듣 기만 했다. 아마 유키노시타도 그 사실을 절감한 거겠지.

"있잖아, 유키농. 그 승부란 거, 아직 진행 중인 거 맞지?"

"그래. 이긴 사람이 하는 말을 뭐든 들어준다는 약속이었 지······."

뜬금없는 질문에 당황한 기색으로 유키노시타가 대답했다. 그러자 유이가하마가 유키노시타의 팔에 살짝 손을 올리더 니, 정면으로 마주서서 밝은 목소리로 말했다.

"유키농이 지금 안구 있는 문제 말야, 나 그 답을 알구 있 어."

그렇게 말하며 유키노시타의 팔을 가만히 쓰다듬었다.

유키노시타가 안고 있는 문제. 그것은 유키노시타가 보여준 행동 속, 말 속에 줄곧 내재되어 있었다.

뭣보다 유키노시타 하루노가 딱 잘라 말하지 않았던가. 지금의 유키노시타 유키노는 어떡해야 좋을지 모른다고. 그건 무엇에 관한 이야기였을까. 엄마, 언니, 그리고 이 관계. 그중 무언가이면서, 모두 다이기도 하겠지.

"나는……."

유키노시타는 어찌할 바를 모르겠다는 듯 힘없이 고개를 수그린 채, 모르겠어, 라고 가냘픈 목소리로 중얼거렸다 그 말에 유이가하마가 다정하게 고개를 끄덕이고 유키노시타에게서 손을 뗐다.

"아마두, 그게…… 우리의 답인 거라구 생각해."

결국 알지 못하는 거다. 나도, 그녀도.

이해해버리면 그것은 틀림없이 망가져버리고, 단단히 봉인해놓고 모르는 척해도 서서히 썩어 들어간다. 따라서 어떻게 하든 끝은 찾아오고 잃어버리는 것은 피할 수 없다.

그것이 우리의 앞길에 도사리고 있는 답, 결론이다.

잠시 말을 끊은 유이가하마가 살짝 고개를 저었다. 그리고 "그니까……."라고 덧붙이며 나와 유키노시타를 똑바로 응시했다.

"내가 이길 전부 가질 거야. 치사한지두 모르지만…… 그것 말곤 생각나는 게 없는걸. 계속 이대루 있구 싶어."

그래서 유이가하마는 먼저 답을 제시했다. 가정도 조건도 방정식도 모조리 무시하고, 유일한 결론을 서두에 명시했다.

설령 그 어떤 과정을 거치게 된다 해도, 어떤 상황을 맞이하게 된다 해도, 성립이 불가능한 등식이라 할지라도, 그 해답만은 바꾸지 않겠다고, 그렇게 선언한 거다. 거짓말처럼, 즐거운 시간을 이대로 쭉 이어가겠다고.

"어때⋯⋯?"

"어떠냐니⋯⋯. 그건⋯⋯."

유이가하마의 물음에 말문이 막혔다.

결론에서 역산하여 다소 계산식을 뒤틀고 증명을 조작해서라도 그 답으로 이끌어간다. 상식적으로는 불가능하지만, 뭐든지 시키는 대로 한다는 강제력이, 아니, 면죄부가 있다면 그 소망을 이룰 수 있다.

그런 핑계거리가 마련되어 있다면, 나는 틀림없이 나 자신을 납득시킬 수 있을 테지.

희미한 위화감이 있을지라도 오늘 같은 시간이 계속된다면 그건 행복의 범주에 포함시켜도 되지 않을까. 그렇게 생각하고 만다.

무엇보다도.

유이가하마는 아마 틀리지 않을 것이다. 유이가하마만은 줄곧 올바른 답을 보아왔다는 느낌이 든다. 그 결정을 받아들여버리면 틀림없이 편할 테지. 하지만—.

일그러진 것을 일그러진 채로 내버려두는 것이 과연 올바르다고 할 수 있을까. 그것이 내가 그토록 갈망했던 것의 정체일까.

이를 악문 채 대답하지 못하는 나를 유이가하마가 다정한 눈으로 바라보았다. 그리고 옆에 선 유키노시타의 손을 살며시 잡았다.

"유키농, 그래두 괜찮아?"

마치 엄마가 어린 자식에게 묻는 것처럼, 유이가하마는 그렇게 물었다. 그러자 유키노시타의 어깨가 움찔했다.

"나, 는……."

도망치듯 시선을 피하며, 그래도 어떻게든 대답하려고 가냘픈 목소리로 더듬더듬 말을 이어나간다.

그 모습을 본 순간, 직감하고 말았다.

아아, 이건…… 틀렸다. 잘못됐다.

유키노시타가 자신의 미래를 누군가에게 내맡기다니, 그런 일이 있어서는 안 된다.

유이가하마가 치사하다니, 그런 말을 하도록 내버려둬서는 안 된다.

"나는, 그렇게 해도……."

"아니."

뒷말을 잇지 못하도록 한 발짝 내디뎠다. 단호한 목소리에 유키노시타가 놀라움에 찬 눈길로 나를 보았다.

"그 제안은 받아들일 수 없어. 유키노시타의 문제는 유키노시타 본인이 해결해야 해."

주먹에 불끈 힘을 주고 정면에 있는 유이가하마를 응시했다. 유이가하마는 입을 굳게 다문 채 그 어느 때보다 의연한 눈빛으로 나를 바라보았다.

유이가하마 유이는 다정하다. 그렇게 멋대로 규정했다.

유키노시타 유키노는 강하다. 그렇게 이상을 강요했다.

그러면서 계속 어리광을 부려왔던 거다. 하지만 그렇기에 전부 내맡겨버려서는 안 된다. 그 다정함을 도피처로 삼아서는 안 된다. 그 다정함에 거짓으로 답해서는 안 된다

왜냐하면 유이가하마 유이는 다정하고, 유키노시타 유키노는 강하니까.

"……게다가 그런 건 단순한 기만이잖아."

나직하게 내뱉은 말은 파도 속으로 사라졌다. 잔물결은 끊임없이 밀려왔다 다시 밀려가기를 반복했다.

아무도 말이 없었다.

유키노시타는 물기 어린 눈으로 입가를 와들와들 떨었고, 유이가하마는 따스한 눈빛으로 살짝 고개를 끄덕여 보이고는 내가 말을 잇도록 기다려주었다.

"애매한 답이라든가, 허울뿐인 관계라든가…… 그런 건 필요 없어."

원하는 것은 따로 있다.

바보 같다고 생각한다.

그런 건 없다는 사실을 알면서도. 끝까지 파고들었다가는 결국 전부 다 놓쳐버리고 만다는 걸 알면서도…….

그럼에도—.

"그래도, 열심히 생각하고, 괴로워하고…… . 몸부림치면서, 나는…… ."

가까스로 쥐어짜낸 말은 거기서 끊겼다.

이게 올바른 결론이 아니라는 것쯤은 안다. 즐겁다고 말할 수 있다면 그것으로 충분했을지도 모른다. 실현될 수 있었던 미래와 아름다운 가능성을 마음에 그리며 살아갈 수만 있다면, 그 누구도 괴로워할 필요가 없겠지.

그래도 난 이상을 추구하고 싶다. 달콤한 환상에 취해 살아갈 수 있을 만큼 강하지 않으니까. 자신을 의심한 끝에 소중한 누군가에게 거짓말을 하고 싶지 않으니까.

그러니 제대로 된 답을, 가식 없는, 내가 원하는 답을 손에 넣고 싶다.

뜨거운 숨결이 새어나오고 더 이상 말이 이어질 기미가 없음을 깨닫자, 유이가하마가 똑바로 내 얼굴을 마주보았다.

"……힛키라면 그렇게 말할 줄 알았어."

유이가하마가 다정하게 미소 지은 순간, 한 줄기 눈물이 볼을 타고 흘러내렸다. 난 어땠을까, 꼴사나운 표정이 아니면 좋겠는데.

나와 유이가하마는 서로를 마주본 채, 살짝 고개를 끄덕였다.

나와 그녀의 바람은 눈에 보이지 않는다. 하지만 그 형태는 아주 조금 어긋나서 정확하게 일치하지는 않겠지.

그렇다고 그것이 곧 하나가 될 수 없다는 의미는 아니다.

털어놓은 만큼 보이기 시작하고, 그렇다면 어딘가에는 분명 서로 이어질 수 있는 부분이 있지 않을까. 그렇게 생각하며 유키노시타에게로 시선을 향했다.

유키노시타는 코트 앞섶을 꼭 움켜쥔 채, 젖은 눈으로 우리를 번갈아보았다. 불안한 눈동자가 덧없이 흔들렸다.

하지만 내 눈빛이 그녀의 대답을 기다리고 있음을 깨닫자, 가만히 심호흡을 했다.

"……내 마음을 멋대로 단정 짓지 마."

살짝 토라진 기색으로 말한 유키노시타가 눈가를 쓱 훔쳤다.

"그리고 마지막이 아니야. 히키가야, 네 의뢰가 남았으니까."

내 의뢰라니? 라고 되물으려 한 순간, 유이가하마의 희미한 미소에 가로막히고 말았다. 유이가하마가 유키노시타를 향해 그러게, 하고 고개를 끄덕였다.

그리고는 둘만의 비밀이라는 듯 시선만으로 미소를 주고받았다.

"……그리고 또 하나."

유키노시타가 웃음을 거두고, 그 아름다운 얼굴을 나와 유이가하마에게로 향했다.

이어질 말을 기다리는데, 유키노시타가 한 발짝 걸음을 내디뎠다.

우리 쪽으로—.

살며시 한 발짝.

"……내 의뢰, 들어줄 수 있겠니?"

부끄럼 타듯 수줍은 기색으로 유키노시타가 말하자, 유이가하마의 입가에 미소가 번졌다.

"응, 들려줘."

대답한 유이가하마가 다시 한 발짝 거리를 좁히며 살며시 손을 내밀었다.

이윽고 어스름 속에서 바다로 저물어가는 저녁 해가 하얀 캔버스에 검은 그림자를 드리웠다.

그것은 어슴푸레하고 불안정했고, 일그러진 형태는 그 윤곽조차도 불분명했다.

하지만 틀림없이 서로 이어져 명확하게 하나가 되어 있었다.

만약 바라는 것에 형태가 있다면—.

그것은 분명—.

안녕하세요, 일입니다.

깨닫고 보니 계절도 완연한 초여름으로 접어들어, 본격적인 더위가 시작되었습니다. 그래도 가끔은 쌀쌀한 날도 있어, 「매번 그렇지만 이 시기에는 입을 옷이 없구만」이라는 상태입니다.

더운지 추운지 불분명하면 결과적으로 집에 콕 틀어박히는 쪽을 선택하고 싶어집니다만, 사축 신분인 이상 그것도 불가능.

그리하여 날마다 「오늘은 이거면 되려나……? 알려주세요, 디자이너 쌤!」이라고 마음속으로 외치며 옷을 골라 입고 출근하는 중입니다.

물론 옷차림에 정답은 없습니다만, 그래도 오답은 있다고 생각합니다. 앞서 언급했던 날씨나 기온 같은 것도 그렇습니다만, 그 밖에도 비즈니스 매너 상의 기준이나 식당의 드레스 코드. 요컨대 남의 시선이라는 것도 그중 하나이겠지요.

패션 감각에 자신이 없으면 길거리를 돌아다닐 때도 왠지 마음이 편치 않아, 「저 사람, 방금 날 보고 웃었어……. 앗, 저 사람도……. 해님도 웃네……. 가, 강아지도 웃네! 룰루루룰루 ♪」[21]처럼 마음의 병을 얻게 될 수도 있다고 생각합니다. 그럴

#21 해님도 웃네 강아지도 웃네 애니메이션 「사자에 씨」의 주제곡 가사이다.

리가…….

그런 객관적인 기준뿐만 아니라, 옷을 입는 본인이 「오늘 코디, 왠지 별로인걸」이라고 느끼는 경우도 있을 테지요.

그림자처럼 따라다니는 자신에 대한 위화감을 달래며 정답과 오답, 주관과 객관이란 선택지에 휘둘린 끝에, 최후에는 어떤 옷을 입어야 하는 걸까요.

그런 마음으로 『역시 내 청춘 러브코메디는 잘못됐다.』⑪권을 보내드립니다.

마지막으로 감사의 말 코너.

퐁칸⑧ 신. 또 신의 솜씨를 발휘해버리신 겁니까. 표지는 오랜만에 가하마 양으로 완전 멋져! 뜨아, 귀여워~. 대박이야~. 매번 감사합니다!

호시노 담당 편집자님. 크하핫! 아이고, 참말로 죄송한다! 크하핫! 민폐를 끼쳐서 그저 죄송할 따름입니다. 감사합니다. 에이, 다음 마감은 껌이라니까요. 크하핫!

미디어 믹스 관계자 여러분. TV 애니메이션 기타 등등 다방면으로 폐를 끼쳤습니다. 최선을 다하겠으니 앞으로도 잘 부탁드립니다. 감사합니다.

독자 여러분. 변함없이 시행착오를 되풀이하며 같은 곳을 빙글빙글 쳇바퀴 돌듯 헤매고 다닌 끝에 마침내 ⑪권에 접어들었습니다. 이 이야기도 드디어 클라이맥스를 맞이한 느낌입니다. 애니메이션과 만화를 포함해 마지막의 마지막의 마지막까지 변함없는 성원 부탁드리겠습니다. 감사합니다.

그럼 주어진 페이지도 바닥났으니, 이번 후기는 이쯤에서 마무리하도록 하겠습니다.

5월 모일 뭐가 어찌되든 MAX 커피를 마시며

와타리 와타루

■역자 후기

안녕하세요. 역자 박정원입니다.

역내청도 어느새 11권까지 왔습니다. 이제 정말 클라이맥스로 돌입한 느낌이 물씬 나네요.

러브코메디에서 2월하면 빠질 수 없는 밸런타인데이라는 소재에 걸맞게, 달달하면서도 어딘가 씁쓸한 느낌이 감도는 내용이었습니다.

작품 중반부터 하야마 그룹과 봉사부를 대비시키는 일이 종종 있었습니다만, 하치만이 타협을 거부함으로써 다시 양측의 길이 엇갈리게 되었네요. 그동안 묘사되어온 하치만이라면 당연한 선택이라고 생각하지만요.

개인적으로는 마지막 부분에서의 유이의 결단이 놀라웠습니다. 하치만과의 오붓한 데이트를 포기하고, 하루노가 기폭제 역할을 했다지만 어쨌든 세 사람 모두가 인식하면서도 끝내 외면하고자 했던 문제를 수면 위로 끌어올렸으니까요. 하치만과 유키노의 반응도 대충 예상한 것 같았고, 하치만 말

마따나 항상 올바른 답을 보아온 사람은 유이였는지도 모르겠네요.

　그리고 또 하나. 하루노의 개입으로 유키노가 안고 있는 문제가 확연하게 드러나고, 자매의 어머니가 등장하면서 그 원인도 약간은 밝혀진 느낌이 듭니다. 수족관에서 한 말로 미루어볼 때, 유키노 역시 본인의 문제점에 대한 자각이 있는 것 같고요.

　진실된 것을 추구하기로 결심한 하치만. 용기를 내어 한 발짝 내딛기로 결심한 유키노. 마주 한 발짝 내딛어 유키노의 손을 잡아준 유이. 그 모든 관계가 입체적이고 섬세해서, 어느 쪽도 포기할 수 없게 만드는군요. 덕분에 결말은 점점 더 미궁으로 빠져들고……. 유키노의 의뢰는 과연 무엇일지 궁금해집니다.

　신학기가 시작되는 4월을 기점으로 각권마다 한 달씩 스토리가 진행되어 왔으니, 다음 권이면 작중 기준으로 딱 1년이 흐르는 셈입니다. 같은 기간 동안 저마다의 방식으로 성장해온 봉사부원들의 관계에도 따스한 봄 햇살이 비추기를 바라며, 다음 권에서 다시 만나 뵙도록 하겠습니다.

역시 내 청춘 러브코메디는 잘못됐다. 11

1판 1쇄 발행 2015년 10월 10일
1판 8쇄 발행 2022년 3월 4일

지은이_ 와타리 와타루
일러스트_ 퐁칸⑧
옮긴이_ 박정원
일본판 오리지널 디자인_ numata rina

발행인_ 신현호
편집장_ 김승신
편집진행_ 권세라 · 최혁수 · 김경민 · 최정민
편집디자인_ 양우연
관리 · 영업_ 김민원

펴낸곳_ (주)디앤씨미디어
등록_ 2002년 4월 25일 제20-260호
주소_ 서울시 구로구 디지털로 26길 111 JnK디지털타워 503호
전화_ 02-333-2513(대표)
팩시밀리_ 02-333-2514
이메일_ lnovellove@naver.com
ㄴ노벨 공식 카페_ http://cafe.naver.com/lnovel11

YAHARI ORE NO SEISHUN LOVE COME WA MACHIGATTEIRU. 11
by Wataru WATARI
© 2011 Wataru WATARI Illustrated by PONKAN⑧
All rights reserved.
Original Japanese edition published by SHOGAKUKAN.
Korean translation rights in Korea arranged with SHOGAKUKAN
through Shinwon Agency Co.

ISBN 978-89-267-9993-2 04830
ISBN 978-89-267-9311-4 (세트)

값 6,800원